임 오 新 무 협 판 타 지 소 설

야요기

아요기 4

임오 新무협 판타지 소설

초판 1쇄 찍은 날 § 2003년 7월 30일
초판 1쇄 펴낸 날 § 2003년 8월 10일

지은이 § 임오
펴낸이 § 서경석

편집장 § 문혜영
편집책임 § 이종민
편집 § 장상수 · 유경화
마케팅 § 정필 · 강양원 · 이선구 · 김규진 · 홍현경

펴낸곳 § 도서출판 청어람
등록번호 § 제1081-1-89호
등록일자 § 1999. 5. 31
어람번호 § 제2-0238호

주소 § 경기도 부천시 원미구 심곡1동 350-1 남성B/D 3F (우) 420-011
전화 § 032-656-4452 팩스 § 032-656-4453
http://www.chungeoram.com
E-mail § eoram99@chollian.net

ⓒ 임오, 2002

값 7,500원

ISBN 89-5505-771-7 04810
ISBN 89-5505-443-2 (SET)

임 오 新 무 협 판 타 지 소 설

야요기

4

파국, 그리고

완결

도서출판
청어람

第一章 무극검 옥설 도장 / 7

第二章 기묘한 동거 / 35

第三章 푸른 새는 날갯짓을 시작했다 / 57

第四章 옥설 도장은 밥줄을 지키고 소진은 전의를 가다듬다 / 77

第五章 복수는 나의 것 / 95

第六章 천하혈사(天河血事) / 109

第七章 옥설 도장, 검무를 보이다 / 129

第八章 격변의 황모평 / 161

第九章 청성과 무당, 격돌 / 199

第十章 거듭되는 파란 / 247

第十一章 뒷이야기 / 269

작가 후기 / 279

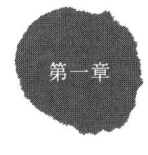

第一章

무극검 옥설 도장

"진성(眞星) 사형, 이를 어찌해야 좋을까요."

무당의 장로급 인물들만이 머무는 세심원. 그중에서도 거의 최고의 배분을 자랑하는 진성 도장의 거처로 진 자 항렬의 노도장들이 모여들었다. 물론 그중에는 이제 일선에서 물러나 유유자적한 생활을 즐기고 있는 전 장문인 진허 도장과 각각 구류각과 진무각을 맡던 진기 도장과 진척 도장의 모습도 보였다.

"으음, 정말 곤란한 일이로군. 하필이면 옥설 사숙이라니……."

진류 도장의 설명을 들은 진성 도장이 곤혹스러운 표정을 지어 보였다. 그들이 애써 쉬쉬하고 있었던 사실이 갑작스레 화두로 떠오른 것이다.

"특하나 무우 그 아이의 관심이 이만저만이 아니었습니다. 아마도 청성의 광무자를 옥설 사숙이 상대해 주길 바라고 있는 것이겠지요."

절로 고개가 끄덕여지는 바였다.

"이해가 안 되는 것은 아니다. 상대가 광무자라면 부담이 될 만도 하지. 더구나 장문인이라는 위치에서는 더 더욱 그런 생각이 간절할 테고. 그래도 옥설 사숙은… 끄응!"

진성 도장이 또다시 말끝을 흐렸다.

그 경지의 끝을 알 수 없다 하여 무극검(無極劍)이라 불리우는 무당의 살아 있는 전설 옥설 도장. 과거 마교와의 정사대전에서 마교의 최고 고수들로 손꼽히던 사대호법 중 혈마검(血魔劍) 곽지효를 단신으로 물리친 검의 절정고수가 바로 그였다. 당연히 자랑스럽게 내세울 만한 이름이건만, 이들 진 자 항렬의 도인들은 그의 정체를 드러내기를 웬일인지 꺼리고만 있었다.

그들이 앉거니 서거니 둥글게 모여 앉은 방 안에 잠시간의 침묵이 흘렀다.

"차라리……."

무당의 지낭(智囊) 역할을 담당하는 구류각주 자리를 얼마 전 제자인 무산 도장에게 넘겨준 진기 도장이었다. 진기 도장은 원래 생각이 깊고 판단이 빠른 사람이라 사형제들의 시선이 그에게로 쏠렸다.

"그 아이들에게 사실을 알려주는 것도 옳은 방법일 듯합니다. 어차피 이제부터 무당은 무우, 그 아이를 중심으로 돌아가게 될 테니 말이죠. 대(大)무당의 장문인이 자파(自派) 최고 어르신의 신변에 대해 모르고 있다는 것도 우스운 일이고요."

"진기 사제의 말이 맞습니다. 예전이라면 모르겠지만 이제 무우는 당당한 대무당파의 장문인입니다. 만약 이번 일을 그냥 넘어가려 한다면 자신의 지위에 일종의 회의감을 갖게 될지도 모를 일입니다."

이번에는 무우 도장에게 직접 장문인의 지위를 물려준 진허 도장이었다. 이미 이십여 년간 장문인의 위치에 서 있던 이의 존재감 때문인지 진허 도장의 한마디는 사형제들에게 굉장한 호소력을 가지고 다가왔다. 여기저기에서 그의 의견에 동조하는 듯한 작은 끄덕임들이 이어졌다.

 "이제 보니 괜한 고민을 하고 있던 것이었나? 이것은 우리 같은 늙은이들이 결정할 문제가 아니었어. 새로운 물결이 새로운 판단을 내리도록 하는 것이 옳은 일이겠지. 우리는 단지 그것을 지켜보고 필요할 때 손을 빌려주면 될 뿐. 허허헛, 본래 세심원의 늙은 폐물(廢物)들이 하는 일이란 다 그런 것이 아니겠는가."

 스스로를 '폐물'이라 자처하는 진성 도장의 태도에 곳곳에서 소탈한 웃음들이 흘러나왔다.

 "그럼 일단 무우를 비롯해 그 자리에 있던 아이들에게만 사실을 알리고 나머지는 장문인의 판단에 맡기는 것이 좋겠군. 의외로 속이 깊은 녀석이니 알아서 잘 처신할 게야."

 결론은 의외로 쉽고 빠르게 내려졌다.

 "그럼 이제 남은 것은 누가 고양이 목에 방울을 다느냐 하는 것인데… 누가 그 녀석들에게 이 사실을 알리고 옥설 사숙에게 안내하겠느냐?"

 진성 도장이 가늘게 미소 지으며 찬찬히 사형제들을 훑어보았다. 그러자 무언가 꺼리는 것이라도 있는지 일제히 딴청들을 부리는 것이 아닌가. 그의 시선을 정면으로 마주하려는 이는 단 한 사람도 없었다.

 좌에서 우로 하나하나 살펴 나가던 진성 도장의 시선이 어느 곳에 이르러서는 더 이상 움직이지 않았다. 살살 눈치를 살피던 이들이 슬그머니 진성 도장의 눈빛이 향하는 방향을 따라 고개를 돌렸다. 그곳에는 진류 도장이 씁쓸한 표정으로 그의 시선을 받아내고 있었다. 천장과 바닥을 번갈아 보며 딴청만 부리던 다른 이들도 그제야 겨우 가슴을 쓸어내리며 간간이 눈길을 마주쳤다.

진류 도장이 그의 사형을 향해 가볍게 고개를 끄덕였다. 자신이 이번 일을 알아서 하겠다는 의미였다.

무산 도장의 얼굴이 유난히도 심각해 보인다. 오늘도 구류각의 집무실에서 몇 가지 현안들을 놓고 고민 중이던 무산 도장을 찾아온 이는 다름 아닌 무해 도장. 그리고 무해 도장이 가져온 소식은 충분히 그의 평정심을 흔들리게 할 만한 것이었다.

"청성과 천화상단, 그리고 천화상단과 묵혼도객이라."

"그래요, 무산 사형. 북경에서 우연히 만나게 된 항주 금룡장의 소장주에게 청성파의 자금을 대고 있는 것이 천화상단이라는 말을 들었지요. 그때는 무심코 흘려들었는데 조금 전 전(全) 대협에게 천화상단주와 묵혼도객이 형제지간이라는 말을 들으니 예사롭게 넘길 일이 아니겠더라구요."

"하나하나 정리를 해보자. 막내 사제를 공격했던 이가 사실은 청성파의 제자가 아니라 무영(無影)이란 자였다. 그리고 그는 묵혼도객 이천걸의 제자이고, 묵혼도객은 천화상단주의 친동생이었다. 흐음… 그렇다면 청진의 죽음과 청성파는 아무런 관련이 없을지도 모를 일이로군."

"어, 어째서 청성이 관련이 없다는 말이지요? 아까 말했지만 청성과 천화상단은 동맹 관계라는……."

"어쩌면 우리가 생각하는 그런 동맹 관계가 아닐지도 모르지. 생각해 보거라. 막내 사제와 청진의 목숨을 노린 것은 청성파가 아니라 천화상단이었다. 두 사람이 사천 내에서 죽게 된다면 가장 먼저 의심을 받게 될 대상이 누굴까? 전후 사정을 종합해 볼 때 당연히 청성이겠지. 청성파가 바보들의 집단이 아닌 다음에야 절대 천화상단에 두 사람의 죽음을 사주했을 리는 없을 것이다. 즉, 모든 건 천화상단에서 꾸민 일이라는 건데……."

"설마 무당과 청성파 사이의 분란을 노리고 일부러? 하지만 그들이 어째서 그런 일을 벌인 거죠? 비록 천하제일이라고는 하지만 단순히 상인들의 집단에 불과한 그들이!"

"글쎄다. 그들이 노리는 것이 무엇인지 지금으로선 나도 알 수가 없구나. 어쩌면 이 모든 생각들이 단지 나의 추측일 뿐일지도 모르지. 하지만 천화상단에서 무언가 일을 꾸미고 있다는 점만은 분명해 보이는군."

"사형, 그렇다면 이럴 게 아니라 당장이라도 제자들을 이끌고 천화상단의 본단으로 쳐들어가서 내막을 캐는 것이……."

"무해 사제, 그들을 단순한 상인들의 집단만으로 보았다가는 큰 낭패를 당할 수도 있다. 천화상단은 상계의 거두(巨頭)일 뿐만 아니라 황실 및 조정의 고관대작들과도 깊숙하게 손이 닿아 있는 곳이지. 우리가 무턱대고 그들을 건드렸다가 자칫하면 관부(官府)와 큰 마찰을 빚게 될지도 모른다. 더구나 지금은 청성파와의 일전이 얼마 남지 않은 상황. 우선은 눈앞의 큰일에 전념하는 것이 좋겠구나. 그나저나 장문 사형은 이 일에 대해 알고 있느냐?"

"대충은요. 섬전무영 전 대협이 와 계시고 진류 사숙을 기다리는 중이라 제가 먼저 이렇게 사형에게 달려온 거예요."

"으음, 아무래도 장문 사형과 논의를 해봐야 하겠군. 청성의 일로도 골치가 아픈데 천화상단이라니……."

무산 도장이 까칠해진 얼굴을 양손으로 비비며 자리에 털썩 주저앉았다. 구류각의 일이 고된지 얼굴이 조금 수척해 보이는 사형을 바라보며 무해 도장은 문득 평범한 자신의 머리가 대견스럽다는 생각이 들었다.

한편 같은 시각, 이들의 대사형이자 현재 무당파의 장문인 자리에 올라 있는 무우 도장은 몇몇 이들과 함께 산을 내려가는 중이었다.

'드디어 옥설 사숙조을 만나뵙게 되는 건가? 돌연 은거하시기 전에 얼핏 몇 번 뵈었을 뿐이라 지금은 생김새조차도 기억이 안 나는군. 사십여 년 전에 이미 검신(劍神)이라 불리우던 분이 지금은 어느 정도의 경지에 이르러 계실지! 옥설 사숙께서 도와주시기만 한다면 청성의 일은 한시름 덜 수도 있을 텐데…….'

바스락, 바스락.

산길을 수북하게 뒤덮은 낙엽들이 일행의 걸음걸음마다 바스러지며 듣기 좋은 소리를 만들어냈다. 적막한 산중에 유일한 인기척인 듯하다. 막바지에 다다르긴 했지만 호북성 내에서는 유명한 무당산의 단풍철 치고는 주위가 너무 조용한 것이 아닌가 하는 생각이 들 정도이다.

"허허. 참 신기한 일이로군. 십수 년 사이 천하인들의 취향이 크게 바뀌기라도 한 것인가? 이토록 빼어난 무당의 가을 산세를 보러 오는 이들이 이다지도 없다니……."

"설마 그럴 리가 있겠습니까, 전 대협. 단지 이곳은 무당산에서도 그다지 알려지지 않은 길이기 때문에 그럴 테지요."

전백의 푸념에 진류 도장이 미묘한 웃음을 지으며 계속 앞선 걸음을 옮겼다. 선두에 선 진류 도장의 뒤편으로는 섬전무영 전백과 그의 제자 설혼, 그리고 무우 장문인과 소진이 뒤따르는 중이다. 사실 지금 이들이 내려가는 이 길은 무당파의 뒤편으로 이어진 산길로 무당의 제자들이 비밀스레 산을 내려가기 위해 사용하는 몇 개 통로들 중 하나였다. 이런 사실을 잘 알고 있는 무우 장문인은 진류 도장의 대답에도 조용히 침묵을 지키고 있을 뿐이었다.

평범한 듯 보이지만 역시 무인들의 걸음인지라 경사진 산길을 지남에도 마치 평지처럼 거침이 없었다.

그들의 빠른 걸음 덕택일까? 일행은 한 시진가량이 지나자 산에서도 상당히 떨어진, 균현 내의 삼정(三井)이라는 곳에 당도할 수 있었다. 물맛이 좋기로 유명한 세 곳의 우물 덕에 삼정이라는 이름을 갖게 된 이곳은 동시에 애가촌(艾家村)이라고도 불리웠는데, 그 이유는 마을 사람들의 대부분이 애씨(艾氏)였기 때문이다.

이미 산에서 멀어진 지 오래인 진류 도장이 마을 안쪽으로 발걸음을 옮기자 이제까지 묵묵히 뒤따르던 무우 도장이 더는 참을 수가 없었는지 불쑥 물음을 던졌다.

"진류 사숙, 저희는 지금 옥설 사숙조를 만나뵈러 가는 길이 아니었던가요?"

"음? 그래, 분명 그분을 뵈러 가는 길이지."

무우 도장의 물음에 진류 도장이 마을 입구의 바위에 새겨진 '삼정(三井)' 이라는 이름을 다시 한 번 확인하고는 답했다.

"그렇다면 어째서 이런 작은 마을로 들어가시려는 거지요? 제가 알기로 옥설 사숙조는 은거 중이시라고…….”

옥설 사숙조의 은거지라면 당연히 인적이 닿기 힘든 산중 심처나 깎아지른 듯한 절벽의 동굴 정도를 상상하던 무우 장문인에게 지금의 이 소박한 마을 풍경은 조금 이상하게 받아들여지고 있는 듯했다.

“그냥 잠자코 따라오면 알게 될 게다. 은거도 은거 나름인 게니…….”

사람이 사는 곳이라면 자연 거래가 일어나고 그에 따라 상권이 형성되기 마련이다. 이런 이치는 이곳 애가촌, 즉 삼정 역시 예외는 아니어서 마을의 중심으로 들어서자 크고 작은 상점들이 여럿 눈에 띄었다. 호객 행위를 하는 장사치들이 종종 일행의 주의를 끌곤 했지만 진류 도장은 눈길 한 번 주지 않고 계속 걸음을 옮겼다. 그리곤 거의 시장 거리가 끝나는 곳에 이르러서야 돌연 신형을 멈춰 세웠다.

스윽.

진류 도장의 시선을 좇아 전백을 비롯한 뒤따르던 이들이 한쪽으로 고개를 돌렸다.

원조(元祖) 애씨수귀어(艾氏修貴語).

이런 작은 마을에는 어울리지 않을 정도로 크고 화려한 간판이 단연 눈에 띄었다. 그리고 그 간판에 비하면 초라해 보일 정도로 낡은 작은 건물 역시도.

“하도 오랜만에 와서 조금 가물가물했는데 틀림없군요. 전 대협, 들어가시지요.”

일행의 우두머리라 할 만한 두 사람이 반쯤 열린 문을 밀어젖히며 건물 안으로 들어서자 나머지들은 영 갈피를 잡지 못하면서도 하는 수 없이 뒤를 따르는 수밖에 없었다. 그들이 들어서자 주인에게 객이 왔음을 알리려는 듯 대문에 달려 있던 작은 방울이 방정맞게 흔들렸다.

딸랑딸랑!

그들이 이 방울의 경쾌한 울림과 문을 열자 바로 이어지는 대청의 사방을 가득 메운 부적 다발들에 흠칫 놀라는 사이, 다다닥 하는 발소리와 함께 한 켠의 어두운 통로에서 누군가가 황급히 달려나왔다.

"허허헛, 늦어서 죄송합니다. 저희 가게를 찾아주셔서……."

"옥설 사숙, 진류입니다."

진류 도장이 지끈거리는 머리를 엄지와 중지로 지그시 눌렀다.

만면에 웃음을 띠며 손님을 맞이하던 주인장의 얼굴이 순간적으로 일그러졌다. 새하얀 백발(白髮)과 백미(白眉)를 보면 일흔은 훌쩍 넘긴 게 분명한 듯하지만 어울리지 않게 뚱뚱한 몸매와 발그레하게 혈색이 도는 두 뺨이 인상적인 노인장. 이십 대 젊은이의 그것만큼이나 곧은 허리도 단연 눈에 띄었다.

'저분이 무극검 옥설 도장?'

진류 도장의 '옥설 사숙'이라는 분명한 한마디에 무우 장문인과 소진, 그리고 설혼의 눈이 크게 치켜떠졌다.

"오랜만의 손님인 줄 알았더니만, 쯧쯧쯧. 설마 하니 그사이 또다시 장문인이 바뀐 것은 아닐 테고… 갑자기 또 무슨 일이냐? 흥! 혹시 여전히 같은 얘기를 하러 온 거라면 일찌감치 다시 산으로 돌아가거라."

무당의 장문인이 바뀌었다는 사실을 아는 것으로 보아 이미 누군가 한 번 소식을 전하고 돌아간 듯했다. 진류 도장은 내심 그것이 전 장문인인 진허 도장일 것이라 생각하며 서둘러 입을 열었다.

"오늘은 그게 아닙니다, 사숙. 실은 사숙님께 손님이 찾아오셨습니다."

"응? 내게 손님이?"

뚱뚱한 백발의 노인, 즉 옥설 도장이 의외의 대답에 놀란 표정을 지으며 진류 도장의 옆에 선 염소수염의 평범한 늙은이를 뚫어져라 바라보았다.

"설마… 전백?"

"하하하. 그래, 날세. 용케도 알아보는군. 나는 자칫 못 알아볼 뻔했네만… 옥설, 이 친구야! 나이도 먹을 만큼 먹은 사람이 무슨 살이 그리 많이 찐 겐가."

"살이 쪘다고? 흠, 그런가? 하긴 요즘 좀 많이 먹히는 것 같기는 했어. 가만, 그러고 보니… 진류야! 설마 나를 설득하려 이제는 저 사람까지 끌어들인 게냐? 응?"

살이 쪘다는 말에 자신의 몸을 두리번두리번 살피던 옥설 도장이 문득 이상한 생각이 든 듯 진류 도장을 다그쳤다.

"아, 아닙니다, 옥설 사숙. 전 대협께서 우연한 기회에 저희 무당을 찾으신 후 사숙을 만나보고 싶다고 하셔서 이렇게 모셔온 것입니다. 정말입니다."

"생각하는 것 하고는… 십수 년 만에 얼굴이나 한번 볼까 해서 왔더니 별 해괴한 소리를 다 듣게 되는군. 내가 무슨 노망이 들어서 무당 내부의 일에 끼어들려 하겠는가. 나도 그런 귀찮은 일은 딱 질색이라고."

진류 도장 역시 나이는 먹을 만큼 먹었지만 옥설 사숙 앞에서는 여전히 어려운 모양이다.

한편 전백의 이어지는 설명에 옥설 도장이 슬그머니 고개를 끄덕였다.

"하긴 그도 그렇군. 그런데 줄곧 내 얼굴을 뚫어져라 쳐다보는 저 세 녀석은 뭐 하는 놈들이지?"

"아! 저, 저들은……."

옥설 도장이 지칭한 세 녀석, 즉 설혼과 무우 도장, 그리고 소진은 귀머거리가 아닌 까닭에 즉시 깊숙이 고개를 조아리며 줄줄이 자신들을 소개했다. 그리고 간단히 이름을 말했을 뿐인 그들의 설명이 끝나자 진류 도장과 섬전무영 전백의 좀 더 자세한 설명이 이어졌다.

"설혼이라는 저 아이는 내 제자일세. 싸가지가 좀 없는 것만 빼고는 꽤 쓸 만한 녀석이지."

'크윽! 이건 정말 악연(惡緣)이야, 악연!'

졸지에 싸가지없는 제자 놈이 돼버린 설혼이 고개를 푹 떨구며 울상을 지었다.

"그리고 옆의 무우(無禍)는 얼마 전 진허 사제에 이어 장문인의 위(位)를 이어받은 제자이고 끝에 선 소진이라는 아이는 미력한 제 제자 놈입니다."

찬찬히 고개를 돌리며 그들을 살피던 옥설 도장의 눈빛이 어느 순간 반짝이며 이채를 발했다. 무언가 특이한 점이라도 발견한 것일까? 하지만 여전히 목소리에 변화는 없었다.

"자질도 좋은 것 같고 나이에 비해 성취도 탁월한 것 같네만 성품이 그렇다니 안타까운 일일세."

"그나마 맞으면 좀 고분고분해지니 다행이지. 클클클."

"자네가 고생이 많겠구만."

자신의 사부와 옥설 도장이 교대로 씹어대는 탓에 얼굴을 벌겋게 물들인 설혼은 차마 얼굴을 들지 못하고 계속 바닥만을 뚫어져라 쳐다볼 뿐이다.

"무우라고 했느냐?"

"예, 옥설 사숙조."

그가 무당을 뛰쳐나가 스스로 이곳에 정착한 이후로 진 자 항렬이 아닌 다른 문하인들의 방문을 받은 것은 처음이었기 때문에 옥설 도장의 눈빛은 더할 나위 없이 부드러웠다.

"이미 무당의 일에 관심을 끊은 지 이십 년도 넘은 내가 무슨 자격이 있겠느냐마는 이 말은 꼭 해두고 싶구나. 강호라는 곳이 비록 강자존(强者存)의 세계이기는 하지만 적어도 무당의 장문인이라면 의(義)와 협(俠), 그리고 정(正)이라는 세 글자의 말은 반드시 가슴속에 품고 있어야만 한다."

무우 장문인이 당대 무당 최고의 배분이자 전설적 검객인 옥설 사숙조의 말을 가슴 깊이 새기는 사이 옥설 도장의 노안(老眼)이 소진에게로 옮겨갔다. 지그시 그를 살펴보던 옥설 도장이 다시금 눈빛을 빛내며 입을 열었다.

"소진이라… 진류야, 이 아이가 정말 너의 제자가 맞느냐?"

"그렇습니다, 옥설 사숙."

옥설 도장의 두 눈이 소진의 몸 구석구석을 훑고 지나갔다. 섬전무영 전백은 입가에 한줄기 미소를 머금고 그런 그들의 모습을 지켜보고 있었다.

'후훗. 놀랄 만도 하지, 나 역시 그랬으니까.'

"기이한 일이로구나. 참으로 기이한 일이야. 근골이나 자질이 그렇게 뛰어나 보이지도 않건만 저런 말도 안 되는 성취라는 것은… 그렇다고 편협한 마공을 사용해 속성으로 무공을 익힌 흔적도 전혀 보이질 않고. 청출어람(靑出於藍)이라는 말이 있기는 하나 이건 도를 훨씬 넘어서는 것이지 않은가. 나조차도 사십이 넘어서야 저 정도의 경지에 다다를 수 있었건만… 진류야! 대체 저 아이에게 무얼 가르친 게냐?"

제 자식 같은 제자가 부담스러울 정도로 좋은 평가를 받는데 기분 좋지 않을 이가 누가 있겠는가. 진류 도장은 내심 크게 기뻐하며 공손히 대답했다.

"제가 저 아이에게 가르친 무당의 무공은 단 세 가지입니다. 검술로는 태극혜검을, 신법으로는 유운신법을, 내공술로는… 오행신공을 가르쳤습니다."

"무엇이? 오행신공이라면 천무 사조께서 미완의 무공으로 남기신 그 오행신공을 말하는 것이냐?"

"예, 옥설 사숙. 바로 그 오행신공입니다. 세심원에 몸을 담은 이래로 제가 십 년의 세월 동안 보완한 것을 저 아이에게 가르쳤습니다. 저 역시 저런 정도까지 기대를 했던 것은 아니었으나 본래 저 아이의 심성이 선한 탓에 하늘의 도움이 있어서 대성을 이루게 된 모양입니다."

"허허헛. 이것이야말로 참으로 경하할 일이로구나. 천무 사조님의 무공이 백여 년의 세월이 흐른 뒤에 다시 현세하다니! 장하구나, 장해. 정말 대단한 일을 해냈다."

이후로 끊임없이 옥설 도장의 질문 공세를 받던 소진과 진류 도장은 전백이 그를 끌고 이야기를 나누기 위해 가게 안쪽으로 들어간 이후에야 가까스로 한숨을 돌릴 수 있었다.

"애씨수귀어(艾氏修貴語)라면… 혹시 십 년 전 즈음 민간에 유행했던 부적이 아니었던가요? 그 학습 능력 강화 진언(眞言)이라고 선전했던?"

전백과 옥설 도장이 내원으로 사라지자 찬찬히 대청 안을 둘러보던 무우 도장이 가물가물한 기억 속에서 어렵사리 무언가를 끄집어낸 듯 이야기를 꺼냈다.

"오호, 용케도 그런 것을 기억하고 있었구나."

"그런데 어째서 이것을 옥설 사숙조께서……."

"잠시 앉아보거라, 내 차근히 설명을 해줄 터이니. 소진아, 너도 이리 오거라."

진류 도장이 무우 장문인과 소진만을 부르자 눈치가 빠른 설혼은 능청스레 서늘하기까지 한 건물 안이 덥다며 너스레를 떨더니 이내 혼자 밖으로 사라졌다. 결국 방 안에 자신과 소진, 무우 도장 이렇게 세 사람만이 남게 되자 진류 도장이 차분히 입을 열었다.

"백 년 이내에 무당제일기재로 평가받는 옥설 사숙은 본래 이곳 애가촌에서 태어나신 분이란다. 젊은 시절부터 옥설 사숙은 그 순후한 심성과 빼어난 오성, 그리고 무공에 대한 자질로 사조님들의 기대를 한 몸에 받았지. 당시의 성취가 얼마나 빨랐던지 솜이 물을 빨아들이는 것에 비유될 정도였으니까. 하지만 사숙은 정작 무공보다는 다른 것들에 관심이 더 많으셨단다."

"예? 다른 것들이라니요?"

"무공에 그 같은 재능을 가지고 계시면서도 옥설 사숙은 방술(方術)에 더 열을 올리셨지. 그중에서도 부적술에 말이다. 정해진 연공 시간 외에는 하루 종일 산에 기거하는 방사(方士)들을 찾아다니거나 방에 틀어박혀 홀로 방술을 연마하는 탓에 문 내에서조차 옥설 사숙의 얼굴을 보기가 힘들 정도였단다. 하지만 원래 방술이란 특별한 재능을 타고나지 않은 이들에게는 허용되지 않는 법. 그런 노력에도 불구하고 옥설 사숙은 별다른 성취를 얻지 못하셨지. 지금 생각해 보면 아마 그 때문에 사숙께서 더 더욱 방술에 매진하셨던 게 아니었나 싶다."

소진은 물론이고 무우 도장 역시 처음 들어보는 전대의 비사(秘事)였다. 무당 최고의 검객인 옥설 도장이 사실은 무공보다 부적술에 더 관심을 두고 있었다니… 무우 도장이 조금은 얼떨떨한 표정으로 중얼거렸다.

"그럼에도 불구하고 백 년 이내에 가장 강한 네 명의 무인들 중 한 자리를 차지하고 계시다는 것은……"

"말 그대로 천재라는 말이지. 그중에서 검에 관한 재능은 과거 뭇 사조님들의 입을 떡 벌어지게 만들었을 정도였으니까. 만약 옥설 사숙이 방술에 쏟았던 정열이 무공을 향한 것이었다면 무당에 삼봉 조사(三峰祖師)님 이래로 또 한 명의 '무(武)의 대종사'가 탄생하게 되었을지도 모를 일이란다."

함부로 말을 내뱉는 성격이 아닌 진류 도장이 이 정도로까지 평가하는 것을 보면 옥설 도장은 강호에 알려진 것보다도 훨씬 대단한 사람임에 틀림없었다.

"방술에 대한 옥설 사숙의 관심은 사십여 년 전의 정사대전을 거치며 강호상에 최고의 명성을 얻은 이후로도 변함이 없었다. 아니, 오히려 더 심해지셨지. 그때부터는 강호도 평화로웠고 옥설 사숙을 간섭할 만한 사람이 거의 없었으니까. 그리곤 언제부터인가는 직접 부적을 만들어서 문인들에게 사용하길 권유하시더구나. 아니, 정확히 말하자면 강요라고 해야겠지. 후훗. 머리를 맑게 만들어주는 부적이라고 하시면서 말이지. 당시 갓 장문인의 위(位)에 오른 진허 사제와 다른 사형제들은 당연히 이런 옥설 사숙의 행동을 극구 말렸단다. 생각해 보거라. 무당 최고 배분의 고수가 별 효력도 없는 부적을 만들고 다닌다는 사실이 강호에 알려지면 본 문의 명성이 어떻게 될지…….”

무우 도장이 이해가 간다는 듯 슬며시 고개를 끄덕였다.

“하지만 그 당시 우리는 큰 착각을 하고 있었던 게지. 모두가 나서서 만류하면 옥설 사숙도 뜻을 접으리라 생각하고 있었으니. 후후훗. 어느 날엔가 사숙의 처소엘 들어가 보니 사람은 없고 짤막한 편지만 하나 덩그러니 놓여져 있더구나. 그것은… 어릴 적 살던 곳에서 하고픈 바를 하며 살겠다는 내용이었다.”

“그, 그런! 그렇다면 옥설 사숙은 은거한 게 아니라 스스로 산을 내려가셨다는 말인가요?”

“그렇단다. 그리고 이번에 역시 같은 이유로 나와 사형제들은 이 사실을 철저히 숨겼지. 무당을 위해서도, 그리고 옥설 사숙을 위해서도 강호의 호사가들이 이 사실을 떠벌리고 다니게 할 수는 없었으니까. 때문에 부득이 제자들에게는 옥설 사숙이 은거에 들어가셨다고 속이게 된 것이다. 이후로 매해 진 자 항렬의 사형제들이 은밀히 이곳을 찾아 옥설 사숙이 돌아오시기를 간청했지만 아직까지도 사숙께서는 저렇게 뜻을 굽히지 않고 계시는구나.”

옥설 도장에 얽힌 숨은 사연을 알게 된 무우 장문인이 깊은 탄식음을 내뱉었다.

한편 소진은 골똘히 생각에 잠겨 있다가 진류 도장에게로 시선을 향했다. 얼굴엔 뭔가 의아하고 미진한 기색이 잔뜩 서려 있었다.

"사부님, 그런데 어째서 옥설 사숙조가 이런 곳에서 부적을 팔면 안된다는 것이죠? 전 잘 이해가 가질 않습니다. 이 사실을 강호인들이 알게 되는 것이 그렇게 큰 문제인가요?"

"소진아, 생각해 보렴. 옥설 사숙은 현재 무당파뿐만 아니라 강호 전체에서도 최고의 위치에 계시는 분이다. 그런 분이 한낱 이런 작은 마을의 초라한 가게에서 부적이나 팔고 있다는 사실이 알려진다면 사람들이 우리 무당파를 어떻게 생각하겠느냐."

"하지만 저도 음식을 팔고 있잖아요. 제가 음식을 만들어 파는 것은 괜찮지만 옥설 사숙조께서 부적을 만들어 파는 것은 안 된다는 것인가요? 게다가 사숙조께서 원하시는 일이잖아요. 마치 제가 요리를 하면서 행복을 느끼듯이 사숙조께서도 그런 건 아닐까요?"

"그, 그건 말이다……."

일순 진류 도장의 말문이 막혔다. 아무래도 자신의 제자는 세상을 너무 곧은 시선으로 바라보고 있는 것 같았다. 옛말에 직업에 귀천은 없다고 했지만 오늘날 이 말을 곧이곧대로 받아들이는 이들은 찾아보기 힘들다. 사회적 통념상 예로부터 요리사는 상당히 인정받는 고급 직종 중 하나이지만 부적과 주술을 다루는 술사(術士)는 모두가 기피하고 천대하지만 필요에 의해 찾게 되는 부류의 이들일 뿐이었다. 더욱이 초일류의 요리사와 삼류의 부적술사라는 직업 사이에는 하늘과 땅만한 차이가 있는 것이다.

또한 무당 최고의 어른이자 무당을 대표한다고까지 말할 만한 옥설 도장과 이제 갓 강호에 이름을 알렸을 뿐인 소진을 대등한 입장에서 비교한다는 것 자체가 그의 입장에서는 어불성설이었다. 하지만 그가 이 순진한 제자를 이해시키기 위해 무언가 설명을 곁들이려는 순간 또 다른 목소리가 먼저 대청 안을 울렸다.

"허허헛. 그놈 참 시원시원하게 말도 잘 하는군."

안쪽으로 연결된 통로에서 옥설 도장과 전백이 다시금 모습을 드러냈다. 진류 도장과 소진의 얼굴에 순간적으로 당황하는 기색이 서렸다. 안 보이는 곳에서 남의 말을 하고 있었으니 가슴이 뜨끔했던 것이다.

한편 옥설 도장은 한결 부드러워진 시선으로 소진을 바라보고 있었다.

"정말 성품이 곧은 아이로구나. 나 자신의 행복을 위해 무당을 버릴 것인가, 아니면 무당의 명예를 위해 개인의 행복을 저버릴 것인가! 이것은 지난 수십 년간 내 인생 최대의 화두(話頭)였으며 동시에 끊임없이 저 녀석들과 대립해야 했던 이유였다."

옥설 도장이 말하는 '저 녀석들'이란 진류 도장을 비롯한 진 자 항렬의 무당 제자들을 지칭하는 것이었다.

"수십 년을 고민했지만 난 아직도 이 화두에 대해 뚜렷한 결론을 내리지 못하고 있단다. 분명 내가 하고 싶은 일을 하면서 무한한 자유와 삶의 희열을 맛보긴 하지만 한 켠으로는 나를 키워준 무당을 여전히 잊지 못하고 있는 것이지. 하핫. 이런, 괜스레 말이 주절주절 길어졌군. 이 늙은이의 시답잖은 이야기는 이쯤에서 그만두도록 하고 다 같이 차나 한잔하도록 하지."

자신에게로 모여드는 시선이 조금은 부담스러웠던 듯 옥설 도장이 서둘러 자신의 독백과 같은 이야기를 마무리지었다.

엷은 김과 함께 아름다운 계화향(桂花香)이 대청 안을 은은하게 휘돌았다. 오랜만의 마음에 드는 손님들을 위해 옥설 도장이 특별히 내놓은 금선오룡차였다. 잠시 자리를 피해 밖으로 나가 있던 설혼 역시 어느새 한 자리를 차지하고 앉아 손바닥에 전해지는 찻잔의 온기를 즐기고 있다.

옥설 도장은 소진에 대해 궁금한 점들이 많은 듯 여러 가지를 물었다. 대부분이 그의 요리에 관련된 것들이었는데, 덕분에 소진의 이십 년 요리 인생이 줄줄이 쏟아져 나오면서 장내는 화기애애한 분위기가 이어지고 있었다.

'후후훗. 설마 하니 내가 옥설 사숙에게서 차를 대접받는 날이 올 줄이야… 돌아가 사형제들이 이 사실을 안다면 다들 놀라 자빠지겠군. 더구나 이런 분위기에서 말야. 언제나 사숙의 냉담한 반응에 씁쓸한 기분으로 문을 나서야만 했는데……. 그나저나 옥설 사숙께서도 소진이를 상당히 마음에 들어하시는 것 같군.'

진류 도장으로선 이곳 옥설 사숙의 거처에서 이렇게 훌륭한 차를 대접받으며 담소를 나누고 있는 지금의 현실이 경이로움으로 다가오는 듯했다. 그런 그의 귀로 지금의 분위기를 만드는 데 결정적 역할을 하고 있는 애제자의 목소리가 들려왔다.

"그런데 옥설 사숙조, 저희가 지금 한창 한가한 시간대에 찾아온 건가요? 아까 들어오는 길에 보니까 현판이 엄청나게 화려하게 걸려 있어서 저는 장사가 굉장히 잘되는 곳인 줄 알았는데, 웬일인지 지금까지 손님이 한 명도 없네요."

'꿀꺽! 뭐, 뭐라고?'

이 평화로운 분위기를 만끽하며 고아한 자세로 차를 한 모금 입 안에 머금던 진류 도장이 저도 모르게 그걸 꿀꺽 들이키며 옆 자리의 소진에게로 황급히 시선을 돌렸다. 그리곤 곧바로 다시 반대 편의 옥설 도장을 바라보았다. 애써 얼굴의 웃음을 유지하는 빛이 역력한 옥설 도장이 떨떠름한 목소리로 입을 열었다.

"무, 물론 장사가 잘되긴 했지, 십 년 전까지는……."

"십 년 전이라고요?"

내막을 알지 못하는 소진과 설혼 등이 모두 귀를 쫑긋 세웠다. 옥설 도장은 나지막이 한숨을 내쉬며 그다지 유쾌하지 못한 과거지사를 이들에게 꺼내놓기 시작했다.

"그렇다. 십 년 전 갑자기 가짜 부적들이 대량으로 유통되기 전까지만 해도 매일같이 밤새 만든 부적들이 다음날 오전이면 모두 동이 날 정도였으니까."

"예? 가짜 부적이라면… 그럼 십 년 전 학습 능력을 올려준다며 한창 유행하던 애씨수귀어가 애초에 옥설 사숙조께서 만들어냈던 것이란 말인가요?"

"현관의 간판에 분명히 써 있질 않느냐, '원조'라고. 스스로 산을 내려온 이후 수년간의 노력 끝에 이루어낸 결실이 바로 이 애씨수귀어였지. 이름하여 학습 능력 강화 진언. 허허헛. 이때까지 부적들은 대부분이 복을 부르고 화를 피하려는 목적의 것들이었기 때문에 이런 류의 부적은 단연코 이것이 처음이었단다."

나름대로 상당한 자부심을 가지고 있었던 듯 옥설 도장의 목소리에 은근히 힘이 들어갔다.

"이런 궁벽한 곳에서 처음 판매를 시작했지만 입소문이 퍼지면서 한 달 정도가 지나자 말 그대로 불타나게 팔리기 시작하더구나. 당시의 성취감이라는 것은 정말이지… 게다가 솔직히 말하자면 그 '돈 버는 재미' 라는 것도 생각보다 쏠쏠했단다. 이 나이를 먹도록 내 손으로 직접 돈을 벌어본 것은 그때가 처음이었지. 그렇게 대략 세 달 정도가 지났을까? 어느 순간부터인가 손님이 거짓말처럼 뚝 끊기더구나. 무슨 일인가 싶어서 알아보니, 정말 어처구니없게도 가는 곳마다 상인들이 가짜 애씨수귀어를 만들어서 팔고 있더구나. 심지어는 지나는 길에 잠시 들어간 객잔에서조차 한쪽 구석에서는 어엿이 그것이 팔리고 있었을 정도였으니까. 한두 놈이면 내가 잡아서 흠흠… 손을 좀 봐줄 수도 있었겠지만 가는 곳마다 너나 할 것 없이 이걸 만들어서 팔고 있으니 도저히 방법이 없더군. 고심하다가 입구에서 본 것처럼 커다란 간판까지 걸어보았지만 그것도 전혀 소용이 없었다. 게다가 엎친 데 덮친 격으로 시일이 조금 더 지나니 애씨수귀어 열풍도 차츰 사그라들더구나. 그 이후로는 뭐… 이렇게 근근이 오는 손님들에 의지해서 살고 있는 게지. 이른바 장기 불황이랄까?'

마지막에 이르러서는 은근히 힘이 빠지는 옥설 도장의 목소리였다.

"푸하하핫! 재밌군, 재미있어. 그 지닌 바 검술의 끝이 보이질 않는다는 천하의 무극검 옥설 도장이 가뭄에 콩 나듯 드나드는 손님에 의지해 근근이 생계를 유지하고 있다는 사실을 강호인들이 안다면 어떤 표정을 지을지… 그들은 아마 자네라면 기화요초가 만발하는 심산유곡의 도원경(桃源境)에서 마치 신선과 같은 생활을 하고 있으리라 생각하고 있을 텐데 말야."

꿈틀!

전백의 비웃음인지 한탄인지 모를 한마디에 옥설 도장의 양미간이 좁혀지며 눈썹 끝이 슬쩍 치켜 올라갔다. 크게 내색하지는 않지만 분명 심기가 상했다는 증거이리라.

"근근이 살아간다라… 후훗. 재밌는 표현이군."

옥설 도장이 자그마한 목소리로 전백의 말을 곱씹었다.

"나도 그렇겠지만 자네 역시 사람들이 지금의 사는 모습을 알게 된다면 아마 경악을 금치 못할 걸세. 허허헛. 천하의 누구도 잡을 수 없다는 섬전무영 전백이 고작 어느 집의 마부 노릇이나 하고 있다니 말야. 더구나 강호에서 활동할 적에는 혼자서 온갖 신비한 척은 다하며 돌아다녔던 사람이면서 말이지."

전백 역시 미간에 살짝 주름이 잡혔다. 옥설 도장의 반격이 그의 속을 박박 긁어놓았기 때문이다. 하지만 또 다른 독설을 쏘아붙이거나 하지는 않았다. 대신에 그의 입가에 약간은 허허로우면서도 자조적인 미소가 떠올랐다.

"후훗. 그래, 아마도 그렇겠지. 백 년 이내에 따를 자가 없다는 절대사천(絶代四天)의 여생들이 이렇게 평이한 것일 줄이야 그 어느 누가 예측이나 하겠는가. 단지 광무자 그 친구만이 아직 강호에 미련이 남아 있는 듯하군."

이를 두고 인생무상이라 해야 하는가? 전백의 담담한 음성에서 묻어나오는 삶의 달관적인 내음에 잠시 장내의 인물들이 입을 다물었다. 그리고 이 잠시간의 정적은 계속 말을 꺼낼 시기만을 엿보고 있던 무우 장문인에게는 더할 나위 없이 좋은 기회가 되었다.

"옥설 사숙조, 실은… 무당의 제자이자 장문인으로서 제가 간곡히 부탁드릴 일이 한 가지 있습니다."

"부탁이라고? 한번 말해 보거라."

"이미 전 대협께 전해 들으셨겠지만, 구대문파를 상대로 비무행을 벌이고 있는 청성파가 지금 저희 무당을 향해 오고 있습니다. 그리고 그들의 중심에 자리 잡고 있는 이가 바로 광무자이지요. 정사대전 이후 수십 년간의 유례없는 평화기를 보내며 축적된 구대문파의 힘은 가히 최고조에 이르렀다 해도 과언이 아닐 것입니다. 하지만 그런 그들을 상대로 청성은 압도적인 승리를 거두며 비무행을 계속해 나가고 있습니다. 그것도 정정당당한 승부를 통해서 말이지요. 처음엔 저도 대무당의 힘을 믿었지만 비무일이 가까워 올수록 점점 자신이 없어집니다. 그중에서도 특하나 우려되는 바는 옥설 사숙조 이래로 청성의 광무자를 상대할 만한 고수가 저희 무당에는 아직 존재하지 않는다는 사실입니다."

털썩!

누가 채 말릴 틈도 없이 무우 장문인이 옥설 도장의 앞에 무릎을 꿇었다.

"옥설 사숙조! 무당을 위해 광무자를 상대해 주실 수는 없겠습니까?"

무우 도장의 이 예기치 못한 행동에 다른 이들은 그저 크게 놀란 얼굴로 이 두 사람을 번갈아가며 주시할 뿐이었다. 옥설 도장 역시 당황스럽기는 매한가지였으나 크게 내색하지 않은 채 자신의 앞에 무릎 꿇고 있는 무우 도장을 물끄러미 바라보았다.

'이 아이는 아직 광무자라는 사람을 모르고 있구나. 내가 있음을 알면서도 우리 무당을 향해 오고 있다는 것은 나를 꺾을 자신이 있다는 것이겠지? 그래, 분명 그럴 테지. 그는 절대 확률없는 싸움을 벌일 위인이 아니니… 더구나 지난 세월간 수련을 소홀히 한 나로서는 더 더욱 역부족일 터. 하나……'

"좋다. 승패를 장담할 수는 없으나 내가 그를 상대하마. 하지만 다시 산으로 돌아가겠다는 말은 아니다. 내 집은 여전히 이곳이라는 뜻이다. 알겠느냐?"

도저히 무당의 위기를 모른 척할 수는 없었던 옥설 도장이 그의 간청을 수락하자 무우 도장이 조마조마하던 가슴을 쓸어 내리며 안도의 한숨을 내쉬었다. 그리곤 만면에 활짝 웃음을 띠며 크게 고개를 끄덕였다.

"알겠습니다, 옥설 사숙조. 그리고 어려운 결정에 정말 감사드립니다."

"나 역시 무당 제자의 한 명인데 당연한 선택이 아니겠는가. 그리고 내 분명 승패를 장담할 수는 없다고 했으니 다른 준비들도 철저히 하는 것이 좋을 게야. 광무자는 너희가 생각하는 것 이상의 능력을 가진 사람이니까. 그나저나 녹슨 몸을 제대로 움직이도록 만드는 데 시간이 충분할지 모르겠군. 그럼 때가 되면 이리로 사람을 보내도록 하거라."

옥설 도장이 의자에서 몸을 일으켰다. 그리고 그의 이런 언행은 객들이 돌아갈 시간이 되었음을 알리는 것이기도 했다.

"후후훗. 이렇게 모처럼의 손님들을 쫓아내기가 바쁘다니. 주인장이 급하기는 급한가 보군. 옥설, 행운을 비네."

"고맙군. 멀리 나가지는 않겠네. 살펴가게."

진심이 담긴 한마디는 무언가 가슴으로 전해지는 바가 있는 법. 옥설 도장이 잔잔한 미소와 함께 전백을 배웅했다. 과거의 동료이자 경쟁자, 그리고 경지에 다다른 한 사람의 무인으로서 현재 옥설 도장의 심경을 가장 잘 이해하고 있는 이는 바로 전백인 듯싶었다.

"그럼 저희도 이만 물러가겠습니다, 사숙."

진류 도장 역시 무우 장문인과 소진을 대동한 채 자리에서 일어나

깊숙이 허리를 숙여 보였다. 옥설 도장의 확답을 얻어냈기 때문인지 무우 장문인과 진류 도장은 한껏 고무된 표정이었다.

"그래, 조심히들… 음? 설마 지금 너희 모두 가겠다는 말은 아니겠지?"

"예? 옥설 사숙, 그게 대체 무슨 말씀이신지…….."

"이런, 쯧쯧쯧. 오늘부터 내가 수련을 하게 되면 가게의 장사는 누가 할 것이며 밥이나 청소는 다 누가 한단 말이냐!"

옥설 도장의 퉁명스런 대꾸에 행여나 일이 틀어질 것을 염려한 무우 장문인이 즉시 살가운 목소리로 대답했다.

"옥설 사숙조, 그런 것이라면 염려 마십시오. 제가 산으로 올라가는 즉시 가장 똘망똘망한 제자를 하나 선발해 이리로 데려오도록 하겠습니다."

"흥! 됐다. 다른 녀석들은 다 필요없으니 저 아이만 남겨놓고 가도록 하거라. 본산의 그 헛똑똑이들의 시중을 받으니 차라리 저 아이가 나을 듯싶구나. 게다가 실력있는 요리사라 하였으니 간만에 음식다운 음식들도 좀 먹어보고 말이지."

"소, 소진을 말입니까?"

"정확히 알아들었으면서 군이 반문하는 이유는 또 뭐람. 그래, 바로 그 아이를 두고 하는 말이다. 왜, 고작 이 늙은이의 시중을 드는데 네 제자는 너무 과분하다는 말이 하고 싶은 게냐?"

"제가 어찌…….."

"그럼 됐군. 내 말대로 소진, 그 아이만 남기고 너희는 가보도록 하거라. 후에 연락이 오면 이 아이와 함께 본산으로 올라가도록 하마."

"예, 옥설 사숙."

조금 떨떠름한 표정으로 소진에게 옥설 사숙을 잘 모실 것을 당부한 진류 도장이 무우 장문인을 대동한 채 멀어져 갔다. 며칠간 애제자의 얼굴을 보지 못한다는 사실이 아쉽긴 했지만 이십여 년 만에 처음으로 옥설 사숙이 무당이라는 이름 아래 모습을 드러낸다는 사실에 대한 흥분은 그 아쉬움을 충분히 덮어주고도 남음이었다.

第二章

기묘한 동거

따악!

귀신처럼 다가온 옥설 도장의 중지가 한차례 튕겨지며 소진의 이마 한가운데를 정확히 가격하고 돌아갔다.

"아얏!"

마치 맹렬히 날아오는 짱돌에 얻어맞은 것만 같은 극심한 통증이 순식간에 이마에서 얼굴 전체로 퍼져 나갔다. 눈물이 핑 하고 돌 정도의 충격.

"옥설 사숙조, 대체 왜!!"

이미 벌겋게 부어오르기 시작하는 이마를 싹싹 문지르던 소진이 울상이 되어 물었다.

'아뜨아! 골이 다 흔들거리네. 이게 웬 마른하늘에 날벼락이냐. 아무런 말도 없이 빤히 쳐다보기만 하시다가 느닷없이 이렇게 주먹을 날

리시다니. 뭐 맘에 안 드는 게 있더라도 말을 해야 내가 알 것 아냐!'

사실 억울한 마음이 드는 것도 무리는 아니었다. 그렇다면 잠시 소진이 옥설 도장에게 마빡을 가격당하기 직전의 상황을 살펴보자.

수년 만에 모처럼 북적거리던 옥설 도장의 부적 가게는 진류 도장과 전백 일행이 이곳을 떠난 후 다시금 특유의 괴기스러운 적막감에 휩싸였다. 사방 벽면에 걸린 누런 부적 더미들과 방 안을 밝히는 단 두 개의 작은 촛불. 그 미약한 불빛이 간혹 일렁이기라도 하면 실내에는 기묘한 흔들림이 만들어진다. 혹시 겁 많은 꼬마 아이라도 한 명 있었다면 금세 무서워 울음을 터뜨렸을지도 모를 만큼 사뭇 음침하고 기괴한 분위기였다.

'다들 같이 있을 때는 모르겠더니, 원래는 이런 곳이었던가? 굳이 부적의 효과를 떠나서 이런 분위기라면 장사가 안 되는 것도 무리는 아니로군.'

가게에 파리만 날리는 원인 중 한 가지를 나름대로 결론 내린 소진이 문득 이상한 느낌에 고개를 정면으로 돌렸다.

"으힉!"

무심코 돌아가는 시선 가득 들어오는 둥글둥글한 얼굴. 원래는 그의 뒤편에 서 있던 옥설 도장이 어느새 기척도 없이 정면으로 반 장 거리까지 다가와 빤히 그를 쳐다보고 있었다. 겁이 많은 것은 아니지만 그렇다고 결코 강심장도 아닌 소진이 순간적으로 놀라 살짝 뒷걸음질친 것도 무리는 아닌 듯싶다.

"사, 사숙조."

소진은 놀란 가슴을 진정시키며 떠듬떠듬 말을 꺼냈지만 이 특이한 사문의 존장은 여전히 묵묵부답인 채였다. 단, 시선만은 여전히 그를 향한 상태로······.

도무지 상대의 의중을 파악할 수가 없는 소진은 간간이 눈동자를 좌우로 돌리며 겨우겨우 상대의 부담스러운 시선을 받아내고 있었다. 일방적으로 한 사람에 의해 조장된 것이긴 했지만 어색한 공기가 두 사람 사이를 짙게 흘렀다.

씨익.

뚫어져라 자신을 향하는 시선이 더 이상은 견디기 어려웠는지 소진이 애써 얼굴 근육을 움직이며 부자연스러운 웃음을 지어 보였다. 둘 사이의 어색한 공기에 딱 어울릴 듯한 어색한 웃음이었다. 그런데 소진의 이런 노력이 가상해서였을까? 시종일관 아무런 변화도 없던 옥설 도장의 얼굴에도 드디어 변화가 나타나기 시작했다. 동그란 눈이 가늘게 좁혀지고 눈가 잔주름의 골이 깊어졌다. 입꼬리도 슬며시 말려 올라갔다. 흉내 내기라도 하는 것인지 소진과 비슷한 표정의 웃음을 머금는 것이다.

씨익.

드디어 상대의 얼굴에 최초의 변화, 그것도 상당히 긍정적으로 보이는 변화가 생기자 당연히 소진의 웃음은 더욱 짙어지고 여유로워졌다. 그에 따라 옥설 도장의 미소 역시 더 더욱 짙어졌다. 이제는 두 사람 사이에 감돌던 어색한 공기도 차츰 걷혀가는 듯이 보였다. 아니, 적어도 소진은 그렇다고 확신하고 있었다. 하지만 이런 생각에 마음을 한결 편안히 하는 순간, 눈앞이 번쩍 하며 무언가 그의 얼굴을 스치고(?) 지나갔다.

내려오던 길에 머리 위에 머물던 태양은 이제는 산허리에 턱하니 걸쳐 있다. 왔던 길을 되돌아 다시금 은밀한 산로를 따라 무당산을 오르던 일행이 문득 걸음을 멈췄다. 일행이라고 해봐야 고작 두 명뿐이지만 그 면면은 실로 범상치가 않았다.

한 명은 대무당파의 장문인인 무우 도장이었고, 다른 한 명은 그의 사숙인 진류 도장인 것이다. 정오경에 함께 이 길을 지났던 섬전무영 전백과 그의 제자는 이미 되돌아오는 길에 헤어진 후였다. 좀처럼 강호에 모습을 드러내지 않는 귀한 손님들인 까닭에 무우 장문인이 직접 산에서 며칠 머물고 가기를 청하였으나 또 다른 약속을 이유로 걸음을 달리하게 된 것이다.

선두에서 길을 오르던 진류 도장이 돌연 몸을 세우자 뒤따르던 무우 장문인 역시 걸음을 멈췄다.

"진류 사숙, 무슨 문제라도…….."

"응? 아, 아니다. 아까는 경황이 없어서 미처 생각이 미치지 못했는데 문득 옥설 사숙과 관련된 옛날 일들이 떠오르는구나."

"그렇다면 저로서는 도저히 알 길이 없겠군요. 옥설 사숙조에 관한 일들은 워낙에 사숙, 사백님들께서 쉬쉬하신 탓에…….."

"후훗. 하긴 그도 그렇겠구나. 옥설 사숙조의 별호가 무엇인지는 너도 알고 있겠지?"

"그야 시정의 잡배들조차도 모두 알고 있는 사실이 아닙니까. 지닌 바 검술의 끝을 알 수 없다 하여 무극검(無極劍)이 아닌지요."

"그렇지, 무극검. 참으로 멋들어지면서도 옥설 사숙에게 잘 어울리는 별호지. 하지만 문 내에서 옥설 사숙을 부르는 또 다른 별칭이 있었다는 사실을 너는 알고 있느냐?"

옥설 도장에 관한 감춰진 비사를 듣게 된다는 사실에 무우 장문인의 눈이 반짝 빛났다.

"도무지 모르겠습니다, 사숙."

"으슥한 곳에서 우리들끼리는 옥설(玉雪) 사숙을 이렇게 불렀단다. 목설(目說) 사숙이라고. 문자 그대로 눈으로 말한다는 뜻이지. 마치 너희가 진척을 미친 돼지 같다 하여 광돈(狂豚)이라 부르는 것과 같은 맥락으로 이해하면 될 것이다."

진류 도장이 말하는 '우리들'이란 당연히 진 자 항렬의 도인들을 지칭하는 것이리라. 한편 '목설 도장'이라는 이름에 저도 모르게 실소를 터뜨리던 무우 장문인은 마지막에 나온 '광돈'이라는 말에 깜짝 놀라 두 눈을 동그랗게 뜨고 진류 사숙을 바라보았다.

"그, 그걸 어떻게!"

"나이가 들다 보니 유독 귀만 밝아지더구나. 듣지 않으려 해도 별의별 말들이 다 들려오니 원……."

"지, 진류 사숙! 설마 그걸 진척 사숙께서도 알고 계신 건 아니겠지요?"

무우 도장의 양 손바닥이 축축하게 젖어들었다. 괴팍하기가 이를 데 없는 성격과 돼지 같은 먹성 탓에 무 자 항렬의 제자들 사이에 은밀히 광돈(狂豚)이라는 별명으로 불리우던 이가 바로 전(前) 진무각주인 진척 도장이다.

'그 지랄 같은 성격의 진척 사숙이 혹시라도 이 사실을 알고 있다면?!'

꿀꺽!

무우 장문인은 저도 모르게 마른침을 넘겼다. 마치 문인들 사이에 무청 도장과 같은 존재가 바로 진 자 항렬의 노도장들 중에는 진척 도장이었다. 단지 차이가 있다면 무청 도장이 그 특유의 성격과 집법원 주라는 직책 탓에 냉막, 경외, 공포의 대명사라면, 진척 도장은 선천적인지 후천적인지 모를 그 '지랄 같은' 성격 탓에 난폭, 포악, 폭행의 대명사로 군림하고 있다는 점일 것이다.

"진척의 성격은 내가 누구보다 잘 알지. 그 다혈질에 말보다 주먹이 앞서는 녀석이 이런 사실을 알았으면 이제까지 가만히 있었겠느냐? 후훗, 아마 너희 사형제들 모두 족히 며칠은 정양해야 할 정도로 두들겨 맞았을 게다. 하지만 걱정 말거라. 괜히 벌집을 들쑤셔서 애꿎은 제자들 줄초상나게 할 생각은 전혀 없으니 말이다."

'휴우~ 다행이로군.'

무우 도장은 그제야 깊은 한숨을 내쉬었다. 자칫하면 며칠이 아니라 몇 달을 누워 지내야 할지도 모를 일이었으니 당연히 안도의 한숨이었다.

누군가 인간은 망각의 동물이라고 했던가? 눈앞의 위험이 사라지자 이번엔 호기심이 다시금 슬그머니 머리를 들고 일어서는 것이 아닌가! 어쩌면 인간이라서가 아니라 무우 도장이라서 그런 것일지도 모르겠다.

"진류 사숙, 그런데 아까… 후훗! 목설 도장이라고 하셨던가요? 옥설 사숙조는 대체 무엇 때문에 그렇게 불리우셨던 것이죠?"

"내 정신 좀 보게나. 별명만 말하고는 이유를 설명하지 않았구나. 옥설 사숙께서는 그 부적술에 대한 유별난 관심만큼이나 특이한 행동들을 종종 하시곤 했지. 그중 대표적인 것이 바로 '눈빛으로 말하기'였다."

"눈… 눈빛으로 말한다고요?"

"그렇지. 그분께서는 상대가 진정으로 자신을 공경하고 따른다면, 그러니까 자신에 대한 상대방의 마음이 진실하다면 단지 눈빛만을 가지고도 본인의 의중을 파악할 수 있다고 생각하셨던 것 같다. 그래서 종종 마음에 드는 제자들이 있으면 앞에다 불러 세워놓고 아무런 말도 없이 노려보기만 하셨지. 하나 눈빛으로 상대의 심중을 읽어내는 일이 어디 쉬운 일이겠느냐? 수십 년을 사귀어온 지우(知友) 사이일지라도 거의 불가능한 일일 텐데 말이다. 그래서 붙여진 별명이 바로 목설(目說) 도장인 게지."

"그런 일이……."

범인의 범주를 크게 벗어나는 옥설 도장의 기행(奇行)에 무우 장문인의 얼굴엔 망연한 기색이 역력했다.

"하나 오늘 뵈니 예전의 괴팍하던 성격도 많이 수그러지신 듯하더구나. 설마 하니 아직까지도 그런 생각을 가지고 계신 것은 아니겠지."

설마 하는 생각을 하면서도 두 사람의 머리 속에 각기 한 사람의 얼굴이 떠오른 것은 우연일까?

딱!

이마 한가운데에서 시작해서 순식간에 얼굴 전체로 퍼져 나가는 통증. 소진은 양손으로 이마를 감싸며 온몸을 뒤틀어댔다. 그리고 혹시 머리에 금이 가지는 않았을까 걱정할 만한 통증에 뒤이어 여러 가지 생각들이 꼬리에 꼬리를 물고 이어졌다.

'갑자기 이게 무슨 일이지? 내가 무슨 실수라도 한 건가? 아냐, 그럴 리가 없지. 난 아무 말도 하지 않고 가만히 있었잖아. 그럼 대체 왜!!'

"사숙조, 대체 왜!"

"쯧쯧쯧."

열심히 이마를 문지르며 곰곰이 생각해 본 결과 소진이 내린 결론은 한 가지. '억울하다'였다. 하지만 옥설 도장은 이런 소진의 마음을 아는지 모르는지, 그리고 벌겋게 부어오르는 이마는 보이지도 않는지 오히려 고개를 절레절레 흔들며 혀를 차는 것이 아닌가.

"아둔한 놈. 내가 그토록 많은 이야기들을 하였건만 단 한 마디도 알아듣지 못하다니… 게다가 그 멍청한 웃음은 또 뭐란 말이냐."

"그, 그런 억지가! 사숙조께서 언제 말씀을 하셨다는 거예요. 아무 말도 없이 그냥 저를 뚫어져라 쳐다보기만 하셨잖아요. 그리고 하도 그러시니 제가 어색한 분위기를 조금이라도 풀어보려고 억지로 웃음을 지어 보였던 거고요!"

"허허~ 큰일이로군. 너는 정말 내가 눈빛에 실어보낸 그 많은 말들을 단 한 마디도 알아듣지 못했단 말이냐?"

'세, 세상에나! 눈빛으로 말을 했다고?'

순간적으로 머리가 지끈거렸다. 이 말도 안 되는 이야기를 어떻게 받아들여야 한단 말인가. 옥설 사숙조가 겉으로는 멀쩡해 보여도 실은 치매에라도 걸린 게 아닌가 하는 생각이 들 정도였다.

"정말 말도 안 되잖아요, 사숙조! 어떻게 사람이 눈으로 말을 할 수가 있으며, 또 그걸 알아들을 수가 있단 말인가요!"

"스스로의 의지가 군건하고 진정으로 상대를 위하는 마음이 있다면 안 될 것도 없겠지. 나는 그래도 진류의 제자라는 말에 혹시나 하는 마음을 가졌건만……."

묘한 의미를 담고 있는 말이었다.

"예? 거기서 왜 갑자기 사부님 얘기가……."

일순 '설마' 하는 생각이 들기도 했으나 말 그대로 '설마' 였을 뿐이다. '설마 그럴 리가 있나' 할 때의 바로 그 '설마' 말이다.

다시 무당산 자락의 가파른 계곡.

"진류 사숙, 그런데 사숙께서도 옥설 사숙조의 그 '목설(目說)'이란 것을 당해보셨나요?"

"그럼, 당연하지. 아마 진 자 항렬의 사형제들 중 옥설 사숙님께 곤란한 경우를 당해보지 않은 사람은 단 한 명도 없을 게다."

"푸푸풋! 저, 정말인가요?"

"……."

지금의 백발 성성한 노도장들이 이십여 년 전에 옥설 사숙조의 앞에서 쩔쩔매고 있는 모습을 상상하니 터져 나오는 웃음을 도저히 참을 길이 없었다. 하나 그에게로 향하는 진류 도장의 의심스런 눈초리에 무우 장문인은 금세 자신의 실태를 깨닫고는 황급히 말꼬리를 돌렸다.

"흐흠. 제가 알고 있던 옥설 사숙조의 모습과는 너무 딴판이라서 저도 모르게 그만… 그런데 여러 사숙, 사백님들께서는 그런 상황에서 어떻게 벗어나셨던 건가요?"

진류 도장은 잠시 무우 장문인에게 의미심장한 눈길을 던지다가 이내 물음에 답했다.

"갑자기 앞을 가로막고 서서는 아무런 말도 없이 쳐다보기만 하시는데 사실 무슨 대책이 있을 수가 있겠느냐. 단지 한 가닥 실낱같은 행운을 바라며 그분의 심중을 헤아려 보는 게지."

"한 가닥의 요행이라니… 하하핫. 그거야말로 정말 사막에서 꽃을 피우려는 격이로군요. 이건 혹시나 해서 여쭙는 거지만, 설마 그런 식으로 옥설 사숙조님께서 원하시는 답을 내놓은 분이 계셨던 건 아니겠지요?"

"……."

"아, 아니겠지요?"

"……."

거듭되는 물음에도 여전히 묵묵부답. 무우 장문인은 당연하리라 여겼던 자신의 생각이 빗나갔음을 직감적으로 알아챌 수 있었다.

'나의 경험으로 비춰볼 때 무언(無言)은 곧 긍정을 의미하지. 하지만 그 사실이 이렇게 대답을 망설이게 할 만한 것은 아닐 텐데… 진류 사숙께서 뭔가 말하기 곤란한 사실이라도 있는 것일까?'

"하, 하핫. 다시 생각해 보니 우연찮게 맞히는 경우가 있을 수도 있겠다는 생각도……."

예기치 않게 진류 사숙에게 곤란한 질문을 던진 것 같아 무우 도장이 얼른 수습에 들어갔다. 하지만 그의 말이 채 끝나기도 전에 진류 도장이 드디어 입을 열었다.

"단 세 번이었다, 누군가의 앞을 가로막고 눈길을 보내던 옥설 사숙이 순순히 길을 내어준 것은."

"……."

진류 도장이 입을 열자 이번에는 무우 장문인이 조용해졌다.

"그리고 그 세 번은 공교롭게도 모두 한 사람에 의한 것이었다. 네 말처럼 사막에서 꽃을 피우기보다 어려운 일이 무려 세 번이나, 그리고 모두 같은 사람에 의해 일어난 게지. 그 기가 막힌 우연의 주인공이 바로 나였다. 후훗. 어쩌다 이런 이야기까지 하게 되었는지 모르겠지만,

갑자기 이런 생각이 드는구나. 옥설 사숙께서 소진을 남게 한 이유 중 하나는 그 아이가 나의 제자이기 때문이 아닐까 하는……."

"네가 불가능하다고 말한 그 일을 네 사부는 무려 세 번이나 성공했단다. 사형제들 중에서도 유일하게 말이지. 자, 이젠 내 말이 거짓이 아니라는 걸 알겠느냐?'

'한 번도 아니고 무려 세 번? 그것도 사부님께서? 그렇다면 옥설 사숙조의 그 말도 안 되는 주장이 실제로 가능한 일이었단 말인가?'

사부인 진류 도장에 대한 소진의 믿음은 거의 절대적인 수준이었다. 그리고 자세한 정황을 모르는 상황에서 이 절대적 믿음은 작은 오해를 만들어내고 있었다.

"정말로 사부님께서 해내셨던 일이라면… 사실이겠지요. 옥설 사숙조, 제자가 감히 미천한 지식을 바탕으로 사숙조의 말씀을 불신했던 점 깊이 사죄드립니다."

"아니다. 진류의 제자라고 해서 같은 재능을 가지고 있을 거라 생각했던 나도 문제였던 것 같구나. 그래도 뒤늦게나마 네가 이렇듯 잘못을 알게 되었으니 다행이다."

"그리고 가능하다면 지금부터라도 열심히 정진하여 사숙조님의 기대에 부흥할 수 있도록 하겠습니다. 지도를 부탁드립니다, 사숙조."

"허허. 이것은 특별한 무공이라기보다는 정신적인 공감에 의한 것이니 재능이 없다면 이루기 힘든 것이다. 하나 그렇게 마음을 먹었다면 어디 한번 열심히 해보도록 하거라."

"예, 사숙조."

"이제 네가 이곳에서 해야 할 일에 대해 알려주마. 줄곧 네게 말하려 했던 게 바로 이것이었다만 못 알아들으니 궁여지책으로 직접 입으로 설명을 하는 수밖에. 우선 기본적으로 하루에 한 번씩 가게와 집 안 내외를 청소하고, 내가 먹을 삼시 세끼를 준비하며, 혹시 모를 손님에 대비해 가게를 열어놓기만 하면 된다."

"생각보다 간단한 일들이로군요."

"아직 한 가지가 남았단다. 사실 이게 가장 중요한 일인데, 그 외의 남는 시간에는 기회가 닿는 대로 나를 암습하도록 하거라. 가능한 최대한 신중히, 그리고 최선을 다해서 말이지."

그전과 전혀 변함없는 평범한 말투였다. 하나 그 내용이 너무도 상상을 벗어난 까닭에 소진이 동그랗게 놀란 토끼눈을 하고 거듭 확인하려는 듯 되물었다.

"예? 암습을 하라니 그게 무슨 말씀이신가요!"

"제대로 알아들어 놓고선 왜 되묻고 그러느냐. 남는 시간에는 나를 암습하라고. 설마 암습이라는 단어의 뜻을 모르겠다는 게냐?"

"그게 아니라 제가 어찌 사숙조님을……."

"쯧쯧, 생각하는 것 하고는! 설마 내가 고작 네 녀석의 암습을 막지 못할까 봐서 그러는 게냐?"

옥설 도장의 퉁명스러운 대꾸에 소진이 두 손을 휘휘 내저었다. 상황에 따라 시시각각 변하는 표정이 옥설 도장의 그 괴팍한 성격을 여실히 드러내 주는 듯하다.

"아, 아닙니다, 사숙조. 저는 단지……."

"잘 듣거라. 처음부터 그런 것은 아니었으나 내가 이곳에 정착하면서 무공 수련을 게을리 한 지도 어언 이십 년이다. 아무리 본래의 가닥이 있다고는 하지만 그 정도의 세월이면 감을 많이 잃었다고 봐야 하겠지. 네게 암습을 하라 명한 이유는 그 잃어버린 감을 빠르게 되찾기 위해서이다. 누군가 나를 노리고 있다면 언제나 오감(五感)을 열어놓고 대비해야 할 테니 더할 나위 없이 좋은 방법이겠지. 이젠 이해가 가느냐?"

"그런 뜻이 숨어 있었군요. 이제야 알겠습니다, 사숙조."

"그 과정에서 너 역시 얻는 바가 많을 것이니 최선을 다하는 게 좋을 게다. 그건 그렇고……."

찌릿!

대충 알려줄 것은 다 전했다고 생각한 옥설 도장이 다시금 소진을 노려보기 시작했다. 아까 전과 똑같은 상황. 하지만 갑작스런 시선에도 불구하고 소진은 전혀 당황하는 기색이 아니었다. 오히려 옥설 도장의 눈빛을 정면으로 받아넘기며 무언가를 골똘히 생각하는 듯했다.

'자자, 느끼자. 느껴보자. 옥설 사숙조는 무얼 말하려고 하는 것일까? 무엇을……'

한참을 고민하던 소진이 무언가 영감이 떠오른 듯 조심스레 입을 열었다.

"목이… 마르신가요, 사숙조?"

따악!

순간 눈앞으로 무언가 휙! 하고 지나가더니 어디선가 한번 들어본 듯한 경쾌한 타격음이 아련히 귓가를 울렸다. 그리곤 바로 뒤이어 언젠가 한번 맛본 찡~한 고통이 밀려들었다.

"크아악!"

소진이 두 손으로 이마를 감싸 쥐고는 온몸을 뒤틀어댔다. 역시 언젠가와 비슷한 반응. 겨우겨우 가라앉는 듯하던 소진의 이마가 또다시 벌겋게 부어오르고 있었다.

하지만 잔인하게도 때린 데를 또 때리는 극악한 행동을 몸소 실천한 노도장은 한 줌 죄책감도 들지 않는지 한마디를 툭 내던지고는 몸을 돌려 가게 안쪽으로 사라졌다.

"배고프다. 밥 가져오너라."

고통에 정신이 멍한 소진의 귓가로 아련히 들려오는 한마디였다.

"오호. 생각보단 상당히 훌륭한걸?"

벌겋게 부어오른 이마를 앞세운 채 주방에 들어선 소진의 첫마디였다. 주방 내부를 둘러보는 눈동자가 반짝반짝 빛났다. 마치 물 만난 고기를 보는 듯하다고나 할까? 주방 안은 예상과는 달리 꽤나 깔끔하면서도 잘 정돈되어 있었다. 이런 걸 보면 옥설 도장이 괴팍하긴 하지만 게으른 성격은 아닌 듯싶었다.

소진이 마치 제 집 안방에라도 들어선 듯 능숙한 걸음걸이로 주방의 구석구석을 살피고 지나갔다. 주방의 구조와 구비된 조리 기구들을 숙지하고 요리에 필요한 재료들을 살피기 위해서였다.

"고작 연근과 무, 콩, 그리고 몇 가지 채소들이 전부인가? 하긴, 이런 곳에서 너무 많은 것을 바라는 것도 이상한 일이겠군. 재료들이 한참 빈약하긴 하지만 뭐 이것만으로도 못할 건 없지."

궁벽한 시골 마을의 주방답게 구비된 요리 재료들은 소박하기 이를 데 없었다. 자고로 재료가 부실하다면 일류의 요리사를 데려다 놓는다 하더라도 그 실력이 반감되기 마련. 하지만 소진이 누구인가. 불과 몇 년 사이에 요식업계에선 전설처럼 회자되고 있는 이름, 약선(藥仙). 바로 그 약선이 아니었던가. 소진은 재료가 가진 고유의 맛과 기운을 최대로 끌어올리는 특출난 재주를 가지고 있었다. 이른바 소가비전(蘇家 秘傳)이라 불리우는 것이 바로 그것.

"이런 재료들이라면 그나마 청탕나복연(淸湯蘿卜燕) 정도가 가장 그 럴듯하겠군."

청탕나복연은 각종 야채들을 이용해 만드는 일종의 고급 탕 요리였 다. 이 요리는 자극적인 향신료들은 전혀 사용하지 않는, 즉 신선하고 담백한 맛을 관건으로 하는 것이기 때문에 특히나 요리사의 실력이 중 요시되는 요리이기도 했다.

"그럼 시작해 볼까나!"

소진이 본격적으로 두 팔을 걷어붙임과 동시에 주방이 활기를 띠기 시작했다. 그의 손짓 한 번에 조리대 위의 재료들은 제각각 일정한 모 습들을 갖춰갔고, 화로의 불길은 그 세기를 달리했다. 찜통에서 새어 나오는 뽀얀 김이 금세 주방 안을 훈훈하게 맴돌았다. 마치 그의 손길 이 닿는 모든 것들이 생명을 가지고 움직이는 듯한 마술 같은 광경이 었다.

집의 구조는 꽤나 단순했다. 산 어귀에 있는 작은 마을인만큼 단층 건물임은 말할 나위도 없으리라. 정면으로 보이는 부적 가게를 통과하 여 가장자리가 반질반질하게 마모된 뒷문을 열고 나가면 의외로 널찍 한 마당이 나타난다. 마당의 중앙에는 장정 네댓 명이 올라가도 거뜬 할 만한 크기의 평상이 위치하고, 그 한 켠으로 햇살 따가운 여름이면 시원한 그늘을 만들어줄 만한 대추나무가 한 그루 심어져 있다. 물론 동장군(冬將軍)이 서서히 기세를 올리는 지금은 가지만이 앙상한 모습 이다. 그 뒤편으로는, 즉 부적 가게의 반대 편으로는 가게와 비슷한 크기의 건물이 하나 더 자리 잡고 있는데, 이곳이 바로 옥설 도장이 생활하는 공간이었다. 쉽게 말해 두 개의 작은 건물이 앞뒤로 마주 보고 있고 그 양 허리를 검붉은 벽돌의 담벼락이 이어주고 있는 구조였다.

삐이걱.

건물의 오른쪽에 연결된 작은 문이 열리며 누군가 모습을 드러냈다. 양손으로는 몇몇 식기들이 놓인 상을 들고, 초겨울이긴 했지만 싸늘한 날씨 탓에 입가로는 하얀 김을 내뿜는 사내. 사내의 시선이 잠시 위쪽으로 향했다.

"청명원(淸明院)이라… 후훗, 사숙조와는 잘 어울리지 않는 듯하지만, 아무튼 좋은 이름이로군."

평범한 얼굴이지만 묘하게 친근감이 가는 사내. 바로 소진이었다. 그의 시선이 향한 곳은 건물을 지지하는 굵은 기둥의 윗등. 그곳엔 '청명(淸明)'이라는 두 글자가 깊게 패어져 있었다.

"옥설 사숙조, 들어갑니다."

음식 준비를 마치고 주방에서 나온 소진이 다시 방으로 통하는 문을 열고 안으로 들어섰다. 옥설 도장은 창가의 탁자 앞에 앉아 그를 기다리고 있었다.

"벌써 다되었느냐? 실력있는 요리사라더니 역시 뭔가 다르긴 다르구나. 한데 찬거리가 얼마 없었을 터인데……."

"예, 사숙조. 이번에야 그냥 했지만 다음번에는 시장에라도 좀 다녀와야 할 것 같아요. 혹시 특별히 가리는 음식이라도 계신가요?"

"으… 응? 아, 아니다. 그런 건 없으니 앞으로 이런 일에 대해서는 전적으로 네가 알아서 하는 것이 낫겠구나. 전.적.으로 말이다."

"그럼 저도 편하겠네요, 사숙조. 그렇게 할게요."

'음? 이 녀석이 지금 확실히 알아듣고서 하는 말인가?'

가뭄에 콩 나듯 손님이 드나드는 가게에 넉넉한 돈이 있을 리가 없었다. 즉, 옥설 도장의 전적으로 알아서 하라는 말의 의미는 '장을 보고 싶거든 네 돈으로 알아서 하도록 하라' 는 뜻이었다.

"정말로 내가 무슨 말을 하는 건지 확실히 알아들었느냐?"

"그럼요. 앞으로 음식에 관해서는 제가 알아서 하라고 하신 거잖아요."

"잊지 말거라. 그냥 알아서가 아니라 '전적으로!' 네가 알아서 하는 게다. 정말 알겠느냐?"

"확실히 알아들었습니다, 사숙조. 전적으로! 제가 알아서 한다고요."

"오냐. 사내는 한 입으로 두말하지 않는 법이니 알아서 잘 하리라 믿으마. 허허헛. 그럼 밥이나 먹자꾸나."

소진이 짜증날 만큼이나 묻고 또 물은 연후에야 마음이 놓이는 듯 옥설 도장이 너털웃음을 터뜨리며 자신의 앞에 놓인 사기 그릇들의 뚜껑을 열었다. 겨울이라 쉬이 식을 것을 염려하여 소진이 미리 덮어온 것이었다.

그러자 금세 코끝으로 풍겨오는 담백한 향. 옥설 도장은 저도 모르게 그 향을 깊숙이 들이마셨다. 하지만 금세 정신을 차린 그의 시선이 곧장 소진에게로 향했다.

"이, 이게 뭐냐!"

"보시다시피 탕(湯)이잖아요. 정확한 이름은 청탕나복연(淸湯蘿卜燕)이고요. 담백한 향이 일품이지요? 어서 맛도 한번 보세요, 사숙조. 이건 뜨거울 때 먹어야 제 맛이랍니다."

옥설 도장과는 대조되는 너무도 태연한 반응이다. 그도 그럴 것이, 옥설 도장은 소진의 음식을 맛보는 것이 처음이지만 소진은 자신의 음식을 먹으며 놀라 자빠지는 사람들을 지금까지 여럿 보아온 것이다. 한마디로 경험의 차이였다.

"이게 정말 내 집에 있던 재료들로 만들어진 음식이 분명한 게냐?"

"당연하죠, 사숙조. 자자, 식기 전에 어서 드세요."

묻고 싶은 말들이 산더미 같았지만, 그에 앞서 어느새 옥설 도장은 소진이 건네 주는 작은 그릇을 소중히 받아 들고 있었다. 의식해서라기보다는 손이 저절로 움직였다고 하는 것이 맞으리라. 작은 그릇에 담긴 옅은 호박빛의 액체가 한눈에 들어왔다.

꿀꺽!

입 안 가득 고인 침이 목줄기를 타고 넘어갔다.

'이, 이거 정말 먹어도 되는 건가? 정상적인 음식이라면 이렇게 사람을 취하게 하는 향이 날 리가 없는데… 아냐아냐. 곰곰이 생각해 보니 이것도 참 우스운 짓이로군. 악취가 나서라면 모르지만 향이 너무 좋아서 오히려 먹기를 주저하고 있다니. 더욱이 명색이 사문의 존장인데 저 녀석이 음식에 이상한 걸 넣었을 리도 없고… 일단 눈 딱 감고 한번 맛을 봐?

고민 끝에 결정을 내린 옥설 도장이 슬쩍 소진의 눈치를 살핀 후 천천히 손에 들린 그릇을 입으로 가져갔다. 이윽고 서서히 기울여지는 작은 그릇.

후르륵! 꿀꺽!

한 모금의 액체가 그의 입 안 구석구석을 휘돌다가 목구멍으로 넘어갔다. 그 아쉬운 느낌이 채 가시기도 전에 불 같은 기세로 일어나는 맛의 대향연! 처음 그것을 느낀 혀끝에서 시작해, 삽시간에 몸 전체로 퍼져 나가는 강렬한 미각의 쾌감에 옥설 도장은 온몸의 솜털들이 올올이 곤두서는 듯했다. 그 강한 충격에 뒤이어 옥설 도장의 양 눈이 지그시 감겼다. 아마도 한껏 맛의 여운을 즐기려는 심산인 듯하다.

옥설 도장이 다시 눈을 떴을 때, 그의 신색은 처음 소진이 문을 열고 들어왔을 때와 같은 모습으로 되돌아와 있었다. 아주 짧은 시간이 흘렀을 따름이었다. 그리곤 처음의 그 반응이 믿기지 않을 만큼 차분한 신색으로 옥설 도장은 소진과 함께 식사를 마쳤다. 상 위에 올려져 있던 탕(湯)과 밥그릇들은 어느새 깨끗하게 비워져 있었다.

식사를 마치고도 옥설 도장은 한동안 아무런 말이 없었다. 그가 말을 하지 않자 소진 역시도 계속 침묵을 지켰다.

"소진아."

옥설 도장이 다시 입을 연 것은 소진이 방문을 막 나서려는 찰나였다. 양손에는 두 사람이 방금 전 사용했던 식기들이 차곡차곡 들려져 있었다.

"예, 사숙조."

"내가 기회가 닿는 대로 나를 암습하라고 했던 말 아직 기억하느냐? 언제, 어느 때고 말이다."

"확실히 기억하고 있습니다."

"그 시간에서 식사 시간만큼은 제외하도록 하거라. 무슨 말인지 알겠지?"

"예, 사숙조."

"참, 그리고!"

바깥에 서서 문을 닫으려던 소진이 다시 시선을 이쪽으로 향했다.

"식사는 정말로 맛있었단다. 고맙구나."

그의 마지막 말에 소진이 얼굴 가득히 환한 미소를 지어 보였다. 문이 완전히 닫히면서 그 모습은 이내 옥설 도장의 시야에서 사라져 버리고 말았지만 상당히 인상적인 장면이었음에는 틀림없었다.

두 사람의 기묘한 동거는 이렇게 본격적으로 시작되고 있었다.

第三章

푸른 새는 날갯짓을 시작했다

섬서성의 남부를 횡으로 관통하여 흐르는 한수(漢水)는 장강(長江)의 가장 큰 지류로서 일대의 젖줄과 같은 존재이자 좋은 교통로의 역할을 하고 있다. 때문에 강줄기의 양 둔덕을 따라 길게 이어진 관도를 지나는 사람들의 행렬은 인근의 사람들에게는 매일처럼 이어지는 흔하디흔한 풍경에 지나지 않았다.

강가의 작은 판잣집을 보금자리로 삼고 아침저녁이면 그물을 드리우며 고기잡이로 생활을 꾸려 나가는 황적삼(黃積三) 역시 그런 이들 중 하나였다. 하지만 오늘만큼은 그도 점심께에 쳐놓은 그물을 걷는 것도 미룬 채 강둑을 따라 움직이는 일단의 무리에 시선을 빼앗길 수밖에 없었으니…….

강둑을 따라 길게 이어지는 청색의 행렬. 어림잡아도 백 명은 우습게 넘길 듯한 대규모의 인원이 똑같은 복장을 한 채로 질서정연하게 움직이고 있었다. 마치 강둑 위로 또 하나의 강이 지나가는 듯한 광경이었다.

평소에 이 길을 주로 지나는 장사치들이나 낭인, 유람객의 모습과는 확연히 구분되는 모습이었으니 당연히 눈길이 갈 수밖에 없었다. 그리고 이들의 특이한 행색 탓에 황적삼은 어렵지 않게 근자에 마을의 젊은 사람들이 떠들어대던 이야기를 기억해 낼 수 있었다.

당금 강호에 대파란을 일으키고 있다는 이들. 그것은 청성이라는 대문파에 관한 이야기였다.

구름 한 점 없이 시리도록 푸른 하늘이 끝도 없이 이어진다. 지금처럼 추운 겨울에 길을 나서는 여행자에게는 꽤나 고마운 날씨였다. 한겨울의 궂은 날씨는 그들의 손과 발뿐만 아니라 마음까지도 쉽사리 얼어붙게 만들기 때문이다.

"으음."

청성 장문인 운송자(雲松子)의 입에서 하얀 입김과 더불어 나지막한 침음성이 흘러나왔다. 무슨 걱정거리라도 있는 것일까? 얼굴을 잔뜩 찌푸린 채 잠시 한수의 거센 탁류(濁流)를 응시하던 그가 돌연 걸음을 빨리했다.

이동 중인 문인들의 전후 간격은 그다지 넓지 않았기 때문에 운송자는 금세 앞서 가던 누군가의 옆으로 다가가 나란히 걸음을 맞출 수 있었다.

"근심이 많은 얼굴이로구나, 운송아. 무슨 할 말이라도 있는 게냐?"

이미 다가오는 기척을 알아채고 힐끔 운송자의 얼굴을 살핀 상대가 금세 이유를 물어왔다. 청성 내에서 운송자를 이렇게 부를 만한 인물은 단연코 한 사람뿐이리라.

"그렇습니다, 광무 사숙. 물론 사숙께서도 눈치 채고 계시겠지만 얼마 전부터 강호에 이상한 소문이 돌고 있습니다."

"이상한 소문이라… 자세히 설명해 보거라."

무슨 말을 하려는 것인지 이미 대충 짐작은 하는 바였지만 광무자는 굳이 듣기를 청했다.

"입에 올리기조차 수치스럽게도 근래에 들어 강호상에 저희 청성파를 비방하는 소문, 자세히 말하자면 청성의 문인들이 마공을 익히고 있다는 말도 안 되는 소문이 퍼지고 있습니다. 그리고 판단해 보건대 이것은 이미 저희에게 봉문당한 곤륜과 아미, 점창, 공동의 짓이 분명합니다."

"오호라. 어째서 그렇게 생각하는 게지?"

"십여 일 전 처음 이 소식을 접한 저는 즉시 잠행(潛行)에 능한 제자들을 불러 소문의 진원지를 알아보도록 지시했습니다. 한 번으로는 확신을 가질 수 없는 까닭에 저희가 지나는 지역마다 매번 똑같은 일을 반복했지요. 그렇게 세 번에 걸친 조사 끝에 확인한 사실입니다."

잠시 말을 끊은 운송자는 내친김에 자세한 설명을 하기로 마음먹고 이야기를 계속해 나갔다.

"처음 조사한 한중(漢中)에서 이 말도 안 되는 소문의 진원지로 파악된 곳은 그 지역의 명망있는 무술 도관 중 하나인 서천무관(西天武館)이었습니다. 그리고 알아본 결과 서천도관의 관장인 파산검(破山劍) 조자호(趙玆狐)는 곤륜의 속가제자이더군요. 다른 두 곳은 어제 지나온 안강(安康)에서 확인되었습니다. 비룡표국(飛龍鏢局)의 안강 분타와 명유장(冥幽莊)이 바로 그곳이었는데, 안강 분타주인 낭아신권(狼牙神拳) 곽부(郭斧)와 명유

장주 손종도(孫宗度)는 모두 공동파의 속자제자로 이름난 자들이었습니다. 단순한 우연으로 치부하기엔 이들 사이에는 너무 확연한 공통점이 존재하고 있습니다. 모두 저희에 의해 봉문당한 구대문파의 제자들이며 또한 속가제자들인 것이지요. 즉, 소문은 최소한도 곤륜과 공동, 이 두 개 문파의 속가문인들에 의해 퍼지고 있다는 말입니다. 하지만 제 생각엔 곤륜파와 공동파의 움직임이 이렇다면 아미파와 점창파의 속가제자들 역시 마찬가지일 터. 아미와 점창은 아마 그들의 주 세력권인 사천성 내에서 이와 똑같은 짓을 벌이고 있으리라 여겨집니다."

"짧은 시간에 꽤나 자세히, 그리고 정확하게 조사해 본 듯하구나. 그렇다면 본산이 봉문을 당한 시점에서 그들 네 문파의 속가제자들이 은밀히 힘을 모아 이런 괴소문을 퍼뜨리는 이유에 대해서는 생각해 보았느냐?"

마치 이런 질문을 기다리기라도 한 듯 운송자의 대답이 유수(流水)처럼 거침없이 흘러나왔다.

"광무 사숙께서도 아시다시피 속가문인들이 하는 일은 대부분이 표국업, 무술 사범, 호위무사와 같은 무력(武力)을 필요로 하는 일입니다. 하지만 실제로 그들 개개인의 실력이라는 것은 일반적 수준에서 높이 상회하는 경우가 드물지요. 그러한 그들의 부족한 부분을 메워주는 것이 바로 본산(本山)의 힘! 같은 규모라 할지라도 뛰어난 실력을 가진 자가 혈혈단신으로 일으킨 표국보다는 명문의 속가제자가 세운 표국이 일반에 더 큰 신뢰를 얻는 것이 바로 그런 이유에서일 겁니다. 말하자면 그들에게 본산의 존재는 든든한 후원자이자 바람막이의 역할을 해주는 셈이었는데, 갑자기 그 본산이 저희에 의해 봉문되어 버린 겁니다."

자신이 고심하여 분석한 결과를 이야기하던 운송자가 잠시 혀로 마른 입술을 적시고 말을 이어 나갔다.

"이제 저들은 혼자만의 힘으로 살아가야 하는 것이지요. 하지만 힘에 밀려 봉문당한 문파의 속가제자라는 꼬리표는 언제나 그들을 따라다닐 겁니다. 그렇다고 사문의 복수라는 이름으로 저희를 찾아오기엔 힘이 부족할 뿐만 아니라 '복수'라는 명분 자체가 성립이 되질 않습니다. 그래서 고민 끝에 생각해 낸 방법이 바로 이런 것일 테지요. 우리 청성의 제자들이 마공을 익히고 있다는 거짓 소문을 퍼뜨림으로써 자신들의 사문이 패한 것은 절대로 힘이 부족해서가 아니라 상대가 정당치 못한 힘을 사용했기 때문이라는 점을 부각시키려는 것입니다. 이렇게 한다면 적어도 '힘에 밀려 봉문당한 문파의 속가제자'라는 오명은 조금이나마 희석시킬 수가 있겠지요. 동시에 최근 계속 높아만 가는 우리 청성의 명성에 흠집을 내려는 수작일 것입니다. 그들의 입장에서 가능한 최고의 복수는 것은 고작 이런 비열한 방법을 사용하는 것뿐일 테니까요."

"그런 죽일 놈들이!"

기나긴 설명이 끝나자마자 불현듯 들려오는 목소리에 운송자가 깜짝 놀라 고개를 뒤로 돌렸다. 동시에 여기저기에서 어색한 헛기침들이 터져 나왔다. 어느새 모여든 것인지 운 자 항렬의 문인 대부분이 운송자와 광무자의 주위를 반원형으로 둘러싼 채 일정한 거리를 유지하며 움직이고 있었다. 모두 운송자와 광무자 사이의 대화를 엿듣기 위해 모여든 것이었다.

하지만 그 사실을 들켜 버린 지금, 그들은 얼굴에 어색한 웃음을 억지로 두른 채 시선을 이리저리 옮기고만 있다. 그중에서도 얼굴을 벌

젊게 물들인 채 똥 씹은 표정을 하고 있는 이가 바로 이야기를 엿듣다가 끓어오르는 화를 참지 못하고 분통을 터뜨린 운평자(雲平子)였다.

주위를 한 번 둘러보고는 사태를 단번에 파악한 운송자가 피식 실소를 터뜨렸다.

"허허헛. 다 엿들었으면 이제 어서들 제자리로 돌아가거라."

휘휘휙!

말이 끝나기가 무섭게 그들의 모습이 운송자의 시야에서 모두 사라져 버렸다. 청성은 이동 중에도 적의 기습에 대비할 수 있도록 일정한 진형을 유지하며 움직이기 때문에 각자의 자리로 다시 되돌아간 것이다. 무리하게 신법까지 써가며 꽁무니를 빼는 걸 보면 그들도 어지간히 민망했었나 보다.

모든 설명을 듣고 지금까지의 상황을 지켜본 광무자가 물끄러미 운송자를 쳐다보았다. 운송자와 자신을 중심으로 기척이 하나둘 모여드는 것은 이미 진작부터 알고 있었다. 단지 내색을 하지 않았을 뿐.

'다른 때에는 전혀 그렇지 않으면서도, 사문에 관련된 일이라면 놀랍도록 냉철하고 적극적인 모습으로 변하는 것은 여전하군. 간혹은 지켜보는 내가 깜짝 놀랄 정도로 말이지.'

"네 설명은 잘 들었다. 혼자서 고심한 흔적이 역력하더구나. 솔직히 나 역시 근자에 들어 간간이 그런 소문이 들려온다는 사실은 알고 있었지만 이 일을 꾸민 자들이 봉문당한 문파의 속가문인들일 줄은 예상 못하고 있었다. 그들에 대해서는 어떤 대책이라도 가지고 있는 게냐?"

"실은 그것 때문에 말씀드리는 겁니다. 저들을 이대로 방치해 두면 말도 안 되는 소문이 점점 퍼져 나갈 것이 뻔한데, 현 상황에서는 아무리 고민을 해보아도 이를 제지할 마땅한 방도가 없습니다. 당대에 구대문파 중에서도 으뜸이라는 무당을 향하고 있는 이 중대한 시점에서 방향을 돌려 저들을 상대하러 갈 수도 없는 노릇이고, 따로 제자들을 보내는 것은 각개격파의 위험마저 있습니다. 궁여지책으로 앞으로의 여정에서 마주칠 저들의 속가문인들에게 쓴맛을 보여줘 본보기로 삼으려는 생각도 해보았으나, 이를 실행하기엔 본 문에 집중되어 있는 강호의 이목들이 너무 부담스럽습니다. 모두 제가 불민한 탓인 듯합니다, 광무 사숙. 사숙께서 적절한 대응책을 좀 마련해 주십시오."

운송자의 심각한 얼굴을 가만히 들여다보던 광무자가 느닷없이 웃음을 터뜨렸다.

"허허헛. 운송아, 너는 아무래도 날 너무 과대평가하는 것 같구나. 네가 몇 날 며칠을 두고 고민해서도 방법을 찾지 못했건만 나라고 뚜렷한 해답이 있겠느냐."

"하, 하지만 사숙께선 저와 달리……."

"아니다. 무슨 생각을 하고 있는지는 잘 알겠으나 그건 아닌 게야. 너는 인정하지 않고 있지만 이런 상황에서의 분석력과 판단력은 오히려 네가 나를 한 수 앞선다. 그건 내 이름을 걸고 장담하마. 네가 방법이 없다고 하면 그건 정말로 없는 것이다."

대답은 들려오지 않았다. 광무자의 단호한 어조에도 불구하고 운송자는 여전히 혼란스러워하는 눈치였다.

"하지만 내 생각엔, 정 방법이 없다면 그냥 사태의 추이를 지켜보는 것도 나름대로 좋은 해결책이 되지 않을까 싶구나."

"그냥 지켜보자니요, 사숙! 저희 청성파가 사마외도라는 소문이 퍼져 가는데 어찌 가만히 앉아서 보고만 있을 수 있단 말입니까."

"달리 방법이 없다면서? 자칫 무리수를 두다가는 더 큰 화를 당하기

십상이라고 네가 조금 전 말하지 않았느냐. 마땅한 방도가 없으면 가만히 지켜보는 수밖에. 그리고 너는 강호의 족속들을 너무 과소평가하고 있는 듯하구나. 온갖 귀계(鬼計)가 난무하는 곳이 바로 강호이고, 그곳을 살아가고 있는 이들이 바로 우리 강호인들이다. 비록 이런 소문에 귀가 솔깃하는 이들도 있겠지만 많은 이들은 금세 소문의 진위 여부를 가려낼 수 있을 것이다. 너만 해도 이 소문을 듣고 불과 십여 일 만에 그 진상을 파악해 내지 않았느냐. 구대문파를 위시한 강호의 명문들에는 많은 인재들이 모여 있다. 그들의 능력을 우습게 봐서는 안 되겠지."

"물론 그렇게 된다면 다행이겠지만… 아니, 반드시 그렇게 되야 하겠지요."

틀린 말은 아니었다. 때문에 애써 고개를 끄덕이며 수긍을 하기는 했지만 왠지 개운치가 않았다. 무언가를 놓치고 있는 것만 같은 기분이었다.

'분명 맞는 말이다. 하지만 여전히 가슴을 죄어오는 이 불안감의 정체는 무엇이란 말인가. 아니야, 괜한 노파심일 뿐이다. 광무 사숙의 말씀을 믿자. 지금까지 광무 사숙의 말은 단 한 번도 틀린 적이 없었지 않은가. 이번에도 분명히 그렇게 될 것이다. 그리고 역시 그분의 말씀대로 우리 청성은 강호의 새로운 태산북두로 자리 잡게 되겠지. 암, 분명 그렇게 되고 말 것이다.'

"본 문의 사활을 걸고 한판 도박을 벌이는 중이니 민감해지는 것도 무리는 아니겠지. 특히 이렇게 돌발적인 상황에는 더욱. 하지만 운송아, 모든 일은 처음의 예상보다도 훨씬 수월하게, 그리고 우리에게 유리하게 전개되어 가고 있다. 마치 하늘이 우리 청성의 편에 서 있는 것처럼 말이지. 자신을 갖거라. 우리는 그 어느 때보다 강하고 그 누구보다 강하다."

가슴 한편에 여전히 남아 있는 불안감을 단숨에 날려 버릴 만큼 자신에 찬 음성이었다. 운송자는 어느새 마음이 든든해졌는지 광무자에게 신뢰에 가득 찬 미소를 보이며 천천히 제자리로 돌아갔다.

확실히 당금의 모든 상황은 청성에게 유리하게 돌아가고 있었다. 우선 가장 큰 변화라면 청성을 바라보는 강호의 시각이 더 이상 악의적이지 않다는 점이다.

물론 여전히 그들은 경계의 대상이었다. 하지만 처음 그들에게 향했던 경멸 어린 눈초리와 정파인의 수치, 타락한 명문, 파렴치한 정도문파라는 둥의 매몰찬 수군거림들은 이제 거의 사라져 가고 있었다. 심지어 최근 몇몇의 무림인들은 스스로를 청성파의 열렬한 추종자라고 밝힐 정도였다. 또한 공공연히 드러내지는 않지만 청성의 행보를 예의 주시하며 그들의 승전보에 통쾌한 웃음을 터뜨리는 자들도 역시 상당수에 달했다.

애초의 예상과는 너무도 상이한, 놀랄 만큼 호의적인 시선에 오히려 광무자가 어안이 벙벙할 지경이었다. 이렇게 된 정확한 이유에 대해서는 아직 파악하지 못하고 있는 상태지만 단지 자신들에게 향하던 그 멸시 어린 시선들이 사라졌다는 것만으로도 그들은 용기백배하고 있었다.

사실 그 이유라는 것은 의외로 간단했다. 언제나 자신들보다 우월한 존재라고 여기던, 도저히 넘을 수 없는 높디높은 벽이라고 여기던 거대 문파들이 청성의 손에 하나하나 무너져 가는 것을 보며 강호인들은 일종의 대리 만족과도 같은 묘한 쾌감을 느끼고 있는 것이다.

또한 지금 청성의 비무행이 명목상으로 '청성의 무공을 검증하기 위한 것'이라 하지만 그 속을 살짝 들여다보면 '십 년의 봉문을 원치 않는다면 우리 청성의 무공을 꺾어보라'라는 노골적인 도전의 의미가 담겨져 있었다. 그들이 결코 몸서리치는 혈풍을 몰고 다니는 것도 아니었다. 그들은 언제나 큰 소란 없이 강자존(强者存)이라는 강호의 절대법칙을 너무도 철저히, 그리고 묵묵히 실천해 나갈 뿐이었다. 역사상 유례없는 이 일련의 사건들이 강호인들에게는 어느덧 신선한 충격으로 다가오고 있는 듯했다.

나이와는 절대로 어울리지 않을 만치 넓은 어깨를 당당히 펴고 성큼성큼 걸음을 옮기던 광무자가 문득 뒤를 스윽 훑어보았다. 장기간의 여행 중이지만 청색의 도복을 흐트러짐없이 차려입은 제자들이 그의 눈 안으로 스치듯 지나쳤다. 세상에 두려운 것이라곤 없다는 듯 주저없이 내딛는 발걸음들과 쭉 펴진 가슴, 그리고 자신감의 상징처럼 생생히 살아서 빛나는 눈빛에 광무자는 절로 흐뭇한 심정이 되었다.

처음 사천의 청성산을 출발할 때와는 사뭇 비교되는 모습들이다. 그때의 불안스런 떨림과 위축된 모습은 이제 흔적조차 찾아보기 힘들었다. 그들은 강해진 것이다.

'좋군. 역시 뭐니 뭐니 해도 가장 환영할 만한 것은 저 아이들이 몰라볼 정도로 강해졌다는 사실이겠지. 전체로서도, 개개인으로서도, 그리고 그럴수록 이 위험한 도박의 승률은 점차 우리 쪽으로 기울게 된다.'

처음 이 일을 벌이기 전 예상되던 성공 확률은 그리 높지 않았다. 광무자가 굳이 이 비무행을 '도박'이라 부르는 것도 그런 이유에서였고 제자들에게 고마운 마음을 갖는 것도 이런 위험한 모험에 기꺼이 동참해 주었기 때문이다. 다행히도 때마침 청명신단이 완성되어 큰 힘을 보태주었다곤 해도 여전히 비무행이 성공할 확률은 채 사 할을 넘지 못했다. 그러나 여정이 거의 중반에 다다른 현 시점에서 광무자는 내심 과거의 위태하던 수치를 오 할 이상으로 조정해 놓고 있었다.

구대문파의 절반을 이미 자신들의 손으로 봉문시켜 놓은 것치고는 너무 초라한 예상일 수도 있지만 아직 그들의 앞길에는 소림과 무당이라는 최고의 상대가 버젓이 버티고 있었다. 특히 그중에서도 마교와의 정사대전 이후 청성과 더불어 최고의 전성기를 구가해 온 무당파의 존재는 그들이 넘어야 할 최고의 난관임에 틀림없었다.

"만약에 무당이라는 높다란 장애물을 무사히 넘어선다면… 우리의 꿈은 구 할 이상 실현되었다고 보아도 무방하리라."

입술을 달작거리는 정도의 작은 중얼거림이었다. 누가 들으라고 하는 말이 아니었기 때문에 더 이상 커지면 오히려 곤란했다.

"단지 천화상단의 일이 조금 걸리긴 하는군. 그들이 이제까지 우리 청성파를 지원해 준 진정한 목적이 무엇일까! 그들이 내세운, 만약 청성이 독패천하를 이루게 된다면 관련된 모든 상권을 그들이 독점할 수 있도록 해달라는 조건이 그럴듯해 보이긴 하지만 무언가 냄새가 풍긴단 말이지. 행보를 서두르지 말고 최대한 느긋이 해달라는 이상한 요구도 그렇고… 분명 우리 몰래 뭔가를 계획하고 있는 것이겠지. 그들은 약삭빠른 장사꾼이니까."

천화상단과의 관계는 은근히 신경이 쓰이긴 하지만 크게 고민되는 류의 것은 아니었다. 그들이 뒤로 무슨 짓을 꾸미든 자신들에게 직접적으로 피해를 입히는 일만 벌어지지 않는다면 괜찮다는 생각이었다. 그리고 만에 하나 그런 일이 벌어진다 하더라도 한차례 쓴맛을 보여주면 그만이었다. 광무자는 충분히 그렇게 할 자신이 있었다.

그들은 밖에서 바라보는 것 이상으로 강했다.

정사대전으로 인한 강호문파의 피해:직접적으로 개입한 78개의 마도문파 가운데 41개 문파 멸문. 직접적으로 개입한 102개의 정도문파 가운데 54개 문파 멸문. 양측 사상자 총 만 오천여 명.

정사대전으로 인한 마교의 피해:마교 서열 최상위의 다섯 자리를 점하는 교주와 사대호법 전원 사망. 삼대 무력 단체인 천마단(天魔團), 혈검단(血劍團), 비살단(飛殺團) 가운데 혈검단과 비살단 괴멸. 전체 전력 중 구할 소실.

추가 사항:목숨을 건진 마교의 잔당들은 뿔뿔이 흩어져 은밀히 서진(西進) 중. 사전에 약속된 모종의 장소로 이동 중인 것으로 판단됨. 생존자 중에는……

사그락! 하며 마지막 책장이 넘어갔다. 방금 전까지 책장을 넘기던 곱상한 손이 책을 뒤집으며 살짝 앞으로 밀었다. 손가락 반 마디보다 얇은 서책의 전면으로 적힌 글귀가 당장 눈에 들어왔다.

정사대전 결과 보고.

조금이라도 지각이 있는 강호인이 봤다면 당장에라도 두 눈이 휘둥그레졌을 만한 제목의 책자였다. 정사대전의 결과 보고라니! 더구나 그 자세한 내용이란…

사십여 년 전 피비린내나던 정사대전이 막을 내린 이후 정도와 마도의 정확한 피해 정도는 공식적으로 집계되어 발표된 적이 단 한 번도 없었다. 당시 힘을 모았던 정도문파들이 자신들의 피해 정도를 그다지 밝히고 싶어하지 않았던 탓에 도무지 집계 자체가 불가능했기 때문이다.

마교의 피해가 정확히 어느 정도인지 역시 마찬가지였다. 단지 전장(戰場)에서 회수되지 않는 많은 시체들을 보고 엄청난 타격을 입었으리라 짐작할 따름이었다. 그런데 이 책자에는 이 모든 것들이 너무도 자세히 기술되어 있었다. 심지어는 개 잡는 재주와 이것저것 주워듣는 재주 하나는 탁월하다는 개방의 거지들조차 찾아내지 못했던 마교 잔당들의 행적마저도 슬쩍 언급이 되어 있을 정도였다.

어쩌면 그들의 후예가 다시금 힘을 기르고 있을지도 몰랐다. 아직까지도 기억 한구석에 마교의 그 잔악하던 모습을 생생히 간직하고 있는 강호인이라면 목숨을 걸고라도 알아내려 할 중대한 정보가 담긴 책자를 중년인은 그저 담담한 손길로 덮어버리고는 저만치 밀어놓았다. 피곤한 것인지 아니면 무슨 깊은 생각이라도 하려는 것인지 그가 앉은 채로 잔뜩 뒤로 몸을 기대며 눈을 감았다. 하지만 이런 그의 자세는 결코 오래가지 못했다.

"어르신, 각 성의 수장(首長)들로부터 보고가 올라왔습니다."

감겨 있던 두 눈 사이에 세 줄의 선명한 주름이 그어졌다. 마지못해 눈을 뜨자 정면으로 탄탄한 체격의 사내가 손에 십여 개의 두루마리들을 받쳐 들고 있다. 그리고 너무도 당연하다는 듯한 표정. 미안한 빛이라곤 찾아볼 수 없는 그 뻔뻔스런 표정에 일단 한숨부터 흘러나왔다.

"포광, 항상 느끼는 거지만, 정말 지지리도 눈치가 없군. 자고로 충복(忠僕)이란 상전의 속마음도 능숙히 헤아릴 줄 알아야 하는 거라고."

"…안주(眼主). 보고입니다."

"끄응. 차라리 벽을 보고 이야기하는 게 낫겠군. 두고 가보라고!"

십여 개의 두루마리가 책상 위로 차곡히 놓여졌다. 무뚝뚝함과 과묵함으로 전신을 완전무장한 포광은 할 일을 마치자 주저없이 몸을 돌려 자신의 자리로 돌아갔다.

언제나 그렇듯이 그의 자리는 넓은 창가의 왼쪽 편을 차지하는 작은 탁자였다. 그리고 그의 반대 편, 즉 창의 오른쪽으로는 그의 탁자보다도 더 많은 공간을 차지하는 커다란 새장이 자리 잡고 있다. 새장 안에는 언제나 잘 훈련된 전서구들이 얌전히 체력을 비축하며 그들의 주인인 포광의 손길이 닿기만을 기다리고 있었다.

"이거 원 참. 대체 누가 상전인지……."

'그놈의 탁월한 업무 능력만 아니었으면 당장에라도! 크윽. 혹시라도 다시 기회가 생긴다면 반드시 성격이 나긋나긋하고 정감 가는 놈을 뽑아 저 자리에 앉히고 말 테다.'

철저한 성격과 그 성격만큼이나 확실한 능력을 빼고는 도저히 정 줄 곳이 없는 이가 바로 포광이었다. 자신의 인복이 없음을 한탄하며 천안(天眼)이라 불리우는 조직의 장(長)인 천안(天眼)은 금방 포광이 놓고 간 두루마리들을 하나하나 펼쳐서 내용을 확인했다. 불만이 있으면서도 그것을 노골적으로 표현하지 못하는 이유는 그 스스로가 포광의 수완을 충분히 인정하고 있기 때문이리라. 동시에 포광은 그가 완전히 믿음을 갖는 단 한 명의 심복이기도 했다.

"후훗. 재미있군. 부수지 못할 것이라면 흠집이라도 내보겠단 건가?"

저 멀리 운남성에서 날아온 것을 마지막으로 모든 보고들을 확인한 천안이 짙은 미소를 흘렸다. 무언가 위험스러워 보이는 미소였다. 조직에 오랜 기간 몸담으며 그를 보아온 이들이라면 이 미소가 무엇을 의미하는지 단박에 눈치 챌 것이다. 그는 언제나 음모를 꾸밀 때면 무엇이 그리도 즐거운지 저런 표정이 되곤 했기 때문이다.

책상 위에 펼쳐진 채 어수선하게 놓여진 두루마리들 중 유독 삐죽 튀어나온 것이 눈에 띈다. 첫 머리에 적힌 글귀 때문에 어디서 온 것인지를 고민할 필요는 전혀 없었다.

팔십삼호(八十三號) 전(傳).

보고. 대부분의 문인들이 빠져나간 청성파의 본산은 여전히 아무런 움직임도 보이지 않고 있으며, 현재 봉문 중인 아미파와 점창파 역시…

특이 사항. 청성의 문인들이 극악한 마공을 익히고 있다는 소문이 강호인들 사이에 오르내리고 있음. 은밀히 조사한 결과 이 일에 아미파와 점창파의 속가제자들이 연관되어 있다는 사실 확인.

주의할 것은 가장 아래 덧붙여진 저 특이 사항이었다. 총 십삼 개 성에서 올라온 보고 중 여섯 개가 이와 같은 내용을 포함하고 있었다. 그것은 사실 유무를 떠나서 이미 중원의 절반 정도에 이런 소문이 퍼졌다는 것을 의미했다.

"쯧쯧쯧. 명색이 명문정파의 속가제자라는 놈들이 작당해서 한다는 짓이 정말 유치하기 짝이 없군. 본산의 힘이 사라졌다고 앞뒤 분간 못하고 허우적대는 꼴이라니… 뭐, 그래도 잘하면 이 녀석들 덕택에 일이 좀 더 수월해질 것 같기도 하군. 포광, 인명부를 가져오너라."

"예, 어르신."

창밖의 앙상한 나뭇가지에 무의미한 시선을 던지던 포광이 거의 반사적으로 대답하곤 천안의 책상에서 정면으로 보이는, 벽을 가득 메운 책장 앞으로 다가갔다.

한데 그 이후로 이어지는 행동들이 좀 이상했다. 포광은 책을 완전히 꺼내는 것이 아니라 군데군데에서 몇 권의 책들을 반쯤만 뽑아내는 것이 아닌가. 서책들의 가로와 세로 열을 손가락과 눈으로 세면서 하는 걸 보면 마구잡이 식의 행동은 아닌 듯싶었다.

그는 총 일곱 권의 서책들을 이런 식으로 뽑아내고 반 걸음 물러섰다. 그리곤 눈을 두어 번 끔벅일 정도의 시간을 기다리자 갑자기 그르렁 하는 소리와 함께 가운데 위치한 책장의 한 칸이 통째로 뒤로 밀려들어갔다. 멀쩡하던 책장의 한가운데가 뻥 뚫린 꼴이었다. 누구라도 놀랄 만한 상황이었지만 포광은 이미 익숙한 듯 조금의 동요도 없이 이 어울리지 않는 곳에 생겨난 구멍에 과감히 손을 집어넣어 얇은 책자를 한 권 밖으로 꺼냈다.

책자를 꺼낸 지 얼마 되지 않아 다시 조금 전과 같은 소리가 울리며 책장은 원래의 모습으로 되돌아갔다. 만약 처음부터 이 모습을 지켜보지 않았다면 누구라도 눈치 채지 못할 정도로 절묘한 기관 장치였다.

포광이 책자를 곧바로 천안에게로 가져갔다. 책자는 겉표지에는 아무런 표시도 되어 있지 않았지만 그는 이것이야말로 천안의 최고 기밀이라 할 수 있는 인명부라는 사실을 익히 알고 있었다.

천안이 책자를 펼친 것은 아주 잠깐이었다. 그 짧은 사이에 알고자 하던 것을 확인한 그는 즉시 붓을 들었다. 평상시의 간단한 명령과 달리 손바닥만한 종이가 글자들로 가득 메워졌다. 물론 이 작은 종이는 전서구에 적당한 규격으로 만들어진 것이었다.

"이것을 섬서성의 수장에게 보내서 백십이(百十二)호와 백십삼(百十三)호에게 은밀히 전달하도록 지시해라."

종이를 받아 든 포광이 조금 놀란 표정이 되었다. 그가 알기로 천안의 조직원들 중 백에서 백오십까지의 숫자는 그들이 강호의 각 문파에 심어놓은 세작(細作)들을 의미했기 때문이다. 그들의 비밀 유지를 위해 상호 간의 연락은 거의 이루어지지 않는 것이 관례였다.

"백십이와 백십삼호… 입니까?"

"그래, 무슨 문제라도 있나?"

"아, 아닙니다. 지금 즉시 전서구를 보내도록 하겠습니다."

그답지 않게 잠시 당황스러운 기색을 보이던 포광은 이내 원래의 신색을 회복하고는 전서구가 있는 창가로 걸음을 옮겼다. 그리곤 적당한 전서구를 한 마리 골라 발목의 전통에 천안의 것과 이것을 다른 이에게 은밀히 전달하라는 내용의 또 다른 전서를 동봉하고 그 입구를 밀랍으로 빈틈없이 막았다.

준비가 끝나자 그는 전서구를 창가로 밀어 넣었다. 창문의 모서리에는 전서구들이 드나드는 작은 창문이 하나 더 있었다. 익숙한 모습의 출발 지점에 위치한 이 성실한 새는 이내 자신의 임무를 깨닫고는 힘찬 날갯짓을 시작했다. 아마 이 녀석은 목적지에 다다르기 전까지는 단 한 번도 쉬지 않고 날아갈 것이다.

포광은 자신의 자리에 앉아 다시 창밖의 앙상한 나뭇가지로 시선을 던졌다. 나뭇가지 위로 펼쳐진 하늘은 우중충한 회색 빛이었다.

第四章

옥설 도장은 밥줄을 지키고 소진은 전의를 가다듬다

　마당 한가운데를 차지하는 것은 어른 무릎 높이의 나지막한 평상(平床)이다. 그 옆으로 자라난 한 그루 대추나무는 이 키 작은 동료에게 관심이라도 있는지 곁가지를 줄줄이 옆으로 뻗어 하늘을 반이나 가려 주고 있었다. 대추나무의 이 작은 배려는 한여름에 평상을 뜨겁게 달구는 햇살로부터 시원한 그늘을 드리워 주고, 그것을 흠뻑 젖게 할 흐린 날에는 작은 우산의 역할을 톡톡히 해낼 것이다. 하지만 나무가 긴 동면에 들어간 지금 차가운 겨울 햇살은 어느덧 생기를 잃은 가지 사이사이를 마음껏 지나치고 있었다.

　본래 태양이란 양의 기운 중에서도 극양에 해당하는 것이니 당연히 그 빛이 따사롭게 느껴져야 하건만 서슬 퍼런 동장군의 기세에 눌린 지금은 단지 눈을 따갑게 하는 애물단지로 전락해 있었다. 구름 한 점 없이 청명한 하늘 역시 이에 한몫을 톡톡히 하고 있었다.

마당의 평상에서 명상에 잠겨 있던 옥설 도장은 눈을 뜨자 쏟아져 들어오는 강렬한 빛무리에 절로 눈살을 찌푸렸다.

"꿀꺽!"

김이 모락모락 피어오르는 찻잔이 올려진 쟁반을 두 손으로 받쳐 들고 마당을 가로지르던 소진이 마른침을 삼켰다.

'허점이다! 그렇다면 차라리 지금?'

미리 계획해 둔 행동과 순간적으로 떠오른 임기응변 사이에서 흔들리던 소진의 눈빛이 다시 처음의 잔잔함을 되찾았다. 걸음걸이는 처음과 전혀 변함이 없었다.

"사숙조님, 차를 가져왔습니다."

"무슨 놈의 겨울 날씨가 이리 화창하기만 한 건지… 그건 이리로 놔두거라."

옥설 도장이 마치 한여름의 그것 같은 하늘을 올려다보며 손짓했다. 차를 옆에 놔두라는 말이었다.

아직까지는 모든 것이 소진이 예상한 대로 흘러가고 있었다. 게다가 옥설 도장은 그에게는 눈길도 주지 않고 시리도록 푸른 하늘만을 상대로 공허한 입씨름을 계속하고 있었다.

고명하신 옛 성현들께서는 이런 상황을 대비해 금상첨화(錦上添花)라는 멋들어진 사자성어를 만들어두지 않으셨던가! 찻잔을 막 옥설 도장의 면밭치에 내려놓던 소진의 눈빛이 돌연 날카롭게 빛났다. 양손에도 은근히 힘이 들어갔다.

파앗!

찻잔을 옮겼던 오른손을 회수하는 사이 돌연 소진의 왼손이 앞으로 쭉 늘어났다. 정확히 말하자면 잔상을 일으킬 정도로 빠르게 앞으로 내질러지는 왼손에 의해, 거기 들려져 있던 둥그런 나무 쟁반이 무시무시한 속도로 전방을 향해 날아간 것이다.

지름이 반 장 정도인 둥근 쟁반이 옥설 도장의 얼굴을 노리고 짓쳐들었다. 그 날아오는 모양이 꽤나 절묘했는데, 쟁반은 날렵한 옆면이 아니라 둥글넓적한 밑바닥을 정면으로 한 채 날아들고 있었다. 오른손이 하는 일을 왼손이 모르게 하라 했던가? 찻잔을 내려놓고 찬찬히 돌아오던 오른손이 깜짝 놀랄 만큼 등 뒤에 숨겨져 있던 왼손은 비장의 한 수를 선보였고, 그런 왼손이 섬뜩할 만큼 이어지는 오른손의 변화는 빨랐다.

왼손의 쟁반을 던져 냄과 동시에 같은 쪽 발을 힘차게 반 보 내디딘 소진은 일순간에 다리와 허리, 어깨, 그리고 팔목까지 이어지는 역동적인 움직임을 선보였다. 순간 그의 몸을 중심으로 작은 회오리가 이는 듯한 기세였다.

"삼첨(三尖)!"

으르렁거리는 듯한 거친 목소리를 토해내며 힘차게 떨쳐 낸 그의 우수가 반쯤 뻗어 나간 곳에서 미세하게 흔들리더니 돌연 세 개로 늘어났다. 의술에 몸담은 이들이 보았다면 새로운 인류의 탄생이라며 탄성을 지르고, 강호의 삼류무인이라면 사술(邪術)이라며 노호성을 터뜨리고, 절정의 검객이라면 섬전과 같은 한 수라며 찬사를 보낼 만한 광경이었다.

물론 소진은 팔이 세 개 달린 신인류도, 극악한 사술을 익힌 사파인도 아니었다. 그는 손을 검으로 삼아 한 번에 세 곳을 공격한다 하여 일검삼첨(一劍三尖)이라 불리우는 강호의 절정수법을 펼치고 있었다. 이상한 점이라면 이 고명한 한 수의 대상이 잔악한 강호의 절정마인이

나 불구대천의 원수가 아닌, 배분상 그의 사숙조뻘인 문파의 웃어른이라는 사실이었다.

자신의 눈을 따갑게 하는 한겨울의 차가운 햇살과 그걸 가만히 지켜보고만 있는 밉상스럽게 맑은 하늘에 늙은이의 고약한 심술보를 터뜨리던 옥설 도장은 별안간 들려오는 파공성에 그 짜증 섞인 시선을 힐끔 왼편으로 돌렸다.

'엥? 웬 달덩이가……'

커다랗고 둥그런 모습에 문득 만월(滿月)을 떠올리던 옥설 도장은 이내 초라한 담갈색 빛을 하고, 그것도 환한 대낮에 바람을 가르는 소리를 내며 나타나는 달은 백 년을 넘게 살아오는 동안 단 한 차례도 본 일이 없다는 사실을 깨달았다. 나아가서 옥설 도장은 자신에게 날아드는 이 둥근 물체가 수년 전 야심한 시각을 틈타 옆 마을의 어느 객잔에서 몰래 빌려온(?) 후 아직까지 반납하지 않고 있는 주방 도구들 중 하나라는 사실 역시 알아낼 수 있었다. 까마득히 높이 나는 매의 발톱에 낀 때까지도 확인할 수 있는 안력(眼力)을 가진 그에게 쟁반의 밑바닥에 손톱만한 크기로 새겨진 '유가(劉家)' 라는 두 글자를 알아보는 것은 손바닥 뒤집기만큼이나 쉬운 일이었기 때문이다.

그것은 분명 애가촌에 이웃한 유가촌의 유가객잔에서 사용하는 표식이었다.

쟁반은 그 넓은 면을 앞세우고 있기에 상당한 공기의 저항을 받을 것임에도 불구하고 빠른 속도로 가까워지고 있었다. 옥설 도장은 기분이 상당히 언짢았다. 갑자기 모든 게 마음에 들지 않았다. 개운하게 운공을 마치고 눈을 뜨자마자 강렬한 태양 빛이 그의 눈살을 찌푸리게 한 것부터 시작해 하찮은 쟁반 따위가 저 둥글넓적한 면상을 앞세워 자신에게 날아드는 것도 마음에 들지 않았고, 그 쟁반이 오래전 자신이 어둠을 틈타 빌려온(?) 것이라는 사실을 떠올리게 된 것 또한 그러했다.

더 더욱 마음에 들지 않는 것은 이 쟁반이 은연중 자신의 시야를 반이상 가리고 있다는 점과 그 가려진 시야 저편에서 날카로운 예기가 자신의 주요한 급소 세 곳을 노리며 득달스럽게 달려들고 있다는 사실이었다. 웬만한 절정고수라도 간담이 서늘해질 만큼 절묘하고 빠른 한 수였다.

'언짢군. 마음에 안 들어. 정말 마음에 들지 않아.'

하지만 계속 '마음에 들지 않아' 만을 연발하기엔 자신을 향한 이 절묘한 공격이 너무 날카로웠다. 본인의 짜증 섞인 감정을 해소하기 위해서도, 그리고 전설적 기인으로서의 고고한 체면을 유지하기 위해서도 보다 적극적인 대응 방법을 모색하는 것이 바람직해 보였다.

모든 것이 고작 눈 한 번 깜박일 정도의 촌각(寸刻)에 벌어진 일이었다. 옥설 도장의 미간과 목, 그리고 가슴을 동시에 노리는 송곳 같은 예기는 이미 지척까지 다가와 날카로운 이빨을 번들거리고 있었다. 그의 시선이 가늘게 좁혀졌다.

팟!

차곡히 책상다리로 접혀 있던 옥설 도장의 발목이 바닥을 가볍게 팅기자 그의 신형이 약간은 비현실적이라 생각될 만큼 빠르게 뒤로 미끄러지며 슬쩍 솟아올랐다. 일단은 회피하는 것이 상책이라 생각한 모양이다. 하지만 이런 단순한 대응은 지난 이틀 동안이나 이 한순간을 위해 절치부심한 소진의 노력을 무시하는 처사나 다름없었다.

그는 지금의 형태로 쟁반을 날리기 위해 손가락 끝이 벗겨지도록 연습을 했고, 일검삼첨의 수법을 완벽하게 시전하기 위해 같은 동작을 천 번이나 반복했다. 또한 상대의 대응에 따른 초식의 연결 역시 면밀히 생각해 둔 터였다. 옥설 도장이 보여준 단순한 움직임은 그의 예상에서 절대 벗어나는 것이 아니었기에 소진은 주저없이 다리에 불끈 힘을 주며 앞으로 나아갔다.

'이런! 끈질기기는!'

상황은 여전했다. 옥설 도장의 전광석화와 같은 움직임에도 불구하고 저 재수없게 생긴 둥근 쟁반과 소진의 곧추세운 손끝에서 피어오르는 강기의 무리는 마치 눈이라도 달린 듯 여전히 그의 미간과 목, 가슴을 노리며 득달같이 달려들고 있었다.

'흐읍! 저 인정머리없는 놈. 아주 독사같이 달려드네. 그동안 간간이 몇 대씩 쓰다듬어 줬더니 마음에 단단히 앙심을 품었나 보군. 오냐, 안 그래도 기분이 별로였는데 너 마침 잘 걸렸다!'

옥설 도장은 자신의 대응이 너무 안이했음을 인정하는 한편 적절한 화풀이의 대상이 정해졌다는 사실에 기꺼워했다.

소진은 던져 낸 물체의 방향을 바꿀 수 있을 만큼 암기술에 대한 조예가 깊지 않았기 때문에 옥설 도장이 슬쩍 방향을 틀자 쟁반은 이제 엉뚱한 곳을 향해 날아가고 있었다. 하지만 소진의 수도(手刀)만은 여전히, 아니, 더욱 날카롭게 그를 위협했다.

두 사람의 신형은 어느덧 평상을 벗어나 있었다.

"하압!"

짧게 끊는 듯한 기합성과 함께 옥설 도장의 소매가 팽팽하게 부풀어

올랐다. 공들여 화두(火斗)질이라도 한 듯 순식간에 구김 하나 없이 펴지는 모습이, 여염집의 아낙네가 보았다면 절로 그 편리함에 군침을 흘릴 만한 모습이었다. 하지만 그녀는 이 신기한 재주가 진기로 소매를 강철처럼 단단하게 만든다는 철수공(鐵袖功)임은 꿈에도 알지 못하리라.

"매번 하는 말이지만, 조심하거라."

옥설 도장의 한마디가 소진의 마음을 급하게 만들었다. 옥설 사숙이 저 조심하라는 한마디를 곁들인 날에는 언제나 결말이 좋지 않았다. 그리고 그런 좋지 않은 결말은 소진에겐 육체적 고통을 의미했다. 손끝의 강기는 닿을 듯 닿을 듯하면서도 여전히 일정한 거리 이상은 좁히질 못하고 있었다.

'치잇! 그토록 대비와 연구를 했어도 역부족이라니. 이렇게 된 이상 이판사판이닷!'

옥설 도장은 금방이라도 저 철판처럼 단단하게 변한 소매를 자신에게로 향할 기세였다. 하지만 자신은 그것을 상대처럼 완벽하게 피하거나 막아낼 자신이 없었다. 갑자기 피어오르는 불안감에 다급한 심정이 된 소진은 이판사판의 심정으로 두 눈을 질끈 감은 채 남아 있던 모든 여력을 깡그리 오른손에 불어넣었다.

'가랏! 오늘은 제발 날 구해다오!'

오른손으로 신공의 기운이 모이며 손끝이 저릿저릿해 왔다. 동시에 수도(手刀)의 첨단이 더욱 날카로운 기세를 발하기 시작했다. 뭔가 심상찮은 기운이 느껴지자 옥설 도장 역시 더 이상 미루지 않고 주저없이 팔을 크게 휘저었다.

특별한 신공절초를 시전한 것은 아니었지만 그의 내공에 의해 강철처럼 변해 버린 소매는 전면을 빠르게 쓸어 내리는 것만으로도 충분히 그에 버금가는 위력을 보여주고 있었다. 순간적으로 소진의 정면에 작은 벽이 하나 생겨난 것 같았다. 소진은 이를 악물고 그 벽을 향해 무모할 정도로 과감하게 손을 뻗었다.

파파파팟!

분명 천으로 이루어진 옷소매와 피육(皮肉)으로 이루어진 사람의 손이 부딪친 것이건만 마치 폭죽이 터지는 듯한 소음들이 잇달아 터져나왔다.

퍼억!

그리고 곧장 뒤이어 그와는 다른 종류의 생생한 소리가 짧고 굵게 마당을 울렸다. 좀 전의 것과는 달리 보통의 육박전에서 흔히 들을 수 있는 화끈한 타격음이었다. 동시에 이것은 상황의 종료를 알리는 신호이기도 했다.

"끄으으윽!"

누가 승자인지는 명확해 보인다. 철수진기(鐵袖眞氣)를 풀고 다시금 느슨해진 소매를 늘어뜨린 옥설 도장이 머쓱한 표정으로 딴청을 부렸다. 그의 일장 앞에는 소진이 허리를 깊숙이 숙인 채 낮은 신음성을 흘리고 있었다. 옥설 도장이 속으로 깊은 한숨을 내쉬었다.

'흐음. 마지막에 저 녀석의 초식이 너무 무서운 기세로 변해서 나도 모르게 힘을 무리하게 줘버리고 말았군. 평상시처럼 가볍게 한 대 어루만져 주고 끝내려 했건만… 하필이면 그것도 얼굴로 주먹이 가다니. 에휴, 어쩌면 저 녀석 정말로 열받았을지도 모르겠는걸? 그래도 저녁은 차려주겠지?'

자신의 주먹에 느껴졌던 그 묵직한 감촉이 옥설 도장의 마음을 무겁게 하고 있었다. 두 사람의 동거가 시작된 이후로 하루에도 몇 번씩 이어지는 소진의 암습을 모두 피하기만 하는 것은 영 재미가 없었던 탓에 간혹 그도 반격을 하곤 했었다. 물론 절대 적절한 세기를 넘어서지 않는 수준에서였다. 그 적절한 세기라는 것이 비록 자신의 정한 기준이기는 했지만. 아무튼 이번에는 아무래도 그 적절한 세기를 넘어선 것 같았다. 그것도 얼굴에 정통으로 날아간 한 방이었다.

부스스.

소진의 깊숙이 숙여져 있던 허리가 천천히 펴지면서 자연히 고개가 들렸다. 한 손으로 얼굴의 왼편을 꼬옥 감싸고 있던 탓에 드러난 것은 오른쪽 눈뿐이었다.

눈은 마음의 창이라 했던가? 고개가 들리면서 자연히 정면의 옥설 도장에게로 향하는 소진의 눈에는 고통과 원망, 분노와 같은 감정들이 혼탁하게 녹아 있었다.

가해자이자 이 모든 감정의 표적인 옥설 도장은 뜨끔한 마음에 무언가 말을 꺼내려다가 문득 다시 입을 다물었다. 소진이 얼굴의 반쪽을 가리고 있던 왼손을 머뭇거리며 치웠기 때문이다. 고통의 여운이 채 가시지 않은 듯 얼굴을 살짝 찡그린 채였다.

옥설 도장은 갑자기 필사적인 심정이 되어야만 했다.

'크, 크큭! 안 돼! 참아야만 해. 여기서 웃음을 터뜨리면 정말 끝장이다. 자칫하면 오늘 저녁이 문제가 아니라 평생 저 녀석의 손맛을 보지 못하게 될지도!'

희로애락을 느끼는 것은 마치 숨을 쉬는 것처럼 인간의 가장 원초적인 행위에 해당한다. 뭔가 재미난 것을 보았을 때 웃음이 터져 나오는 것 역시 이와 같았다. 하지만 지금 옥설 도장은 이 자연스럽고 원초적

인 욕구에 따라 멋대로 움직이려는 안면 근육들을 제어하기 위해 안간
힘을 쓰고 있었다.

　소진이 얼굴의 왼편을 가리고 있던 손을 내리자 드러난 것은 검푸른
색의, 어른 주먹만큼이나 커다란 멍 자국이었다. 그것도 절묘하게 화
선지 위에 떨어진 먹물이 번지듯 눈가를 중심으로 둥그런 원형을 이루
고 있었다.

　옥설 도장은 문득 이웃집에서 기르는 '바둑이'라는 이름의 백구(白
狗)를 떠올리지 않을 수 없었다. 촌마을에 기거하는 대부분의 견공(犬
公)들이 그러하듯 이 바둑이 역시 혈통이라곤 눈을 씻고 찾을래야 찾을
길이 없는 일명 '개잡종'이었다. 그리고 그 고귀한(?) 혈통을 증명이라
도 하듯 바둑이의 얼굴에는 커다란 특징이 하나 있었으니… 그것은 부
계(父系)인지 모계(母系)인지 모를 어느 선조 견공으로부터 물려받았
을, 한쪽 눈 주위를 둥글게 뒤덮은 윤기있는 검은 털들이었다.

　인내심의 한계를 느끼는 듯 부들부들 떨리는 양손을 등 뒤로 감추며
뚱한 표정의 소진에게 그가 가까스로 한마디를 건넸다.

　"계, 계란이라도 하나 구해다 주랴?"

　올해 첫눈은 느지막이 오려는지 산은 아직도 말라비틀어진 짙은 갈
색이다.

　첨벙!

　요란한 물소리가 죽은 듯하던 겨울산의 정적을 깨뜨렸다.

　"크윽! 시, 시원하닷! 으드드듯!"

　조금이라도 눈썰미가 있는 자라면 이 말이 어딘가 어폐가 있음을 금
방 눈치 챌 수 있을 것이다. 훤하게 드러난 살갗마다 오돌토돌하게 돋

아난 소름들과 위아래로 격렬하게 부딪치는 치아는 이 시원하다라는 표현과는 전혀 어울리지 않았다. 그럼에도 굳이 이런 표현을 하는 것은 일종의 자기 암시였다.

무슨 똥배짱인지 산바람이 매서운 겨울 계곡에 과감히 몸을 던진 소진은 이제 한술 더 떠, 다리를 굽혀 머리끝까지 물에 담갔다가 일어서기를 반복하고 있었다. 겨울이라 물의 흐름이 미약한 계곡의 수면이 요동 치며 작은 포말들이 만들어졌다.

"푸하! 이제야 좀 추위가 가시는구나. 그나저나 이렇게 추운 날에 깊은 산속을 헤매는 멍청이는 없겠지?"

차가운 물방울들이 송골송골 맺혀 있는 상체를 물 위로 드러낸 소진이 주위를 두리번거렸다. 혹시나 자신의 멋들어진(?) 나체를 훔쳐보는 후안무치(厚顔無恥)한 놈들이 없나 살피는 것이었다. 그러나 지금은 산을 터전으로 하는 약초꾼이나 사냥꾼, 산도적들조차도 행동을 삼가하는 매서운 겨울이었다.

한 가지 이상한 점이라면, 그사이 소진에게서 추위에 몸서리치던 기색이 거의 사라졌다는 점이다. 얼음장처럼 차가운 물속을 연신 드나들었으니 더욱 사시나무 떨듯 해야 정상이건만 소진의 몸은 오히려 정상으로 되돌아오고 있는 듯했다. 퍼렇게 변한 입술과 창백하게 질린 피부는 혈색을 되찾고 있었고 이빨 부딪치는 소리도 더 이상 들려오지 않았다.

경험이나 초식의 운용 면에서 미흡한 점이 있긴 하지만 오행신공을 대성한 이후 소진의 내공은 강호에서도 비교할 대상이 얼마 되지 않을 정도로 정심하고 안정되어 있었다. 전설상의 금강불괴나 만독불침은 불가능하다 하더라도 한서불침(寒暑不侵)의 경지에는 들어섰다 할 만한 그의 내공이 효용을 발하고 있는 것이다.

주위에 인기척이 없음을 재차 확인한 소진이 손으로 물을 떠서 끼얹으며 몸 구석구석을 문지르기 시작했다.

"아얏! 아, 아얏! 거걱!"

아마 이곳에서 목욕을 하려는 것 같았는데, 무엇 때문인지 손으로 몸을 문지를 때마다 뾰족한 비명을 지르더니 이내 짜증스러운 얼굴이 되어 손바닥으로 애꿎은 수면을 강하게 내려쳤다.

첨벙!

물기둥이 치솟으며 수면이 크게 출렁거렸다.

"크윽! 도무지 성한 곳이 없잖아! 어쩌면 그렇게 매번 맞으면 아픈 곳만 골라서 때리는 건지 원… 그나저나 멍 자국이 좀 사라지긴 한 건가?"

소진은 수면에 비친 이지러진 자신의 얼굴을 유심히 들여다보았지만 눈이라고 생각되는 부위는 도저히 찾을 수가 없었다. 결국은 포기하고 이 고통을 동반하는 목욕을 최대한 빠르게 마친 소진은 몸의 물기를 대충 털어낸 후 물가의 바위 위에 올려두었던 옷가지를 다시 챙겨 입었다. 바위 아래로는 둘레가 일 장가량인 둥그런 물통 두 개가 기대어져 있었다. 물은 이미 계곡에 몸을 담그기 전에 가득 담아놓은 상태였다.

"요즘 너무 성급한 시도들이 많았나? 이전보다도 오히려 멍 자국이 늘어만 가는 것 같으니 원… 아니야, 그래도 옥설 사숙조의 마수에서 벗어나기 위해선 부딪치고 또 부딪치는 수밖에! 가잣! 해방의 그날을 위해!"

오래간만에 보는 자신의 알몸 곳곳에 울긋불긋하게 새겨진 멍 자국들을 확인하고 조금 의기소침해하던 소진은 힘찬 외침으로 흔들리는 마음을 다잡고는 총총히 산을 내려간다. 그의 어깨를 가로지르는 물지게의 양끝에 매달린 물통이 간간이 출렁였지만 신기하게도 지나는 길에 물 흐른 자국은 찾아볼 수가 없었다.

오 일 전, 소진의 얼굴을 이웃집의 족보도 없는 견공인 바둑이의 그 것과 동급으로 격하시키는 만행을 저지른 옥설 도장은 얼굴의 상태를 확인하고는 폭발 직전이던 소진의 마음을 달래기 위해 한 가지 솔깃한 제안을 내놓았다.

"크아앗! 옥설 사숙조. 이게! 얼굴이 이게 대체 뭐예요!"
성난 호랑이 같은 소진의 거친 포효가 한순간이지만 옥설 도장을 압도했다.
"그, 그래서 내가 미안하다 하지 않느냐. 네가 마지막에 발악하듯 내지른 그 한 수가 나의 예상을 훨씬 넘어서는 것이라 나도 모르게 손을 험하게 쓰고 말았구나."
"이런 얼굴로 밖은 어떻게 돌아다니며 사부님이나 사형들과는 어떻게 얼굴을 마주한단 말인가요!"
그의 궁색한 변명은 귀에 들어오지도 않는가 보다. 소진은 전혀 사그라들 기미를 보이지 않고 있었다. 옥설 도장은 순간 이 자식이 한 대 잘못 맞았다고 너무 막 나가는 것 아닌가 하는 생각에 두 주먹을 불끈 쥐었지만 채 한 호흡도 가지 않다 다시 슬며시 힘을 풀었다. 소매에 가려 주먹이 보이지 않는 것이 다행이라는 생각이 들었다.
'아냐, 아니지. 지금 이 아이를 자극해서 득될 건 하나도 없어. 자칫하면 당장에 오늘 저녁 식사부터가 위태한 상황이니… 지금 당장에 이곳을 뛰쳐나가고 싶은 생각이 굴뚝같겠지만 내 수발을 들려던 진류 녀석의 명 때문에 참고 있는 것일 테지? 제 사부인 진류를 꽤나 따르는 아이이니 말야. 이 아이를 어떻게 진정시켜야 할까. 흐음.'

식신(食神)의 힘을 빌리는 것이 아닌가 의심스러울 정도로 환상적인 소진의 요리를 포기하고픈 마음은 추호도 없었기에 옥설 도장은 뭔가 묘수를 짜내기 위한 궁리에 궁리를 거듭했다. 그러던 순간, 번쩍! 머리 속에 작은 낙뢰가 떨어지는 듯한 소리가 울리며 노도장의 눈이 반짝 빛났다.

'그래! 이런 방법이라면 저 아이도 무심히 흘려듣지 못하겠군! 게다가 나 역시 손해 보는 일은 절대 아니고… 흐흣!'

옥설 도장이 여유만만한 웃음으로 여전히 투덜대는 소진의 입을 잠시 막은 후 고심 끝에 생각해 낸 묘수를 슬쩍 꺼내놓았다.

"후후훗. 그렇다면 이런 방법은 어떻겠느냐?"

"……."

소진이 대답에 앞서 잠시 의심과 경계의 눈초리를 보내왔다. 상대의 진의를 파악해 보려는 의도였다. 하지만 옥설 도장이 누군데 쉽사리 자신의 생각을 남에게 들키겠는가. 결국은 아직 젊은 만큼 미숙한 소진이 먼저 자신의 궁금한 속내를 드러냈다.

"어떤 방법 말인가요?"

"방법은 간단하단다. 간단한 규칙이 있고, 그 규칙 안에서 한 가지 과제를 주마. 그리고 그 과제를 성공하면 너는 상을 받게 되는 것이지."

소진이 잠자코 더 자세한 설명을 기다렸다.

"너는 아무 때나 권장검지(拳掌劍指), 암기 등 어떤 수단을 사용해서든 나를 공격할 수 있다. 그리고 나는 한 번의 공격에 한해 한 번의 반격을 할 수 있지. 이게 유일한 규칙이다."

순간 소진의 눈썹이 역팔자로 휘어졌다. 뭔가 새로운 제의를 하는 듯하더니 이제까지 해오던 것과 별반 차이도 없지 않은가! 마악 다시금 목소리를 높이려는데 옥설 도장이 느닷없이 그에게 질문을 던졌다.

"네게 주어지는 과제가 무엇인지는 궁금하지 않느냐?"

"그, 그건……."

그 절묘한 순간의 물음에 소진이 당황하여 갈팡질팡하는 사이 옥설 도장의 설명이 계속 이어졌다.

"과제는 엄밀히 말하자면 두 가지인데, 하나는 내게 단 한 차례이라도 제대로 된 공격을 성공시키는 것이고, 다른 하나는 단 한 차례라도 나의 반격을 제대로 회피하는 것이다. 이 둘 중 한 가지라도 성공하게 되면 너는 상을 받게 되지."

어느새 소진도 가만히 그의 말에 귀를 기울이고 있었다. 이 상태에서 옥설 도장이 조금만 침묵을 지킨다면 아마 '상이란 어떤 것이죠?' 하는 질문이 나올지도 모르겠다. 하지만 굳이 그렇게 기다리고픈 생각은 없는 듯 노도장이 먼저 답을 말했다.

"그렇게 해서 네가 받게 될 상은 바로 '자유'이다. 네 힘으로 이 늙은이의 손아귀에서 벗어나게 되는 게지. 먼저 무당산으로 돌아가든 천하 일주를 시작하든 상관하지 않으마. 어떠냐, 해보겠느냐?"

기다림은 고작 반 호흡 정도였다. 생각해 보면 그리 어려운 일도 아닐 듯싶었다. 간단히 말해 한 대 때리거나 혹은 한 대 피하기만 하면 이 고통의 장소를 벗어날 수가 있는 것이다.

깊이 생각해 보지도 않고 흔쾌히 고개를 끄덕이는 소진의 모습을 곁

눈질하며 옥설 도장이 씨익 미소를 지었다. 왠지 사악해 보이는 미소였다.

'후훗. 걸려들었군. 하지만 결코 쉽지는 않을 게다. 내 혀와 위장을 위해서라도 순순히 당해주진 않을 테니! 휴우~ 아무튼 이걸로 당분간 초라한 식단을 마주할 확률은 사라진 셈인가?

소진은 전의를 가다듬었고 옥설 도장은 자신의 밥줄을 지켜냈다는 사실에 안도하고 있었다.

第五章

복수는 나의 것

특별히 궂은 날씨가 아니라면 옥설 도장은 마당에 나와 있기를 즐겼다. 마당의 한가운데를 차지하는 널찍한 평상은 그런 그의 경향이 만들어낸 결과물이었다. 여느 노인네라면 두터운 솜옷을 겹겹이 껴입고도 사이사이로 스며드는 찬바람에 뼈마디가 시릴 날씨였지만 허름한 도복 한 벌만을 달랑 걸친 옥설 도장은 그저 태연하기만 하다.

단지 이것만으로도 평범한 노인들에게는 부러움과 질투의 대상이 될 만한 그는 지금 마당의 평상 위에 가부좌를 틀고 앉아 탈속한 도인의 고고한 명상을 가장한 세속적인 고민에 한창 빠져 있었다. 워낙 바른 자세를 유지하고 있는 탓에 쉽사리 상상이 안 갈지도 모르지만, 그가 이런 자세를 유지하는 이유는 단 한 가지. 이 자세가 가장 자연스럽고 편안하기 때문이다. 무당파에서 보낸 유년기와 청년기, 장년기의 세월이 그의 행동에 미치는 영향은 결코 작지 않은 듯하다.

'에휴~ 큰일이로군. 벌써 세 달 가까이 손님이 한 명도 없으니…
어찌어찌하면 가까스로 올 겨울은 넘길 수 있을 것 같기도 하다만, 계
속 이런 상태라면 그 이후가 막막할 뿐이로다. 이런 극심한 불경기라
니! 뭐, 여차하면 벽곡(辟穀)으로 연명하는 것도 방법이긴 하겠지만, 그
래서야 어디서 삶의 낙을 찾는단 말인가.'

전혀 도인다운 기색이라곤 찾아볼 수 없는 생각이었고, 동시에 그의
체형이 어째서 그리 항아리 모양으로 불어버렸는지 알게 해주는 생각
이었다. 강호의 최고 고수들 중 한 명인 무당의 옥설 도장이 지금 이
순간 자신의 생계를 고민하고 있다는 사실이 알려진다면 생겨날 강호
의 파장은 결코 작은 것이 아니리라.

심각한 불황에 따른 금전 고갈과 식도락적(食道樂的) 삶에 대한 욕구
가 팽팽히 대치하는 가운데 뚜렷한 해결점을 찾지 못하고 전전긍긍하
고만 있던 옥설 도장이 문득 귀를 쫑긋 세웠다. 마음은 깊디깊은 생활
고(生活苦)의 늪에서 허우적대도 다른 감각들은 여느 때와 마찬가지로
세상에 대해 활짝 열어놓고 있었다.

톡!

미약한 바람 소리에도 묻힐 만큼 작은 소음이었지만 소진은 인상을
찌푸렸다.

'이런이런! 고작 물지게를 멨다고 신형이 흐트러지다니… 아직도 멀
었군.'

일 장을 조금 웃도는 높이의 담벼락을 단숨에, 그것도 어깨에는 양
끝으로 넘칠 듯 담긴 물통이 하나씩 연결된 물지게를 메고서 넘었음에

도 소진은 겨우 발소리가 조금 난 것이 불만인 듯했다. 물통의 물은 한 방울도 흐르지 않았다는 점이 그나마 다행이었다.

"커허! 이상하군. 맑은 하늘에서 천둥이 울릴 리도 없는데 대체 이 무슨 꽝.음.이란 말인가? 귀가 다 멍멍할 지경이로군."

'크윽!'

이마에 새겨진 주름의 골이 더 더욱 깊어졌다. 저 능청스러운 사숙조의 비아냥이 속을 박박 긁어놓았기 때문이다. 언제부터인지 지정석으로 굳어진 평상의 한가운데 자리를 차지하고 영문을 모르겠다는 표정으로 하늘을 이리저리 훑어보는 옥설 도장의 행동은 밉살스럽기까지 했다.

"응? 소진아, 언제 온 게냐? 쯧쯧쯧. 그러고 보니 또 담을 넘어 들어온 것이로구나. 문은 뒀다 언제 쓰려고 매번 그리 월담을 즐기는 것이냐."

마치 우연인 것처럼 고개를 돌리며 소진과 눈을 마주치는 옥설 도장의 유들유들한 행동이 한 마리의 능구렁이를 연상시켰다. 소진은 문득 사숙조가 경극배우로서 나섰다면 대성하지 않았을까 하는 엉뚱한 생각을 해보았다.

"그러고 보니 또 산에서 물을 떠 온 모양이구나. 그것도 내가 누누이 이야기하지 않느냐. 이 마을의 이름이 바로 삼정(三井)이다, 삼정. 마을 안에 우물이 세 개나 있다고 해서 붙여진 이름이지. 더구나 물맛 좋기로도 인근에 소문이 자자하고. 편하게 마을의 우물에서 물을 길어 오면 될 터인데 왜 느닷없이 추운 날 산에 오르겠다고 고집을 피우는지 나는 도통 이해를 못하겠구나."

아무래도 오늘 옥설 도장은 소진의 염장을 지르기로 작정을 했나보다. 어쩌면 금전적 고민으로 무거워진 마음을 풀어줄 대상으로 마침 나타난 소진이 지목되었을지도 모를 일이었다.

잠자코 듣고만 있던 소진이 더는 못 참겠는지 검지로 자신의 왼쪽 눈언저리를 가리키며 언성을 높였다.

"이잇! 이 얼굴을 가지고 어떻게 마을 안을 돌아다닐 수가 있겠어요, 사숙조! 그리고 이건 제가 이미 한차례 말씀드렸던 사실인데 어째서 모르는 척하시는 거예요!"

"응? 아, 그러고 보니 언뜻 들었던 것 같기도 하고… 아냐, 아니었던 가? 허허헛. 아무튼 만.약. 그랬다면 미안하게 됐구나. 요즘 나이가 들 어서 그런지 영 기억력이 예전만 못해서……."

기억을 못하겠다는데 무슨 말을 더 할 수가 있겠는가. 소진은 끓어 오르는 화를 속으로 삭이며 묵묵히 주방으로 걸음을 옮겼다. 아마도 오늘 주방 기구들은 다른 날보다도 좀 더 과격하게 다뤄질 것임에 틀 림없었다.

그림자가 채 한 뼘도 되지 않을 만큼 짧았다.

깨작깨작. 우걱우걱.

마주한 상의 양쪽에서 나오는 소음은 상당히 대조적인 느낌의 것들 이었다. 소진은 주방에서 도마를 일도양단(一刀兩斷)할 기세로 칼질을 하고 쇠가 닳도록 솥을 닦았지만 여전히 분이 풀리지 않았는지 뚱한 표정으로 간간이 젓가락을 입으로 가져가고 있었다. 반면 당년(當年) 백팔 세에 이르는 나이에도 불구하고 건실한 치아를 자랑하는 옥설 도 장은 체통도 없이 입 안 한 가득 음식을 채워 넣고는 그것의 분쇄 작업 을 빠르고 성실히 진행 중이었다.

식탁에는 오랜만에 기름진 음식이 올라와 옥설 도장의 식욕을 한껏 돋우고 있었다. 소진이 산을 내려오는 길에 우연히 발견하여 잡아왔다는 토끼 고기였다. 옥설 도장은 입 안으로 음식을 쉴 새 없이 밀어 넣으면서도 슬그머니 소진의 눈치를 살폈다.

'이것 참 난감하군. 한껏 약을 올려놨더니만, 이런 음식이라니… 일부러 산에서 토끼까지 한 마리 잡아온 것을 미리 알았으면 아까 그렇게 속을 박박 긁어놓는 것이 아니었는데… 놀릴 대로 놀려놓고 이렇게 맛난 음식을 넙죽 받아먹으니 왠지 죽을죄라도 진 것 같은 기분이잖아. 흐이구, 아무래도 사과의 말이라도 한마디 하는 게 낫겠지?'

토끼 고기 한 접시의 위력은 웬만한 신공절초의 그것을 훌쩍 넘어서는 위력을 보이고 있었다.

우적우적. 쩝쩝. 꿀꺽!

"진아, 저기 말이다……"

일단 입 안의 내용물들을 식도로 내려보낸 옥설 도장이 몹시도 살가운 호칭으로 소진을 불렀다. 소진이 슬쩍 그에게 눈을 흘겼다. 잠시 어색한 침묵이 오가다가 옥설 도장이 몇 번 헛기침을 터뜨리며 말을 이었다.

"흐흠! 생각해 보니 조금 전의 일은 정말 내가……"

딸랑딸랑! 딸랑딸랑!

'허억! 이, 이 소리는! 제, 젠장, 막 말을 하려는 참인데!'

이 소리는 분명 부적점(符籍店)의 정문에 달린 방울 소리였다. 이제나저제나 하며 고대하던 그 소리가 드디어 울린 것이다.

"손님이닷!"

소진 역시 놀라기는 마찬가진 듯 재빨리 자리를 박차고 일어나 가게 쪽으로 달려나갔다. 옥설 도장은 마악 목구멍까지 올라왔던 미안하다는 한마디를 다시 삼키며 역시 가게로 향했다. 만약 옥설 도장에게 한 시진, 아니, 단 일 다경 후의 일만이라도 내다볼 수 있는 예지력(豫知

力)이 있었다면 옥설 도장의 행동은 분명 달라졌을 것이다. 아무튼…

먼저 도착한 것은 소진이었다. 기분 좋은 목소리로 손님을 맞이하던 소진이 잠시 멈칫했다. 그리고 그사이 옥설 도장 역시 뒤이어 가게로 들어섰다. 예상과 달리 친숙한 얼굴이었다.

"어서 오십… 으잉? 무산 사형?"

"하핫. 막내 사제. 잘 지내고… 헉! 얼굴이 대체 그게 무슨 꼴이냐!"

정이 담뿍 담긴 시선을 건네던 무산 도장이 소진의 얼굴을 확인하고는 황망히 외쳤다. 당장에 가까이 다가가 안부를 확인하려 했으나 소진의 뒤편으로 나타나는 어느 노도장의 모습이 그의 발목을 붙잡았다. 재빨리 정신을 수습한 그의 얼굴이 긴장 때문에 살짝 굳어졌다.

"옥… 설 사숙조님… 이신가요?"

"그래, 내가 옥설이다. 찾아온 용건만 어서 말해 보거라. 청성파가 벌써 가까이 온 게냐?"

손님이 아니라는 사실에 실망해서인지, 아니면 소진의 얼굴을 저 지경으로 만든 원흉으로 지목될 것이 불안해서였는지 옥설 도장의 말투가 심하게 퉁명스러웠다. 누구라도 당황해할 만한 태도였지만 의외로 무산 도장은 별로 그런 기색이 아니었다.

'이분이 바로 무극검 옥설 사숙조! 무당 최고 배분의 어르신이자 전설적 검객이란 말인가? 믿기질 않는군. 저 항아리처럼 불룩한 체형에 촌부처럼 평범한 기도. 도대체 그 찬란한 명성의 흔적을 어디서 찾아야 한단 말인가! 장문 사형의 설명을 들으며 설마설마 했건만 직접 뵈니 오히려 설명이 부족한 감이 있군. 특하나 저 괴팍한 성격은 정말이지… 저런 분의 수발을 들려면 아무래도 막내 사제가 고생깨나 하겠어. 그나저나 막내 사제의 얼굴에 난 저 멍 자국은 대체…….'

"무산이 사숙조님을 뵙습니다."

옥설 도장의 심통에도 아랑곳하지 않고 일단은 공손히 고개를 조아린 무산 도장이 잠시 소진에게로 걱정스런 눈길을 던졌다가 다시 입을 열었다. 일단 자신에게 주어진 임무가 우선이었다. 소진은 그 이후에 따로 만나볼 작정이었다.

"청성 때문이 아닙니다, 옥설 사숙조. 그 일이라면 청성의 행보가 예상보다 느린 탓에 아직은 시간적 여유가 있습니다. 오늘 제가 온 이유는 그것보다 이것을 전해 드리라는 장문 사형의 명을 받고서입니다."

무산 도장이 품 안에서 묵직해 보이는 주머니를 하나 꺼내 들었다.

"그것이 무엇이냐?"

"장문 사형이 일전에 이곳에 들러 가르침을 받던 중, 사숙조께서 과거에 재능을 도용한 무리들에 의해 막심한 손해를 입으셨다는 소식을 접하고 크게 안타까워했다 합니다. 그래서 주제넘을지도 모르지만 미력하게나마 도움이 되지 않을까 하여 저를 통해 이것을 보내는 것입니다. 하찮은 은붙이들입니다, 옥설 사숙조."

이리저리 꾸미고 포장한 말들 속에서 유독 은붙이라는 한마디가 옥설 도장의 귓가를 강하게 울렸다. 자신의 고민을 단숨에 해결해 줄만한 강력한 한마디였다. 아무래도 지난번 무우 장문인은 옥설 도장의 속마음을 제대로 읽고 돌아간 것 같았다.

'은붙이! 조, 좋았어! 저 정도면 앞으로도 십 년은 손님이 없어도 걱정없겠다. 무우라고 했던가? 어쩐지 내 그 아이가 은근히 마음에 들더라니… 후훗! 역시 산 입에 거미줄 치는 법은 없는가 보구나. 자자, 저걸 어떻게 받아와야 할까? 그냥 덥석 받기에는 좀 민망할 테고… 그래! 그냥 성의를 생각해서 마지못해 받는 척하는 게 가장 낫겠군.'

참으로 간사한 것이 인간인지라, 처음의 그 퉁명스런 어투에서 섞여 있던 안 좋은 감정들은 어느새 눈 녹듯이 사라지고 있었다.

"허허허. 이미 오래전의 일이거늘… 지금에 와서 금붙이니 은붙이니 하는 것들이 이 촌구석의 늙은 도사에게 무슨 소용이 있겠느냐. 단지 하루 먹을 소박한 양식과 이 노구(老軀)를 누일 작은 방 한 칸만으로도 마음이 편안하다면 그것이 바로 도(道)인 게지."

여기까지는 거짓. 단지 그럴듯하게 둘러대는 말이었다. 그의 진짜 속내는 이 뒤로 이어질 내용이리라. 그리고 그것은 아마도 '하지만 이 것을 내게 보낸 그 아이의 성의도 무시해선 안 되겠지?' 와 같은 말로 시작해서 '불우한 이들을 돕는 데 사용하도록 하마' 와 같은 말로 마무리할 것임이 틀림없었다.

"하지……."

"아아! 사숙조님께 다시 한 번 탄복하게 되네요. 무산 사형! 방금 들으셨죠? 가난한 가운데에서도 편안한 마음으로[安貧] 도를 즐긴다는[樂道] 저 말씀을! 옥설 사숙조께서는 이미 은붙이든 금붙이든, 길가의 굴러다니는 돌멩이든 구별을 두지 않는 경지에 이르신 것이지요."

이제 눈앞의 먹이를 덥석 삼키는 일만 남았던 터였다. 단 몇 마디의 말만 덧붙인다면 그렇게 되는 것이다. 때문에 갑자기 나타난 이 방해자가 전혀 달가울 리가 없었다.

자신은 마음에도 없는 안빈낙도(安貧樂道)를 들먹이면서 가식이 점점이 묻어나는 탄성을 터뜨리는 이 훼방꾼의 얼굴이 자연스럽게 머리속에 그려졌다. 옥설 도장이 거의 무의식적으로 고개를 왼편으로 돌리자 잠시 마주친 소진의 시선이 조용히 웃음 짓고 있었다. 푸르뎅뎅한 눈두덩이 한가운데서 빛나는 그 눈빛이 왠지 요악(妖惡)하게 느껴졌다.

형용하기 어려운 불안감이 옥설 도장을 엄습했다.

'이 아이가 대체 무슨 생각을… 설마!'

안 그래도 그리 좋은 기분은 아니었지만 엉겁결에 얼굴을 마주하게 된 무산 도장의 반응에 소진은 더 더욱 심기가 불편해졌다. 식사 전에 가까스로 삭여두었던 울분 역시 서서히 다시 고개를 쳐들었다. 물론 그 대상은 이 얼굴의 비참한 상처를 선물해 준 원흉이자 잊을 만하면 한 번씩 염장을 박박 긁어놓는 옥 모(玉某) 도장이었다.

'결국은 이 모습을 보이고 말았군. 나중에 분명 어찌 된 영문인지 물어올 테지? 에휴~ 대체 무슨 대답을 한단 말인가. 이잇! 이게 다 옥설 사숙조 때문이잖아!'

그러던 중 소진의 귓가를 솔깃하게 하는 한마디가 있었으니… 그것은 무우 장문인의 명으로 은붙이들을 전하러 왔다는 무산 도장의 설명이었다. 소진은 이곳에서 생활하면서 옥설 도장의 주머니 사정을 대강 짐작하고 있었고, 이 말을 듣는 와중에 옥설 도장의 눈빛에서 피어오르는 환희의 빛을 결코 놓치지 않았다. 복수의 기회는 의외로 빠르게 찾아왔다.

"방금 하신 말씀은 그런 뜻이지요? 그렇죠, 사숙조?"

"꼭 그런 것은 아니고……."

"실은 요 근래에 사숙조님의 수발을 들면서 이미 어느 정도 짐작은 하고 있었습니다. 원래 세속의 명리(名利)라는 허울을 벗어던지는 것이 가장 지난(至難)한 것이라 배웠거늘, 그 모든 걸 초탈하시다니… 그 수양의 경지가 어떤 것인지 제자는 가히 짐작도 하지 못하겠습니다."

"허어."

새빨간 거짓말들을 술술 잘도 나불댄다. 저 무산이라는 녀석이 소진의 장단에 놀아나 연신 탄성을 터뜨리는 모습에 울화통이 터질 지경이었지만 차마 내색할 수는 없었다.

분명 사태를 수습할 무언가가 필요하건만 입 안에는 구체화되지 못하는 생각들만 넘칠 뿐, 도무지 적당한 말을 꺼낼 수가 없었다. 처음에 별다른 생각 없이 꺼냈던 말들이 자신의 발목을 단단히 옭아매고 있었다. 지금 와서 땅을 치고 후회해 봤자 이미 대화의 주도권은 소진에게로 넘어간 후였다.

무언가 눈짓이라도 해보려 소진과 시선을 맞추던 옥설 도장은 오히려 엄습하는 불안과 초조에 몸이 달았다. 소진의 눈빛은 '그동안의 복수입니다. 인과응보! 뿌린 대로 거두는 법이지요. 그러게 조금 더 잘하지 그러셨어요' 라고 말하며 묘하게 웃고 있는 것만 같았다.

"그렇게 본다면 사려 깊은 장문 사형도 이번만은 생각을 잘못하신 것 같네요."

"응? 어째서 말이냐?"

무산 도장이 의아한 기색으로 물었다.

"옥설 사숙조는 이미 물욕(物慾)에 초탈하신 분인데, 그래서 과거에 있었던 작은 손해 따위는 오래전에 마음속에서 훌훌 털어버리신 분인데, 그런 분께 도움이 되고자 한다면서 은자가 가득 담긴 전낭(錢囊)을 보내다니요. 뭔가 앞뒤가 맞질 않잖아요? 돈독이 잔뜩 오른 늙은이라면 모를까, 옥설 사숙조께서 결코 이런 선물을 달가워하실 리가 없죠. 그렇지 않은가요, 옥설 사숙조?"

은근한 목소리로 물으니 참으로 진퇴양난(進退兩難)이다. 아니라고, 이 선물이 너무너무 맘에 들어서 당장에라도 손을 넙죽 내밀고 싶을 지경이라고 말하고픈 마음은 굴뚝같았지만 그랬다간 당장에 '돈독이 잔뜩 오른 늙은이' 취급을 받을 판이었다.

그렇다고 맞다고 하자니 저 전낭에 불룩하게 담긴 상당한 양의 은자를 포기하기가 너무 아까웠다. 하지만 이 교묘한 질문은 어떻게든 대답을 채근하고 있었고, 그는 결정을 내려야만 했다. 옥설 도장이 마지못해 입을 열었다.

"그, 그런 셈이지."

정말 힘든 한마디를 마친 옥설 도장이 힘없이 어깨를 늘어뜨렸다. 어린(?) 제자들이 지켜보는 가운데, 구차한 풍족보다 명예로운 빈곤을 택했다는 것이 그나마 자랑스럽긴 했지만 동시에 입 안이 소태라도 씹은 듯 쓰디썼다. 어쩌면 뒤이은 무산의 행동 때문에 더 더욱 그렇게 느껴지는 것일지도 모르겠다.

"아아, 그렇다면 장문 사형과 제가 사숙조님께 본의 아닌 무례를 저지른 셈이로군요. 사형도 미처 거기까진 생각을 못한 듯합니다. 제가 대신 이렇게 사죄드리겠습니다, 옥설 사숙조."

그가 황급히 손에 꺼내 들고 있던 전낭을 다시 품 안으로 집어넣으며 머리를 조아렸다. 옥설 도장으로선 절반쯤 자신의 수중에 들어왔던 물건을 눈 뜨고 빼앗기는 셈이었다. 입 안을 감도는 씁쓸함이 이내 소진에 대한 원망으로 번져 나갔다.

소진이 서둘러 걸음을 옮기는 무산 사형의 뒷모습에 슬며시 고개를 숙였다. 자신이 한 거짓말에 대한 사과의 의미였다. 무산은 옥설 도장의 표정이 좋지 않자 그것이 자신 때문인 것으로 지레짐작하고 슬슬 눈치를 보다가 서둘러 무당으로 되돌아가는 길이었다. 답하기 곤란한 질문을 받지 않아도 되게 되었으니 소진으로선 다행스런 일이다.

한편 무산 사형을 배웅하는 소진의 심경이 꽤나 복잡했다. 그동안에 쌓이고 쌓인 것들을 이번 기회에 고스란히 되돌려 주었으니 응당 속이 후련해야 하건만 한편으로는 허탈한 심정이 드는 것이다. 잠시 그 복잡미묘한 감정을 음미하던 소진은 더 이상 노상(路上)에 시선 줄 이가 없음을 깨닫고 천천히 발걸음을 돌렸다. 냉냉한 공기가 공허한 가슴을 가득 메웠다.

'그래, 이것으로 지난 일은 다 털어버리자. 그리고 앞으로는 더 잘 대해드려야지. 가끔 사람을 못살게 굴어서 그렇지 사숙조도 나름대로 좋은 분이시니 말야.'

이런 다짐을 할 수 있는 스스로가 대견스러운지 소진의 입가에 여유로운 미소가 걸린다.

딸랑!

문 안으로 들어서는 그를 시끄러운 방울 소리가 반겼다. 동시에 눈앞이 번쩍 했다.

퍼퍽! 빠바바박!

"크어억!"

소리를 듣자 하니 그를 반긴 것은 비단 방울 소리뿐만이 아니었나 보다.

"이 몰상식한 놈! 치졸한 놈! 경로 사상이라곤 눈곱만치도 없는 비정한 놈! 내 돈 내놔, 이눔아!"

그렇다. 그의 마음은 풀렸지만 반드시 상대도 같으란 법은 없었다. 복수는 복수를 낳는 법이었다.

第六章

천하혈사(天河血事)

한수(漢水)는 섬서성을 쉴 새 없이 가로질러 달려오고도 아직 여력이 남는지 호북성을 북서에서 남동으로 길게 쪼개며 무한(武漢)에 이르러서야 비로소 장강(長江)의 품에 안겨 그 숨가쁜 행보를 멈춘다. 이 물길은 땅을 일구는 농군에게는 하백(河伯)의 선물이고, 배를 모는 사공들에게는 삶의 터전이며, 길을 떠나는 여행객들에게는 분명한 이정표이다. 하나 아무리 분명한 이정표라 하더라도 보이지 않으면 쓸모가 없는 법.

쇠할 대로 쇠한 만월(彎月)은 이제 희미한 등불의 역할조차도 버거운지 두터운 구름이불 속에서 나올 기미를 보이지 않고 있다. 하늘에 가득 드리운 검은 휘장 사이로 간간이 드러나는 별빛은 드넓은 갈대숲을 홀로 밝히려는 반딧불처럼 초라하기만 하다.

마치 절세미인의 머리카락마냥 칠흑 같다는 표현이 어울리는 밤이었다. 유독 빠르게 시작되는 겨울의 저녁은 갈 길이 먼 이들의 발걸음을 꽁꽁 묶어두고 있었다.

자칫 어둠에 집어 삼켜질까 두려운 듯 번(番)을 서는 제자들은 야영지의 네 모퉁이에 걸린 횃불 주위를 그저 뱅글뱅글 돌고만 있었다. 야영지는 중앙에 널찍한 사각의 천막을 세우고, 그 주위를 여럿의 작은 삼각 천막들이 둘러싸고 있는 구조였다.

몽마(夢魔)와 수마(睡魔)의 힘이 절정에 이르는 시간, 번을 서고 돌아온 지가 금방이라 옅은 잠에 빠져 있던 장명(長明)은 자신을 흔드는 손길에 누운 채로 짜증 섞인 반응을 보였다.

"제대로 확인하고 깨워야지! 난 지금 마악 번을 서고 들어오는 길이라고."

아마도 번을 교대할 사람을 잘못 확인한 누군가로 생각한 모양이다. 그를 흔들던 손길은 의외의 반응에 잠시 멈칫했다가 다시금 그를 깨웠다.

"장명아, 일어나거라."

자신의 충고를 무시한 손길에 따끔한 충고를 한마디 해야겠다 생각하던 장명은 귓가에 들리는 미약한 목소리에 번쩍 눈을 떴다. 잠은 어느새 저만치 달아나 있었다.

"사부?"

―쉿! 목소리를 낮추거라.

깜짝 놀라 몸을 일으키던 그가 순간 멈칫했다.

'전음? 게다가 지금은 삼경을 넘어선 시간. 이건 뭔가……'

그가 불현듯 떠오르는 불안감에 흠칫 몸을 떨었다. 흔들리는 눈빛이 어둠 속에 있는 사부의 윤곽을 찾았다.

─혼자 있을 줄 알았다. 장소(長素)의 갑작스런 고열 때문일 테지? 일단 앉거라.

장명이 비스듬하게 기울어 있던 상체를 마저 일으키며 자리에 앉았다. 옆 자리의 주인인 장소는 사부의 말대로, 해질 무렵부터 느닷없이 나타난 열병 증상 때문에 지금 약당(藥堂)의 천막으로 옮겨져 있었다.

─그럼 장소의 일은 혹시 사부님께서?

─그렇다. 은밀히 너를 만나야 했기에 부득이 그 아이에게 손을 좀 썼다.

─대체 어떤 일이기에 그렇게까지…….

─천안(天眼)에서 연락이 왔다.

간단명료하면서도 많은 것을 포함한 대답. 장명은 짧은 숨을 들이키며 질끈 두 눈을 감았다. 안 좋은 예상일수록 잘 들어맞는 법이라지만 이건 그중에서도 최악이었다.

그를 벌써 십 년도 넘게 가르친 스승이자 가장 큰 비밀을 공유하고 있는 운평자는 제자의 심정이 절실히 가슴에 와 닿았다.

─오후에 들른 백하(白河)의 객잔에서 조직의 표식을 발견했다. 나역시 신호를 보내니 이 지령(指令)이 은밀히 전달되더구나.

운평자가 품 안에서 고작 손바닥만한 크기의 종이 조각을 꺼내 들었다. 그리곤 잠시 머뭇거리다가 그것을 앞으로 내밀었다.

─내용은 네가 직접 확인하는 것이 오히려 나을지도 모르겠구나.

나름대로 침착하려 애쓰는 중이었지만 장명의 손끝은 얄밉게도 미미하게 떨리고 있었다. 종이 조각을 받아 든 그가 천막의 입구를 살짝 젖히고 새어져 들어오는 희미한 불빛에 그것을 비추었다.

천안 전(傳).

특급지령.

백이십호와 백이십일호는 이 지령을 접수 후 최대한 빠른 시일 내에 인접한 군소무림방파로 향할 것. 목표는 해당 문파의 멸문. 움직임은 은밀하고 신속하비, 행동은 과감히 취할 것. 필용마단(必用魔丹). 이상.

팔랑.

장명의 손에서 흘러나온 서신이 천막의 틈새로 불어오는 냉랭한 바람을 타고 운평자의 발치로 떨어졌다. 장명의 두 눈이 꼭 감겼다.

― '반드시 마단을 사용하라(必用魔丹)'는 말이 무얼 의미하는지 잘 알 것이다. 광마단(狂魔丹)은 잔인한 물건이지. 장명아, 잘 듣거라. 너와 나, 조직의 간세라고는 하나 이 청성에서 사제 간의 정을 들인지가 어언 십 년이다. 원치 않는다면 도망치는 것을 막지는 않으마. 나의 마지막 정리(情理)라고 생각해도 좋다.

뜻밖의 말에 장명자가 몸을 흠칫 떨더니 신형을 돌렸다. 인위적으로 만들어진 관계라고는 하나 이미 십 년을 함께 지내온 사이다. 그가 사부의 시선에 담긴 진정(眞情)을 읽어내기란 그리 어려운 일이 아니었다. 장명자의 눈동자가 심하게 흔들렸다. 이 예기치 못한 제안에 그는 지금 고뇌하고 있는 것이다.

하나 이 고민은 채 몇 호흡을 이어지지 않았다. 장명자는 자신의 복잡한 심정을 모두 토해내려는 듯 한없이 깊은 한숨을 내쉬었다. 동시에 눈가의 흔들림도 멈췄다. 착 가라앉은 시선은 체념 섞인 공허함을 싣고 있었다.

"하아~ 노모(老母)와 어린 누이가 있습니다. 저만 살아보겠다고 도망칠 수는 없는 노릇이지요."

입 안에서 웅얼대는 듯한 낮은 읊조림이었지만 운평자는 소란스러운 시장통에서 어린아이의 흐느낌을 구분할 수 있는 사람이었다. 그리고 이미 어느 정도 짐작하고 있던 대답이기도 했다.

─그래, 그럴 테지. 천안이라는 조직은 그리 호락호락한 곳이 아니니까… 아무 연고도 없는 이를 이런 곳에 세작(細作:첩자)으로 보낼 리가 없지. 나 역시 마찬가지니 말이다. 어느 정도 짐작은 하고 있었다.

─후훗. 그리고 보니 십 년을 함께했지만 정작 서로에 대해 아는 것은 아무것도 없었군요.

─동료애 같은 것을 요구하는 조직이 아니니까. 필요한 것은 끊임없는 감시와 철저한 위장뿐, 그곳의 규율에 따르다 보면 자연히 그렇게 되는 게야.

장명은 문득 생소한 기분이 들었다. 십 년을 함께하며 누구보다 잘 안다고 생각했던 사람이 갑자기 전혀 다른 사람처럼 느껴졌다. 그리고 이것은 운평자 역시 마찬가지였다.

두 사람의 넋두리 같던 대화는 더 이상 이어지지 않았다. 그것은 아마도 그들이 서로에게 기억되어 있는 모습으로 남고 싶었기 때문일 것이다. 대신에 그들의 시선이 깊이 얽혀들었다. 동병상련(同病相憐)이랄까? 서로의 아픔이 가슴 진하게 느껴졌다.

─광무 사숙과 문인들, 아니, 이들에겐 그저 미안할 뿐이로군. 하지만 이제 슬슬 움직여야겠지? 준비는 됐나, 백이십일호?

─언제든지요, 백이십호.

잠시 씁쓸한 시선을 교환하던 두 사람이 이내 짙은 어둠 속으로 사라져 갔다.

　호북성 북서단의 안성(安城)에 자리 잡은 천하무관(天河武館)은 인근 오십 리 안에서 가장 명망있는 무관으로 인정받는 곳이었다. 물론 그것이 지리상으로 호북성의 가장 변두리 지역이라는 점과 인근 오십 리 안에 큰 마을이 몇 없다는 점이 크게 작용하는 바이기는 해도 시골 촌락의 초라한 무관과는 감히 비교가 되지 않는 규모였다.

　어스름한 새벽녘. 천하무관에서도 부지런하기로 소문난 홍조삼(洪朝三)은 채 잠이 덜 깬 눈으로 방문을 열고 나서는 순간, 펼쳐지는 마당의 풍경에 저도 모르게 쌍소리를 먼저 입에 담았다.

　"쓰펄. 이게 다 뭐야!"

　문(門)이라는 것에 의해 안쪽과 구분되는 바깥 세상은 마치 별천지처럼 온통 하얀빛으로 물들어 있었다. 어제부터 하늘이 영 심상치 않더니만 기어이 굵직한 눈송이들이 날리고 있는 것이다. 바닥에 쌓인 것은 아직 채 한 치가 되지 않아 보였지만, 우중충한 하늘을 보니 앞으로의 양은 그 몇 배가 될 듯했다.

　절로 욕설이 튀어나올 만도 하다. 동심에 젖은 어린 아이들이나 사랑에 빠진 연인들에게라면 모를까 아침마다 마당을 쓸어야 하는 홍조삼에게 이 초설(初雪)은 그저 애물단지에 불과했기 때문이다.

　"보아하니 쉽사리 그칠 것 같지도 않은데… 오늘 하루 죽어라 비질만 하게 생겼군. 에구구, 내 팔자야."

　싸악싸악.

　입으로는 투덜거리면서도 홍조삼은 어느새 비질을 시작하고 있었다. 두터운 싸리비가 지날 때마다 바닥을 덮은 순백색의 홑이불이 찢

기우며 울퉁불퉁 흉물스런 지면이 모습을 드러냈다. 그의 손길은 거침이 없었다. 사실 담 너머의 연무장과 대문 앞쪽까지도 몽땅 그의 몫이었으니 마음이 급할 만도 했다.

"하아. 춥긴 또 더럽게 춥네. 하아. 으응?"

어느새 양손이 얼음장처럼 차가웠다. 잠시 비질을 멈추고 입김으로 손을 녹이던 홍조삼은 문득 고개를 쭉 빼며 눈을 가늘게 좁혔다. 분명 조금 전까지만 해도 인적이 없던 마당 한가운데 누군가가 우두커니 서 있는 것을 발견했기 때문이다. 여전히 탐스럽게 내리는 눈송이들과 정면으로 불어오는 바람 탓에 상대의 얼굴을 확인하기가 영 쉽지 않았다.

"저… 뉘신지……."

"ㅋㅎㅎㅎ."

자신의 물음에 대한 대답으로는 전혀 어울리지 않는 음침한 괴소에 홍조삼의 머리끝이 쭈뼛 섰다.

상대를 자세히 보기 위해 다시 눈을 가늘게 좁혔지만 대략적인 윤곽만을 확인하는 데 그쳤다. 바람결을 타고 어지럽게 흩날리는 눈송이들이 자꾸만 홍조삼의 시야를 방해했다.

괴한이 예의 그 음침한 괴소를 흘리며 그에게로 한 걸음 한 걸음 다가섰다. 홍조삼은 당장 꽁무니가 빠져라 도망치고 싶었지만 금방이라도 쓰러질 듯 후들거리는 다리는 그의 의지에 반하고 있었다. 마음 같아서는 벌써 십 리는 멀리 갔겠지만, 이유 모를 두려움에 잔뜩 굳어버린 그는 이제 겨우 반쯤 몸을 돌렸을 뿐이다. 급한 마음에 먼저 뒤로 향하던 시선이 갑자기 멈칫했다.

'헉!'

심장이 터질 듯이 쿵쾅거렸다. 고개를 돌리자 나타나는 또 다른 인영. 우선은 청색의 옷자락이 가장 먼저 눈에 띄었다. 이번엔 눈보라도 방해가 되지 못할 만큼 가까운 거리였다. 그 옷의 윤곽을 따라 시선을 점점 위로 올리자 넓은 어깨와 각진 턱 선을 지나 이 또 다른 불청객의 얼굴을 확인할 수 있었다.

시뻘겋게 달아오른 혈색과 툭툭 불거진 핏줄들, 그리고 단연 압도적인 것은 핏빛으로 번들거리는 붉은 눈동자였다. 팔열지옥 중의 등활지옥에서 끊임없이 죄인에게 고통을 준다는 악귀의 형상이 바로 이러하리라.

'부, 부처님.'

"크흐흐."

도저히 감당할 수 없는 공포와 두려움이 홍조삼의 몸을 친친 동여맸다. 크게 소리쳐 도움이라도 청해보고 싶었지만 마치 가위에라도 눌린 듯 몸이 전혀 말을 듣질 않았다. 석상처럼 굳어진 채 상대에게 두려움과 애처로움에 가득한 눈빛을 보내는 것만이 그가 할 수 있는 전부였다.

지면을 향해 있던 괴인의 손이 서서히 들렸다. 그 궤적을 따라 홍조삼의 눈동자가 또르르 굴렀다. 가슴 어림에서 멈춘 상대의 손은 흡사 먹이를 눈앞에 둔 뱀의 형상 같았다. 그리고 문득 그 뱀의 머리가 자신을 향한다 싶은 순간, 화끈한 통증이 그의 몸을 관통했다. 동시에 홍조삼의 온몸을 옭아매고 있던 무형의 압력도 거짓말처럼 사라졌다. 뻣뻣하게 굳어 있던 고개가 자유로워짐을 느끼며, 무언가 이질적인 감각에 홍조삼의 시선이 자연스레 가슴께로 향했다.

가슴 정중앙에 손목이 보이지 않을 정도로 깊숙이 박혀 있는 상대의 팔과 그 사이로 울컥울컥 뿜어져 나오는 시커먼 핏물.

"커억!"

홍조삼의 입에서 뿜어진 각혈이 괴한의 청색 옷자락을 검게 물들였다. 괴한의 끔찍스런 마소가 더 더욱 짙어졌다. 아무래도 홍조삼의 가슴과 입에서 뿜어지는 진득한 혈향(血香)이 그를 흥분시키는 듯하다. 그가 하얀 이를 드러내며 홍조삼의 가슴에 박혀 있던 우수를 가차없이 뽑아냈다.

푸악!

핏물이 분수처럼 뿜어져 나오며 홍조삼의 신형이 서서히 뒤로 무너져 내렸다. 바닥을 덮은 순백의 융단이 그를 중심으로 선홍빛으로 물들었다.

한때는 고고함의 상징이던 괴한의 청색 도복은 핏물을 흠뻑 뒤집어써 요사스런 빛깔이 되어 있었다.

"크하하핫!"

맞은편에서 다가오던 다른 한 명의 괴한이 불길한 새벽을 깨우는 마소(魔笑)를 터뜨렸다. 바람에 실려오는 달콤한 혈향이 그의 마성을 폭발시키고 있었다. 홍조삼의 시신 앞에 선 그의 두 눈 역시 금방이라도 핏물이 뚝뚝 흘러내릴 것만 같은 혈안(血眼)이었다.

"무, 무슨 소리냐!"

"누가 감히 소란인가!"

그의 마소에 화답이라도 하듯 무관의 곳곳에서 소란이 일었다. 그리고 이것이 훗날 천하혈사(天河血事)라 불리우는 잔인한 사건의 시작이었다.

청천벽력! 시린 겨울바람을 타고 전해진 소식에 강호가 크게 술렁거렸다.

후루룩.

수수한 황색 도복을 차려입은 중년의 도인이 따스한 김이 모락모락 피어오르는 술잔을 한 모금 들이켰다.

"캬아! 역시 이곳의 옥로춘은 일품이란 말야. 창밖의 설경(雪景)이 눈을 즐겁게 하고, 한 잔의 데운 술이 입을 즐겁게 하고, 다시 이 둘이 어울려 마음을 즐겁게 하니, 이곳이 바로 무릉도원이로구나."

간밤에 내린 초설(初雪)이 창밖을 온통 하얗게 물들이고 있었다.

호북성 균현에 위치한 백미루(白眉樓)는 정갈한 음식과 빼어난 술맛, 그리고 저렴한 가격 덕분에 그 이름이 전혀 부끄럽지 않다는 평을 듣는 곳이다. 중년의 도인은 이 백미루의 이층에서 홀로 술잔을 기울이는 중이었다. 한쪽으로 난 창으로는 멀리 무당산의 초입이 보이고, 반대 편으로는 일층의 전경이 한눈에 들어오는 좋은 자리였다.

"무해 도장님, 뭐 부족한 건 없으신지요?"

그에게 다가온 금의(錦衣) 중년인이 공손히 물었다.

"허허헛. 가끔 이렇게 술 한 잔 얻어먹는 것도 미안한 판국에 무슨 말을 하는 겐가."

"천만의 말씀이십니다, 어르신. 어르신께서는 제 안사람의 생명의 은인이 아니십니까. 이 백미루를 통째로 내드려도 부족할 판에… 간혹 이렇게 저희 주루에 오실 때마다 조금이나마 은혜를 갚는 것 같아서 이 상 모(尙某)는 기쁘기 한량이 없답니다. 그럼 저는 아래층에 내려가 있을 테니 뭔가 필요한 게 있으시면 언제든지 저를 불러주십시오, 무해 도장님."

"의원이 사람을 살리는 것은 당연한 게지. 아무튼 신경 써주니 고마

우이."

한 잔의 술에서 무릉도원을 찾던 중년의 도인은 다름 아닌 무해 도장이다. 무당파의 전대 의선원주가 바로 그였다. 오랜 지기의 아들이 화혼(華婚)을 하게 되어 이를 축하해 주고 돌아오는 길에, 겨울의 정취에 못 이겨 이곳 백미루를 찾은 것이다. 한편 방금 전의 금의중년인은 상호유(尚湖裕)라는 인물로, 이곳 백미루의 주인이었다. 부인에 대한 애정이 각별한 그는 과거 아내의 병마(病魔)를 물리쳐 준 무해 도장을 일생의 은인으로 여기고 있었다.

잠시 흥취를 방해하던 상호유가 아래층으로 사라지자 무해 도장이 얼른 다시 술잔을 집어 들었다. 창밖의 설향(雪香)과 술잔 안의 주향(酒香)을 눈과 코로 음미하며 다시금 한 잔을 청하려는데, 차르르 하고 일층 입구의 주렴이 걷히며 누군가 헐레벌떡 뛰어들었다. 여럿의 시선이 그에게 쏠렸지만 주루 안으로 뛰어든 삼십 대의 장한은 아랑곳도 하지 않고 잠시 두리번거리다가 그를 알아본 일행들을 향해 급한 걸음을 옮겼다.

"대낮부터 마누라가 놔주질 않더냐? 왜 이리 늦은 거야!"

"흐흐흣. 저 곽가(郭哥) 놈이 그럴 능력이나 되는가? 아마 귀찮다는 마누라에게 애걸복걸하다 늦은 걸 테지."

늦게 온 사내에 대한 보복인지 농도 짙은 농담과 비아냥이 쏟아졌다. 평소 같으면 발끈했을 수작들이지만 곽씨 성의 사내는 들은 척도 안 하고 자기 말부터 꺼냈다.

"내 말 좀 들어보게나. 실은 내가 방금 기절초풍할 소식을 하나 듣고 오는 길인데 말이지……."

말하는 폼이 영 예사롭지가 않았다. 먼저 기다리던 일행들도 그걸 눈치 챘는지 조용히 입을 다물었다. 주위의 다른 손님들 역시 슬그머니 귀를 기울이는 기색이 역력했다. 예로부터 객잔과 주루, 기루는 강호의 삼대 소식통으로 통하지 않았던가. 기절초풍할 소식이 있다는 말에 다들 뭔가 기대하는 눈치였다.

"자네들 혹시 안성(安城)의 천하무관이라는 이름을 들어보았는가?"

다들 서로의 얼굴만 쳐다보았다. 천하에 널리고 널린 것이 크고 작은 무관(武館)들이다 보니 어지간히 유명한 곳이 아니고서는 단지 그 위치한 인근에만 이름이 알려진 곳도 부지기수였다.

"안성이라… 그리고 보니 들어본 것 같기도 하군. 마누라 친정이 그쪽이라서 말이지. 그런데 갑자기 그 얘기는 왜 꺼내는 거지?"

"대강이라도 들어봤으면 알 테지. 이 천하무관이라는 곳이 그 일대에서는 제법 규모도 크고 명성도 알려진 곳이라 하네. 그런데… 그런데 말이지, 그곳이 하룻밤 사이에 피에 잠겼다더군."

귀 기울이던 이들이 일제히 놀란 기색을 보였다. 몇몇은 침을 꿀꺽 삼켰다. '피에 잠겼다'라는 표현이 의미하는 바가 실로 가볍지 않았기 때문이다.

"피에 잠겼다고? 대체 얼마나 죽어 나갔길래?"

"놀라지들 말게. 듣기로는 대략 백 명 가까이 된다고 하네. 천하무관에 몸담고 있던 이들은 젖먹이 아기부터 칠순 노파까지 모두 주검으로 변했다 하더군."

"백 명!"

건너편의 탁자에 앉아 듣던 이가 깜짝 놀라 소리쳤다. 아무리 도검(刀劍)이 난무하는 강호라지만 이런 대규모의 살극(殺劇)은 결코 흔한 일이 아니었다. 더욱이 정사를 막론하고 여자와 어린아이에게는 손속에 사정을 베푸는 것이 관례처럼 되어 있었기 때문에 충격은 더 더욱 컸다.

"대체 어떤 미친놈이 그런 천인공노할 만행을 저지른 거지? 흉수는 잡혔다고 하던가?"

"잡히긴 잡혔는데 그게 좀……."

"이런, 답답하군! 이 친구야, 어서 속 시원히 말을 해보게나."

"흉수는 단 두 명이었는데, 그들은 믿기지 않게도 청성파의 도사들이었다 하네."

"뭣이?! 청성파의 도인이 어째서 그런 짓을 저지른다는 말인가! 자네는 혹시 어디서 헛소리를 듣고서 사실인 양 떠벌리고 다니는 것은 아닌가!"

곽가 사내의 왼쪽 탁자에 앉아 있던 텁석부리장한이 '탕!' 하고 탁자를 내려치며 날카롭게 소리쳤다. 그는 아마도 요즘 그 수가 상당히 늘고 있다는 청성파의 추종자인 모양이었다.

"흥! 못 믿겠으면 당장 서문(西門) 밖의 송문표국으로 달려가 보시구려. 그곳의 일급표두인 서(徐) 표두에게 직접 듣고 오는 길이니 말이오."

이 말에 남아 있던 화주를 단번에 들이킨 텁석부리장한이 거친 발소리와 함께 주루에서 사라졌다. 곧바로 송문표국으로 달려가 직접 확인할 기세였다. 차르륵 하고 주렴들이 부딪치는 소리가 주루 안을 울렸다.

훼방꾼이 사라지자 다른 자리의 주객(酒客)이 급히 물었다.

"이보게. 좀 더 자세히 설명을 해보게나. 정말 그게 청성파의 도사들이 저지른 일이라던가? 그럼 무당파의 도인들과 비무를 벌이기 위해 이곳으로 오고 있다던 청성파는 어떻게 되는 거지?"

"앞으로 청성파가 어떤 행동을 보일지는 낸들 알 리가 없고… 다만

이 천하무관의 참사에 대해서는 들은 바가 더 있으니 설명을 해드리리다. 당시 화산파의 능추운(凌秋雲) 대협이 부근을 지나는 길이었는데 바람에 실려오는 혈향을 쫓아 천하무관을 찾았다가 이 참사를 목격했다 하오. 담장 안쪽으로는 온통 피투성이인 무관에서 능 대협은 죽은 이들의 심장을 꺼내어 씹고 있는 두 마리의 마귀를 발견했는데, 그들이 바로 청성파의 두 도사인 운평자와 장명자였다 하더군요.”

“운평자? 내 자세히는 모르지만 청성파의 운 자 항렬이라면 대단한 고수일 것이 분명한데… 이상하군. 능 대협이 화산의 속가(俗家)로 이름이 높다고는 하나 그들을 동시에 물리칠 수 있었단 말인가?”

“허헛. 제가 언제 능 대협이 그들을 무찔렀다고 말했던가요? 능 대협은 가까스로 목숨을 건졌을 뿐입니다. 천운이 따라줬다고나 할까요?”

자고로 화자(話者)는 청중이 귀를 기울일 때 더욱 흥이 나는 법이다. 조금 전의 텁석부리장한이 사라지고 난 이후로는 더 이상의 훼방꾼도 없었다. 사내는 가만히 숨을 죽이고 자신에게로 시선을 모으는 주루의 광경에 짜릿한 기분을 만끽하며 들은 바를 실감나게 전달했다.

“천인공노할 만행을 목도한 능 대협은 분연히 칼을 뽑아 드셨지요. 하나 상대가 누구입니까? 다름 아닌 청성파의 진산절기를 익힌 절정고수들입니다. 능 대협은 안간힘을 썼지만 얼마 지나지 않아 궁지에 몰리게 되었지요. 실력에서도 차이가 있을 뿐더러 상대는 두 명인지라 몸을 뺄 수조차 없었던 모양입니다.”

마치 직접 그 광경을 목격이라도 한 듯 설명은 거침없이 이어졌다.

“이어지는 절체절명의 순간, 능 대협은 목숨을 부지하기 위해 고육지책으로 왼팔을 버려야만 했습니다. 하나 생각해 보십시오. 성한 몸으로도 힘들었던 상대를 그런 몸으로 더 이상 버틸 수 있을 리가 만무하지 않습니까? 이번에야말로 꼼짝없이 목숨을 내놓아야 할 순간! 갑자기 이상한 일이 일어났습니다. 그때까지만 해도 두 눈에서 시뻘건 혈광을 줄줄이 내뿜으며 기세등등하던 두 마귀의 몸이 별안간 제멋대로 뒤틀리기 시작했던 것이지요. 그 와중에 질러대는 괴성이 어찌나 모골송연했는지 인근의 민가에서는 감히 집 밖으로 나다닐 엄두조차 내지 못할 정도였다 합니다. 능 대협 역시 이 갑작스런 상황을 불안한 심정으로 주시하다가, 그들의 칠공에서 선혈이 비치고 괴성이 잠잠해지자 생사를 확인하기 위해 가까이로 다가갔습니다. 이들의 정체는 그때 밝혀지게 된 것이지요. 처음엔 흡사 악귀 같은 형상이었는데 죽으면서 얼굴이 원상태로 되돌아왔기 때문에 알아볼 수가 있었다더군요."

"이런 괴이한 일이… 청성파의 두 도사가 어째서 그런 짓을 저질렀단 말인가!"

"강호의 협객들은 정황으로 보아 두 사람이 모종의 무공을 수련 중 주화입마에 빠진 것이 아닌가 추측하고 있답니다."

"주화입마? 이상하군. 현문정종(玄門正宗)의 기공이라면 그런 일은 쉽사리 일어나지도 않을 뿐더러, 설혹 주화입마에 빠지더라도 그렇게 무시무시한 광기를 보이지는 않을 터인데… 우리가 명문정파의 무공을 현묘(玄妙)하다 부르는 이유 중 하나가 바로 그런 점 때문이 아니겠는가."

그래도 천하제일도문(天下第一道門)이라 불리우는 무당파를 옆에 끼고 있어서인지 듣는 이들의 식견이 남달랐다.

"그렇지요. 현묘한 도가의 기공이 원인이 되었다고 하기에는 아무래도 믿기 힘든 결과니까요. 하지만 그들이 무언가 다른 무공을 익히고 있었다면? 다들 알고 계시겠지만 얼마 전에 청성파의 도인들이 비밀리에 극악한 마공을 연성하고 있다는 소문이 퍼진 적이 있었습니다."

"설마 그 소문이 사실이었단 말인가?"

"그 정도라면 차라리 다행이겠지만……."

무슨 말을 꺼내려는 것인지 그가 주위를 한차례 둘러보더니 얼굴을 정색했다.

"지금 강호에는 그들이 마교의 극악마공을 익히고 있던 게 아닌가 하는 추측이 무성하다고 합니다."

"마, 마교!"

주루 안이 술렁거렸다. 정사대전 이후 마교가 강호에서 모습을 감춘 지도 어언 사십여 년이란 시간이 흘렀지만 마교라는 이름이 주는 공포와 적대감은 여전했다.

"제가 들은 바로는 과거 잔혹삼마(殘酷三魔)라고 불리우던 마교 절정마인들의 최후와 이번에 보인 그들의 모습이 거의 흡사하다고 하더군요."

'잔혹삼마! 이들의 이름이 어째서 다시 거론된단 말인가!'

이층에서 은연중 귀를 기울이고 있던 무해 도장의 오른손에 불끈 힘이 들어갔다. 이미 오래전의 일이니 일반인이나 강호의 어중이떠중이들의 기억에서는 잊혀졌을지도 모르나, 그 참혹했던 정사대전을 직접 겪었거나 그 과정을 상세히 전해 들은 강호인이라면 아마도 기억하고 있을 이름이다.

잔혹삼마. 그들은 과거 마교 서열 백위 안에 드는 고강한 무공과 명호에 나타나듯 잔인한 손속으로 악명을 떨치던 마인들이다. 하나 결정적으로 이들의 이름이 천하를 울리게 된 사건이 있었으니… 그것이 바로 과거 하룻밤 사이에 산동성 제남(濟南) 일대를 피로 물들였던 제남 대혈사(濟南大血事)이다.

이는 마공 수련 중 돌연 인성을 상실한 악마로 돌변한 잔혹삼마가 단 하룻밤 사이에 일대의 양민 백여 명과 그들을 제지하기 위해 나선 무림인 팔십여 명을 차디찬 주검으로 만들어놓은 참극이었는데, 이 사건은 후일 정사대전의 주요한 원인이 되기도 했다.

'마교의 잔재가 다시, 그것도 청성의 도우들에 의해 나타나다니! 만약 저 말이 사실이라면 그 여파를 어찌 감당한단 말인가. 내 이러고 있을 때가 아니로군.'

무해 도장의 신형이 주루 안에서 연기처럼 사라졌다. 탁자 위의 술잔에는 아직 따스한 온기가 남아 있건만 그의 신형은 창밖으로 우뚝 솟은 설산(雪山)으로 향하고 있으리라.

第七章

옥설 도장, 검무를 보이다

　호북성 백하(白河) 인근의 작은 평야. 외곽으로 펼쳐진 갈대밭이 황혼녘이면 올올이 곤두선 황금빛 털처럼 보인다 하여 황모평(黃毛平)이라 불리우는 곳이다. 사방이 탁 트인 이 황모평의 중간쯤에 야영지를 마련한 청성파의 문인들은 벌써 며칠째 이곳을 벗어나지 못하고 있었다.

　"자세히 알아보았느냐?"

　"예, 광무 사숙조. 하오문의 믿을 만한 정보통을 거쳤으니 거의 정확할 것입니다."

　"어서 말해 보거라! 운평과 장명이 죽기 직전의 모습이 어떠했다 하더냐!"

　야영지 중앙의 커다란 천막. 상좌에 앉은 광무자가 정면에 공손히 선 장소(長蘇)를 다그쳤다.

어느 날 갑자기 사라진 두 명의 문인.

그들을 찾기 위해 대사를 늦추면서까지 이 자리를 고수하며 사방으로 수소문을 했건만, 귀에 들어오는 것은 경악스러운 내용의 소식들. 그들의 행보에 있어서 가장 중요한 시점이라 여기던 때이기에 광무자를 비롯한 이들의 분노는 더 더욱 컸다.

광무자의 좌우로 둘러앉은 운 자 항렬의 제자들은 조용히 숨을 죽였다.

"화산파의 능추운이 진술한 바에 따르면 운평 사백과 장명 사형은……."

"누가 사백이고 사형이란 말이냐! 그 두 놈들 때문에 지금 사문이 존망의 위기에 처했거늘!"

청성 장문인 운송자가 두 눈에 핏발을 세우며 버럭 소리 질렀다. 언제나 침착하던 그가 이런 모습을 보이자 아무도 만류할 생각을 못했다. 사실 그들 역시 같은 심정이기도 했다.

장문인의 진노에 움찔한 장소는 자신의 실수를 깨닫고는 황급히 말을 바꿨다.

"처, 처음 그들의 모습은 선명한 혈안(血眼)에 온몸의 핏줄이 터질 듯 부풀고 피부가 온통 빨갛게 달아올라 도무지 원래의 얼굴을 확인할 수 없을 지경이었다고 합니다. 그러던 중 갑자기 온몸이 뒤틀리며 칠공에 피를 쏟고는 절명했는데, 이후에는 어느 정도 정상적인 모습으로 돌아와 그들임을 확인할 수 있었다고 합니다."

'같다. 분명 당시 떠들썩하던 잔혹삼마의 최후와 같은 모습이다! 소, 소문이 사실이었군. 하지만 어떻게 그 아이들이… 설마 그 아이들이 정말 음지로 숨어든 마교와 줄이 닿아 있었던 말인가? 고락을 함께했

던 그 아이들이?!'

광무자가 좌우로 위치한 문인들을 주욱 둘러보았다. 그들 역시 곰곰이 생각에 잠긴 광무자를 주시하는 중이었기에 광무자는 모두와 시선을 일일이 마주할 수 있었다. 이미 수십 년을 맞대온 얼굴들, 자신의 것처럼 익숙하고 편안한 눈빛들이다. 그는 잠시나마 떠올렸던 의심과 불신의 감정을 황급히 떨쳐 버렸다.

'아니다. 사문과 문인에 대한 믿음은 모든 것의 시작. 이 일에는 필경 밝혀지지 않은 다른 사연이 있었으리라. 분명!'

"모두에게 할 이야기가 있으니 밖으로 모이라 이르거라."

느닷없는 두 사람의 실종과 이후 들려오는 괴이한 소문들, 그리고 이에 대해 약속이라도 한 듯 함구하고 있는 수뇌부들 덕분에 여타 제자들의 인내심은 거의 바닥을 향해 치닫고 있었다. 때문에 광무자의 소집령에 대한 문인들의 반응은 놀라울 정도였다.

채 반 각이 지나기도 전에 천막 앞의 널찍한 공터는 청색 도복의 청성 문인들로 꽉 들어찼다.

이윽고 광무자가 모습을 드러냈다. 한때 술렁이던 장내의 분위기가 일순 조용히 가라앉았다.

"근일간 여러 가지로 혼란스러웠으리라 생각한다. 그것은 나를 비롯해 장문인과 무극헌의 인원들 역시 마찬가지였다. 굳이 함구령을 내렸던 것은 괜한 억측과 그로 인한 소요를 막고 정확한 정보를 입수하기 위함이었다."

지금 이 말을 꺼낸다는 것은 이제 정확한 정보를 입수하게 되었으니 그에 대한 이야기를 하겠다는 소리였다. 뭇 제자들이 숨을 죽이며 귀를 기울였다.

"열흘 전 본 문의 운평과 장명이 행방불명되었다. 그리고 그로부터 사흘 후 한 가지 충격적인 소식이 들려왔는데, 그것은 이 두 사람이 안성 인근의 무관(武館)에서 대혈겁을 자행했다는 내용이었다. 즉시 진상 파악을 위해 제자들이 파견되었고 그 결과… 이는 사실로 밝혀졌다."

"설마!"

"그, 그럴 리가!"

소문이 처음 전해진 이후 광무자는 일체의 외부 출입을 금하는 한편, 함구령을 내렸기 때문에 제자들 사이에는 추측만이 난무하는 상태였다. 그래서인지 밝혀지는 사실에 대한 파장은 대단해서 거의 절규에 가까운 탄식성들이 곳곳에서 터져 나왔다.

저들의 심정을 누구보다도 공감하기에 잠시 안타까운 한숨을 몰아쉰 광무자가 말을 이었다.

"아직 끝난 것이 아니니 소란들은 잠시 미루거라. 이 사실을 확인하는 과정에서 우리는 또 다른 소문을 한 가지 접하게 되었는데, 그것은 어처구니없게도 우리 청성파가 비밀리에 마교의 마공들을 연성하고 있다는 내용이었다."

"마교!"

시끌시끌하던 장내의 소란이 빠르게 사그라들었다.

"정사대전 이전, 마교의 잔혹삼마와 그들이 저지른 제남대혈사에 대해 한 번쯤은 들어보았을 것이다. 당시 나는 사건 규명을 위한 정파의 조사단 중 한 명이었기에 그때의 일을 누구보다 상세히 기억하고 있다. 돌연 광마(狂魔)로 돌변한 그들은 피아(彼我)의 구분 없이 무차별적인 살육을 자행했는데, 당시에 가까스로 목숨을 건진 목격자들의 증언을 토대로 종합한 결과 외형적으로 몇 가지 특징적인 모습들이 보고되었다. 주사빛의 피부와 그 위로 터질 듯이 팽창된 핏줄, 그리고 독특한 혈안(血眼) 등이 그것인데, 이번에 운평과 장명에게 역시 그들과 동일한 모습이 발견되었다고 한다.”

광무자의 목소리가 한층 무거워졌다.

“동시에 이것은 마교비전인 혈천광마공의 주화입마 시에 나타나는 특이한 증상들이기도 하지. 과거 잔혹삼마가 익히고 있던 마공 역시 바로 이 혈천광마공이었다. 어째서 그들이 동시에 주화입마에 빠지게 되었는지에 대해서는 아직도 의문이긴 하다만, 아무튼 모든 정황을 미루어볼 때 운평과 장명 역시 혈천광마공을 익히고 있었음이 분명하다. 즉, 이 소문의 진원지 역시 그들 두 사람인 셈이지.”

너무 엄청난 사실을 접했기 때문일까? 청성의 문인들은 잠시 사고가 마비되기라도 한 듯 아무도 입을 열지 못하고 있었다.

“아마도 믿기 힘들 것이다. 아니, 그보다 받아들이기가 어려울 테지. 며칠 전까지만 해도 함께 고락을 나누던 두 사람이 그런 일을 저질렀다니, 더구나 마교와 연관이 되어 있다니… 그러나 한 가지 분명한 것은 그들은 우리 청성파의 제자들이었고, 때문에 이 사건의 책임은 우리의 몫이라는 사실이다.”

“광무 사숙! 대체 무엇이 우리의 몫이라는 말입니까? 그 둘은 마교의 비전마공을 익힌 놈들입니다. 마교의 간세가 틀림없다 이 말입니다! 우리 역시 피해자일 뿐인데 어째서 그런 말씀을 하시는 겁니까!”

현 청성 장문인 운송자가 격렬히 반발했다. 언제나 광무자에게 순종적이던 그였기에 이런 모습은 거의 파격에 가까웠다. 광무자가 그를 향해 애처로운 시선을 보냈다.

“그렇다면 천하무관에서 사라진 백여 명의 생명은 도대체 누구의 책임이란 말이냐. 그 둘이 마교의 간세였다고? 그럼 그 사실을 미리 알아내지 못한 것이 바로 우리의 책임이다. 만약 우연히 마공을 습득해서 익혔거나 우리가 모르는 다른 사정이 있어서였다면? 그걸 미리 헤아리지 못한 것이 바로 우리의 책임이라는 말이다."

모두가 외면하려 했던 사실을 정확히 꼬집어내는 바른 소리였고, 운송자 역시 모르는 바가 아니었다.

"하지만! 하지만 광무 사숙! 다름 아닌 마교입니다. 저희를 마교와 연관 짓고 있단 말입니다. 이게 무얼 의미하는지는 누구보다도 잘 알고 계시지 않습니까!"

사실 정사대전 이전에는 이 정도까지는 아니었다.

마교는 그때에도 두려움과 공포의 대상이기는 했지만 '적'은 아니었다. 하지만 정사대전을 거치며 무수한 강호인들이 그들의 사부, 제자, 사형제들을 잃었고, 그 결과 마교는 강호의 명백한 '적'이 되어버렸다. 그리고 정사대전에 조금이라도 발을 들였던 이들 중 아직까지 살아 있는 이들은 이제 각 문파의 최고 배분에 해당하는 인물들이다. 그들이 마교라는 이름에 느끼는 감정은 다름 아닌 증오와 분노.

자칫하면 청성파는 뭇 강호방파들의 공적이 될지도 모르는 상황이었다.

"운송아, 기본을 잊고 있는 게로구나. 문파라는 것은 단순히 사람들이 모인 집단이 아니다. 소속된 문인들이 마치 피를 나눈 이들처럼 서로를 깊이 신뢰하고 허물과 공로를 스스럼없이 나눌 수 있어야 비로소 하나의 문파가 이루어지는 것이다. 그리고 이런 문파를 우리는 명문이라 부르는 것이다. 명문의 기준은 문파의 크고 작음이 아니란 말이다. 달면 삼키고 쓰면 뱉는다면 그것을 어찌 명문라 부를 수 있겠느냐. 네가 지금 말하고자 하는 바는 우리 강호의 명문 청성파를 부정하는 것이나 진배없는 셈이다. 네게 다시 물으마. 우리 청성파는 강호의 명문인가?"

광무자의 말에서 어떤 충격을 받은 듯 눈빛이 몹시도 흔들리던 운송자의 시선이 추욱 바닥으로 늘어지며 대답이 흘러나왔다.

"이… 예."

"너희에게 역시 물으마. 우리 대(大)청성파는 분명 명문정파인가?"

"예!"

왠지 비장한 각오가 느껴지는 대답들이었다. 광무자에게로 모아지는 저 진지한 시선들을 보면 결코 호기에 의해 내뱉는 대답들은 아니리라.

"좋다! 그래야 청성파란 이름이 부끄럽지가 않은 것이다. 천하무관에서 운평과 장명이 저지른 커다란 과오에 대해서는 반드시 우리가 책임을 져야 한다. 그것을 꼭 기억하거라. 하나… 지금 그것을 감당하기에는 우리가 처한 상황이 너무 좋지 않구나. 장문인이 말했듯이 자칫하면 강호의 공적 취급을 받게 될지도 모를 일이다. 우선은 마교와 연관되어 있다는 누명을 벗는 것이 급선무겠지. 그리곤 예정대로 비무행을 마친다. 천하무관의 일은 그 이후에 마무리를 짓는 것이 가장 바람직하다는 생각이 드는구나."

그제야 걱정스럽던 운송자의 표정이 조금씩 누그러졌다.

'아! 역시 광무 사숙이로구나. 보다 넓고 깊게 보고 계신다. 광무 사숙이 아니라면 누가 이런 상황에서 스스로의 떳떳함을 지키며, 동시에 제자들의 마음을 굳건히 다잡아줄 수 있었겠는가.'

제자들 사이에 더 이상의 동요는 없었다.

광무자의 한마디 한마디는 운송자뿐만아니라 뭇 제자들의 가슴에도 작은 파문을 일으킨 듯하다. 남아라면, 그리고 한 문파에 몸을 담은 이라면 누구인들 저런 말에 가슴이 울리지 않겠는가. 그들의 굳건히 닫힌 입술과 결의에 찬 눈빛에서 피어나는 기이한 열기에 시린 겨울바람마저도 가만히 숨을 죽였다.

"그렇다면 구체적으로 어떻게 움직일 생각이십니까?"

운송자의 목소리가 정적을 갈랐다.

"운평과 장명이 마교와 연관된 사실이 알려지면 가장 먼저 나설 이들은 당연히 구대문파, 아니, 이제 사대문파라고 해야 하나? 아무튼 그들은 아마 당장에라도 우리와 마교와의 관계를 확인하기 위해 달려오려 할 게다. 어설픈 어린 제자들을 몇 보내는 게 아니라 핵심 세력들이 몰려오겠지. 혹시라도 마교와 연관되어 있다는 소문이 사실일 경우에 대비해서 말이다. 그러니 우리는 그냥 조용히 기다리고 있으면 되는 게지. 그들이 우리를 찾아올 때까지."

"그냥 무턱대고 기다린단 말씀이십니까?"

"물론 무턱대고는 아니지. 하지만 운송아, 이 주위를 잘 살펴보거라. 무언가 시야를 가리는 게 있느냐?"

그제야 운송자도 무언가를 눈치 챈 듯 손바닥을 탁 쳤다.

무엇 하나 걸리는 것 없이 사방이 탁 트인 지형. 겨울의 황모평은 그 맨몸을 훤히 드러내고 있었다.

"쉽사리 몸을 피할 수는 없는 지형이지만 반대로 무언가 암수를 쓰기에도 어려운 지형이다. 어차피 지금은 전 무림이 감시의 시선을 보내고 있을 테고, 우리가 도망칠 이유도 없기에 상당히 유리한 지형이라 할 수 있지. 더구나 동시에 많은 이들의 시선을 받을 수 있으니 만약 무사히 넘어가기만 한다면 우리의 무고함을 확실히 증명할 수 있다. 물론 그 외에도 여러 가지 대비들은 확실히 해놔야 하겠지만."

포광의 주된 업무는 수집된 방대한 자료의 정리와 조직의 가장 큰 연락망인 전서구들을 관리하는 일이다. 과묵하고 빈틈없는 성격 덕분에 십여 년간 이 자리를 굳건히 지킬 수 있었던 포광은 오늘도 평소와 다름없이 도착한 전서들을 모아 그의 직속상관에게 전달하곤 주저없이 몸을 돌렸다. 대외적 상황들이 급박하게 돌아가다 보니 요즘은 업무량도 덩달아 늘어나 눈코 뜰 새가 없었다.

"허허헛. 계획대로군. 역시 광마단을 사용한 것이 주효했나?"

차분한 걸음걸이는 그대로 유지하며 포광이 힐끔 고개를 돌렸다. 청수한 인상의 중년인이 만족스런 웃음을 지으며 의자에 편하게 몸을 기대고 있었다. 누가 보아도 대가 곧은 선비의 얼굴이다.

'저렇게 청렴한 선비의 전형 같은 얼굴에서 강호의 정세를 뒤흔드는 온갖 귀계(鬼計)가 튀어나온다는 것을 누구인들 상상할 수 있겠는가. 광마단이라는 것은 그렇게 웃는 낯으로 입에 담을 수 있는 물건이 결코 아니거늘······.'

광마단(狂魔丹). 이것의 존재는 천안 내에서도 일급기밀에 속했다. 전전대, 즉 초대 천안의 대주(大主)가 있던 시절에 만들어진 이 환단이 광마단이라는 이름으로 불리우는 이유는 의외로 간단했는데, 그것은 인간을 일순간에 광마(狂魔)로 만들어 버리기 때문이었다. 그리고 복용자는 피에 굶주린 악마가 되어 두 시진가량 닥치는 대로 살육을 자행하다가 결국 심맥이 가닥가닥 끊기고 근골이 뒤틀리는 고통 속에 절명하게 된다.

사십여 년 전, 초대 대주 시절에 단 한 번 사용된 이후 내부의 격렬한 반발에 부딪쳐 사용이 금기시되던 물건을 다시금 세상에 선보이고도 당대의 대주이자 스스로를 조직의 이름과 같은 천안(天眼)이라 칭하는 저 사내는 전혀 거리끼는 바가 없는 듯 보였다. 본인은 느끼지 못했는지도 모르겠으나 잠시 천안을 스쳐 지나간 포광의 시선에는 옅은 두려움과 외경심이 녹아들어 있었다.

고급스런 자단목 책상 위로는 나흘 간격으로 도착한 두 개의 전서가 펼쳐져 있다. 그리고 그 내용이 천안의 얼굴에 흡족한 미소를 짓게 만들고 있었다.

그는 책사(策士)의 기질이 강한 사람이다. 즉, 좌중을 압도하는 강한 지도력보다는 빼어난 책략과 냉철한 판단력이 가장 큰 무기라는 말이다. 비록 지금 천안이라는 조직의 수장을 맡고 있기는 하지만 만약 이것이 철저히 그늘에 가려진 지하 조직, 그리고 점 조직이 아니었다면 아마 자리를 보존하기가 어려웠을지도 모를 일이었다.

아무튼 이런 유형의 사람들이 가장 큰 희열을 느낄 때는 자신의 계략이 한 치의 오차도 없이 정확히 적중하였을 때이다. 그리고 지금 그는 바로 그 희열을 만끽하고 있었다.

호북 명안(明眼) 전(傳).

보고. 백구와 흑구가 광마단 복용 후 안성의 천하무관 멸문. 총 구십팔 명 사망. 화산 속가제자인 능추운을 목격자로 유인함. 왼팔을 잃은 능추운이 즉시 화산으로 향함.

작전 성공. 이상.

명안(明眼)이란 한 성(省)을 담당하는 자를 일컫는 말이었고 백구와 흑구는 각각 운평자와 장명자를 지칭하여 사용된 은어(隱語)였다. 그리고 이것과 나란히 펼쳐진 또 하나의 전서가 있다.

백팔십호(百八十號) 전(傳).

보고. 화산파와 종남파의 핵심 전력이 빠르게 이동 중. 인원은 각각 백여 명. 목적지는 무당파로 여겨짐. 청성파의 특별한 움직임 없음. 이상.

나흘 전에, 그리고 오늘 각각 도착한 두 개의 전서. 그는 가만히 앉아서도 강호의 돌아가는 사정을 손바닥 보듯이 들여다보고 있었다.

"역시 광무자가 인물이긴 인물이로군. 이런 상황에서도 별다른 동요를 보이지 않으니 말이야. 하지만 계속 평정심을 유지할 수 있을지는 두고 볼 일이겠지. 후후후훗."

"끄으으응."

옥설 도장의 앙다문 입술 사이로 희미한 신음성과 함께 허연 김이 새어 나왔다. 누구에게나 마찬가지겠지만 코끝이 벌게지도록 추운 날씨에 측간에서 대사(大事)를 치르는 것은 정말 고역이 아닐 수 없다.

철푸덕!

아래에서 들려오는 지저분한 소음에 옥설 도장은 만족스런 얼굴이 되어 엉거주춤 일어나 바지춤을 추슬렀다.

끼이익.

낡을 대로 낡은 경첩이 죽어라 악을 써댄다. 겨울의 아침은 느지막이 찾아오는 탓에 사위는 아직도 어둑어둑하다. 그 가운데에서도 유독 컴컴한 측간을 벗어나 종종걸음을 옮기던 옥설 도장의 눈썹이 순간적으로 꿈틀했다.

"이 시간에도? 넌 잠도 없냐?"

슉슉.

그 미세한 파공음과는 전혀 어울리지 않을 만큼 날카로운 검기가 어느새 좌우로 지척까지 다가와 날카로운 독아를 드러내고 있었다. 거의 무음(無音)의 검기라 불러도 좋을 만큼 훌륭한 수법. 게다가 좌측과 우측의 검기는 각기 상반신과 하반신을 노리고 사선(斜線)으로 날아들고 있어서 피하기도 결코 용의치가 않았다.

무심코 튀어나온 장난 같은 반응과는 달리 옥설 도장은 정신이 번쩍 들었다.

"차앗!"

그의 신형이 번개처럼 뒤로 튕겨졌다.

파파팟!

목표를 놓친 검기가 바닥을 긁으며 선명한 흔적을 남겼다.

전광석화 같은 움직임 중에도 옥설 도장의 시선은 매의 그것처럼 무엇 하나 놓치질 않는다. 조금 전까지 그가 서 있던 자리의 좌우 바닥으로 날카롭고 선명하게 새겨진 검흔. 검기의 흔적이 날카롭고 단면이 예리할수록 상승의 경지라는 강호의 일반적인 기준에서 판단할 때 결코 허투루 생각할 만한 검기가 아니었다.

'대단하군. 며칠 새 또 달라진 건가?'

눈빛이 이채를 띠었지만 생각은 오래 이어지지 못했다. 승기를 잡은 상대가 시위를 벗어난 화살처럼 맹렬히 다가오고 있었기 때문이다.

'쳇! 역시 이 정도로는 안 되는 것인가?'

지붕 위에 기척을 숨긴 채 기습적으로 두 가닥의 무형검기를 날렸던 소진은 옥설 도장의 재빠른 대응에 감탄 반 실망 반의 심정을 느끼며 재빨리 발을 굴렀다. 그러자 그의 신형이 먹이를 노리는 독수리처럼 비스듬히 지면으로 꽂혔다. 물론 목표는 여전히 한 사람이었다.

'인망(刃網)!'

마음속의 작은 읊조림과 함께 허공에서 쏟아지는 그 강맹한 기세엔 그다지 어울리지 않아 보이는 화려한 검기가 하늘을 가득 메웠다. 말 그대로 칼날의 그물[刃網]. 절정 수준의 변환검이었다.

한편 자신에게 덮쳐 오는 검기의 그물을 일견한 옥설 도장의 안색이 가볍게 변했다.

'화려하되 힘이 실려 있지 않다. 성동격서(聲東擊西)?'

현란하기는 하되 사람의 살을 가르고 뼈를 잘라낼 힘 따위는 찾아볼 수가 없었다. 즉, 이건 그냥 미끼일 확률이 높다는 말이다. 아니나 다를까, 지붕에서 쏟아진 소진의 신형은 한쪽 발이 바닥에 닿기가 무섭게 더 더욱 속력을 더했다.

"단월참(斷月斬)!"

잔뜩 힘이 들어간 외침과 함께 어느새 역수검으로 고쳐 쥔 오른손이 엄청난 속도로 허공을 갈랐다. 그와 동시에 일견하기에도 심상치 않아 보이는 날카로운 예기(銳氣)가 검끝을 떠났다. 이전의 현란한 초식은 단지 눈속임이었음이 분명해 보인다.

그 위력이 경시할 수준이 아니었는지 옥설 도장의 안면이 살짝 굳어졌다. 그도 그럴 것이 이 단월참은 무당태극검의 절(截) 자결과 섬(閃) 자결의 요체로써 삼 장 두께의 굳은 바위라도 단숨에 가른다는 초식이었기 때문이다. 물론 시전자의 경지에 따라 그 위력이 천차만별이라고는 하지만 이제까지 겪어본 바에 따르면 눈앞의 상대는 그리 호락호락한 녀석이 아니었다.

"이 녀석, 한번 해보겠다는 거냐?"

파팡!

가죽 공 두드리는 소리가 나며 옥설 도장의 양 소매가 팽팽히 부풀었다. 적수공권의 상황에서 그가 즐겨 사용하는 철수공(鐵袖功)이다.

잠시 숨을 고른 옥설 도장이 철판처럼 변한 그의 양 소매를 힘차게 떨쳤다. 그러자 강맹한 기운이 소매를 중심으로 흘러나와 순간적으로 정면에 굳건한 무형의 벽을 만들었다.

파파파팟!

막으려는 옥설 도장의 철수공력과 앞을 막는 것은 모두 베어버리려는 소진의 단월검기가 만나며 귀에 거슬리는 마찰음이 연달아 터져 나왔다.

"하압!"

소진이 힘찬 기합성을 내지르며 검을 쥔 손에 힘을 배가시켰다. 거침없던 검기가 일순간 주춤하는 느낌이었기 때문이다. 옥설 도장 역시 감히 소홀히 하지 못하고 내력을 끌어올려 정면의 강기벽을 더욱 두텁게 만들었다.

퍼펑!

폭죽이 터지는 듯한 요란한 소음과 함께 채 두 뼘이 안 될 만큼 가까워졌던 두 사람의 신형이 동시에 뒤로 물러섰다. 아니, 정확히 말하자면 한 사람은 가볍게 뒷걸음질쳤고 다른 한 사람은 정신없이 몇 걸음을 밀려나서야 비로소 신형을 고정시켰다.

누가 봐도 큰 걸음으로 다섯 걸음이나 휘청휘청 물러선 소진의 손해가 컸음을 알 수 있으리라. 안색이 좋지 못한 걸 보면 내상 역시 입은 듯했다. 그에 비해 옥설 도장은 단지 누군가에게 슬쩍 밀려난 듯 가볍게 두 걸음 뒤로 물러섰을 뿐이었다. 하지만 정신적인 충격을 비교하자면 옥설 도장의 그것이 훨씬 더했다.

'저 아이가 지금 나를 뒷걸음질치게 만든 것인가? 이 나를?! 아무리 내가 전력을 다하지 않았다고는 하지만… 그렇다면 두 가지 중 하나겠군. 내 실력이 스스로도 자각하지 못하는 사이에 급감했거나 아니면 저 아이의 진전이 나의 예상을 크게 뛰어넘는 것이거나.'

심란한 마음을 빠르게 수습한 옥설 도장이 입을 열었다.

"처음의 공격은 아주 훌륭했다. 하지만 이어지는 연환식에서 빈틈이 보이더구나. 현란한 초식으로 나의 눈을 속인 후 강맹한 일격으로 승부를 내려 했을 테지만 상대가 미리 눈치 채도록 해서야 아무런 소용이 없는 일이지."

언제나 한 번의 공격이 끝나면 의례적으로 돌아오는 지적들이다. 옥설 도장의 충고가 끝나자 잠시 곰곰이 생각에 잠겨 있던 소진이 고개를 꾸벅 숙여 보인 후 그의 방으로 사라졌다. 일단 들끓는 기식을 조절하려는 것이리라.

옥설 도장 역시 미련없이 신형을 돌렸다. 하지만 그도 자신이 물러섰다는 충격 탓에 눈치 채지 못한 사실이 있었으니…

뒤돌아서는 그의 소매 중단이 반 치가량 잘려 있었다.

이십여 일 전, 이 궁핍한 살림이 한순간에 나아질 수 있었던 절호의 기회를 소진이 망쳐 놓은 이후에 옥설 도장은 다시 한 번 분노의 주먹을 날렸고, 그 결과 소진의 눈두덩은 양쪽 모두 겨울날의 깊은 호수 빛마냥 푸르스름하게 변해 버렸다. 원래 하나이던 멍 자국이 이제는 좌우로 짝을 맞추니 더 더욱 우스운 몰골이었다. 아마 그때부터였을 것이다, 소진이 이를 갈며 옥설 도장을 향한 공격의 수위를 높이기 시작한 것은.

자신의 주특기인 검술을 사용하기 위해 어디선지 날이 서지 않은 뭉툭한 검을 한 자루 구해왔다. 그러곤 시도 때도 없이 달려드는 것이다. 애초에 소진에게 자신을 공격하라 명한 것은 옥설 도장이었으니 달리 할 말은 없었다. 하지만 자신의 공격이 매번 무위로 돌아갈 때마다 소진은 점점 죽기살기로 옥설 도장에게 달려들었고, 또한 그때마다 옥설 도장은 짓궂게 한 대씩 어루만져 주는 것을 잊지 않았다.

소진이 공격에 실패하고도 몸 어딘가에 멍이 들지 않게 된 것은 그렇게 삼 일이 지나고 나서부터였다. 물론 그때까지 맞은 것만으로도 온몸은 이미 멍투성이였지만. 아무튼 그때부터 옥설 도장은 한 주먹의 답례 대신에 그의 부족함을 지적해 주었다. 아마 소진이 무언가 변하고 있다는 사실을 어렴풋이 짐작했기 때문이었을 것이다.

오행신공으로 기식을 조절하던 소진이 내력을 단전으로 되돌리며 숨을 골랐다. 창백하던 안색에는 어느새 불그스름하게 화기가 감돌았다. 대부분의 강호인들이 치료하기가 까다롭다는 이유로 외상보다는 내상을 꺼려하지만 소진처럼 내공의 수발이 자유로운 이들에게는 오히려 내상의 치료가 수월한 편이었다.

지그시 감겨 있던 눈을 뜨자 두 줄기 신광이 줄줄이 뻗어 나오다가 이내 안으로 갈무리되었다.

"흐음. 한결 나아졌군."

소진이 어깨를 휘휘 돌리며 말했다. 가슴의 뻐근하던 통증은 거의 사라지고 없었다. 신공의 오묘한 기운이 충격으로 인해 들끓던 내식을 어느새 평안하게 만들어주었기 때문이다.

그의 오행신공은 이미 음양의 조화를 바탕으로 오행기의 정수를 취하고 다시 그것으로 하나의 기운을 성취한 상태로써, 그 현묘함이 전신 어느 곳 하나 소홀히 지나는 곳이 없는 경지이다. 물론 이 경지에 이른 것이 이미 한참 전이었지만 스스로 자각한 것은 불과 며칠 전에 불과했다.

'옥설 사숙조께서 처음 하신 충고가… 그래, '너 정직한 거 티내냐였나? 후훗.'

처음엔 두 눈이 모두 밤탱이가 된 데 대한 화풀이 식이었다. 즉, 기분이 풀릴 때까지 옥설 사숙조를 들들 볶아놓을 심산이었다는 말이다. 애초에 옥설 사숙조가 내린 명이었으니 명분도 충분했다. 하지만 의도와 달리 화가 점점 쌓이더니 나중에는 울화병이 날 지경이었다.

자신의 공격이 무위로 돌아갈 때마다 한 대씩 얻어맞는 것은 차치하고라도, 작심을 하고 덤벼도 상대가 너무 수월하게 피해내니 자존심도 상하거니와 약이 바짝 오르지 않겠는가. 결국엔 오기가 생겼다. 그래서 더 더욱 악착같이 덤벼들었고, 전력을 다하기 위해 인근의 철기점에서 엉성하지만 검도 한 자루 구해왔다. 검의 날을 세우지 않은 것이 그나마 존장에 대한 예우였다. 그리고 아마 그때부터였을 것이다, 옥설 도장이 소진의 공격에 대한 화답으로 구타 대신에 그의 미숙한 면을 지적해 주기 시작한 것이.

"너 지금 착한 척하는 거냐, 아님 정직한 거 티내냐? 초식이 강맹하고 나이답지 않게 내력이 웅혼해 봤자 뭐 하나, 투로가 뻔히 보이는데. 그런 빛 좋은 개살구 같은 검기로는 아마 평생 내 옷자락 한 번 잘라보지 못할 게다. 나뿐만이 아니라 식견이 조금이라도 있는 녀석들에게 걸리면 모조리 간파당하고 말걸?"

소진이 옥설 도장에게 처음 들은 충고였고, 솔직히 충격이었다. 자신이 공들인 초식들이 상대에게 아무런 위협이 되질 못한다니!

한편으로는 반감도 생겨났다. 그렇다면 과거에 그와 겨루었던 청성파의 운귀자나 묵혼도객 이천걸 같은 이들은 도대체 뭐란 말인가. 자신의 수법이 그렇게 뻔히 눈에 보이는 것이라면 운귀자 정도 되는 고수가 무릎을 꿇었을 리도 없고, 묵혼도객의 무시무시한 도법을 그만큼이나 버틸 수 있었을 리가 만무했다.

하지만 그의 반론은 다시 한 번 옥설 도장의 비웃음을 샀을 뿐이었다.

"그들과 손속을 겨룰 때 과연 네가 먼저 검기를 날린 적이 얼마나 되는지 궁금하구나."

묵묵부답. 소진은 대답을 하지 못했다. 떠올려 보면 거의 모든 겨룸에 있어서 그가 공격의 주도권을 쥔 적은 단 한 번도 없었다. 언제나 그는 위태로운 수비자의 입장이었고, 상대를 물리친 경우는 막대한 내공의 뒷받침과 서투른 검강의 위력에 의지해서였다.

"새겨듣거라. 우리가 세상을 음양으로 구분하듯이 무공 또한 그러하다. 양강지공과 음한지공을 이야기하는 것이 아니다. 무공의, 즉 초식과 내공의 사용에 있어 드러난 면과 가려진 면을 말하고자 함이다. 이른바 실전의 검과 수련의 검의 차이라고 할 수 있겠지. 지금의 네 검술은 검을 처음 잡는 이라면 본받을 만한 그런 모습을 하고 있다. 하지만 서로의 검이, 기예와 기예가 맞부딪치는 상황에서 정작 필요한 것은 그런 모습이 아니라 좀 더 자유롭고 일탈적인 것들이란다. 예를 들자면 이런 것이겠지. 알다시피 직도황룡은 정수리를 쪼갤 듯 위로부터 베어오는 전형적인 초식이다. 하지만 나는 좌우(左右) 횡으로 베어오는 것은 물론이요, 심지어는 발 아래에서 날아드는 직도황룡까지도 경험해 보았단다. 그에 반해 너의 직도황룡은 언제나 한 가지 모습으로, 오직 정수리만을 노리더구나."

소진은 퍼뜩 느껴지는 바가 있었다. 이른바 개안(開眼)을 했다고 해야 할까?

이후 그는 옥설 도장의 한마디 한마디를 언제나 귀담아듣기 시작했다.

옥설 도장이 괜한 헛수고를 한 것은 아니었는지 이후로 소진의 검기는 조금씩 변해갔고 그때마다 옥설 도장의 지적 역시 계속되었다. 대략 이십여 일 사이 소진이 옥설 도장에게 검을 들이댄 것이 팔십여 회. 거의 하루에 네 번 꼴이다. 당연히 그 수만큼의 가르침을 얻었고 짧은 시간 내에 소진의 검은 몰라보게 달라져 있었다.

그는 이제 무턱대고 빠르게 검을 놀리기보다는 검의 완급을 조절할 줄 알았고, 막대한 내공을 써가며 큰 위력을 내기보다는 상황에 따른 적절한 초식에 알맞은 힘을 배분하여 초식의 강약을 조절할 줄 알았다. 하지만 이런 것들보다도 더욱 큰 성과는 옥설 도장과의 공방을 통해 소진이 스스로의 능력을 완전히 자각하게 되었다는 점이었다.

옥설 도장은 언제나 그가 전력을 다해 자신의 능력을 시험해 볼 수 있는 상대였다.

아무런 부담 없이 자신이 전력을 다할 수 있는 비무 상대가 있다는 것. 이것은 강호인에게 있어서 엄청난 행운이 아닐 수 없다. 특히나 특정한 경지를 넘어선 이들의 경우 그런 상대를 찾기란 절정의 무공비급을 구하는 것만큼이나 어려웠다. 그런 점에서 옥설 도장은 흔히 무림의 절정고수라 불리우는 이들이 꿈에도 바라 마지않는 최고의 비무 상대임에 틀림없었다. 그리고 우연히 거머쥔 이 기회를 통해 소진은 자신의 경지를 확실히 자각할 수 있었다.

그는 오행신공이라는 희대의 내가기공의 주인이었으며 아직은 어설프지만 검강지경(劍罡之境)에 들어선 절정의 검객인 것이다.

새벽에 한차례의 겨룸이 있은 이후 옥설 도장은 정오 무렵까지 두 차례나 더 소진의 칼날을 막아내야만 했다. 물론 자신이 자처한 일이기는 했지만 요즘처럼 소진의 검기가 놀랄 만큼 날카로워진 상황에서는 그로서도 은근히 부담이 될 정도였다.

"허헛. 다 늙어서 이게 웬 고생이람. 느닷없이 칼 날아올까 봐 맘 편히 쉬기도 힘들군. 그나저나 정말 격세지감인걸? 설마 저 아이가 저렇게나 성장할 줄이야… 하아~암."

침상가에 앉아 있던 옥설 도장이 은근슬쩍 몸을 뉘었다. 중얼거리는 말과는 달리 한없이 편안하고 느긋한 얼굴이다. 아마도 소진이 지금 집 안에 없기 때문에 더욱 그런 모습인지도 모르겠다.

소진은 매일 이맘때면 산에 물을 길러 간다는 이유로 한 시진에서 두 시진 가까이 집을 비운다. 물론 그것이 산속에서 혼자 비밀 수련을 하려는 목적임을 모르는 바 아니었으나 옥설 도장은 그저 모른 척할 뿐이었다.

얼마 지나지 않아 옥설 도장의 눈이 게슴츠레 풀려갔다. 백 년 이내에 손꼽히는 고수들 중 하나라는 이 노도장도 달콤한 오수(午睡)의 유혹은 뿌리치기 어려웠나 보다. 그렇게 막 무의식의 경계에 한쪽 발을 들이기 직전, 귀를 간지럽히는 소음이 퍼뜩 그의 정신을 제자리로 돌려놓았다.

딸랑딸랑!

경쾌한 방울 소리. 그렇게나 기다리고 기다리던 바로 그 소리였다. 옥설 도장은 언제 졸았냐는 듯이 반짝 눈을 빛내더니 쏜살같이 가게 쪽으로 달려나갔다.

"하하핫. 저희 가게를 찾아주셔서 감사……."

팍!

이 소리가 무슨 소린고 하니 마치 얼굴에 씌워진 가면이 깨지듯 옥설 도장의 낯빛이 일변(一變)하는 소리다. 모퉁이를 돌 때까지만 해도 '성실 봉사'라 적혀 있는 듯하던 표정이 삽시간에 험악하게 바뀌었다.

낯익은 얼굴에 낯익은 복장이다. 한 달 전 즈음에도 이와 똑같은 상황에서 마주쳤던 얼굴이기에 굳이 기억을 더듬을 필요도 없었다. 그때 허공으로 날아간 은붙이들을 떠올리자 노도장은 또다시 가슴이 쓰렸다.

한편 문 앞에 서 있던 무산 도장은 갑자기 흉흉하게 뒤바뀌는 옥설 도장의 기세에 놀라 주춤 뒷걸음질쳤다.

"오, 옥설 사숙조, 제자 무산이……."

"이런 제길! 이놈들 드나드는 쪽문을 하나 더 만들던가 해야지 원…

이번엔 또 무슨 일이냐!"

현 무당 장문인과 같은 항렬인 그가 언제 이런 대접을 받을 일이 있겠는가. 하지만 무산 도장은 싫은 내색 한 번 할 수 없었다. 단지 또다시 자신을 이곳으로 보낸 장문 사형을 원망할 따름이었다.

"장문 사형에게 사숙조님을 본산으로 모시라는 명을 받았습니다."

"그래? 지금 당장 너를 따라나서라는 말이냐?"

왠지 삐딱하게 들리는 반문에 무산 도장이 황급히 손을 내저었다.

"그런 건 아닙니다, 사숙조. 하지만 적어도… 이틀 이내에는 본산으로 오셔야 할 듯싶습니다."

"흐음. 이틀이라… 내 도움을 주겠다고 약조를 했으니 가야겠지. 나는 그 아이와 함께 내일 무당으로 향할 터이니 가서 그렇게 전하거라."

'그 아이'란 당연히 소진을 가리키는 것이었다.

"예, 사숙조. 즉시 돌아가 장문 사형에게 전하겠습니다."

무산 도장은 생각했던 것보다 훨씬 수월하게 노도장의 대답을 얻어낼 수 있었다. 옥설 도장이 청성의 소식을 묻지 않은 덕분이다. 즉각 자리에서 일어서는 그의 얼굴이 슬쩍 상기되었다.

무당의 문인들에게 있어서 무극검 옥설 도장의 존재는 거의 살아 있는 전설에 가까웠다. 그런데 이십여 년이나 행방이 묘연하던 그 전설이 내일 스스로 무당에 모습을 드러내겠다는 것이다. 혼란스러운 강호의 정세에 기인해 어수선하던 문 내의 분위기도 순식간에 쇄신될 것임에 틀림없었다. 처음엔 소진을 만나 몇 마디 이야기를 나누고 갈 생각이었으나 내일 온다니 굳이 지금 시간을 쪼갤 필요도 없을 듯했다. 그보다는 어서 이 소식을 문인들에게 전하는 것이 우선이었다.

옥설 도장에게 공손히 예를 취한 무산 도장이 주저없이 몸을 돌렸다.

딸랑딸랑!

그가 가게를 나서며 문을 여닫자 다시금 방울 소리가 요란스럽게 울렸다. 그리고 옥설 도장의 작은 읊조림이 그 뒤를 이었다.

"후훗. 무당산이라⋯ 이십삼 년 만인가?"

아련한 그리움이 느껴지는 목소리였다.

애가촌의 뒤편을 든든히 받쳐 주는 소무산. 볼 것이라곤 빽빽하게 들어선 울창한 산림밖에 없지만 무당산이라는 명산을 가까이 둔 까닭에 작은 무당, 즉 소무산(小武山)이라는 과분한 이름을 갖게 된 이 산의 은밀한 공터에 바람을 가르는 소리가 가득하다.

휘휙!

날카로운 파공성과 함께 짧게 내질렀던 검이 둥그런 원을 그리며 회수되었다가 다시금 더 빠른 속도로 뻗어 나왔다. 힘차게 내지르는 오른팔과 함께 양다리가 지면을 박차자 검봉(劍鋒)이 순식간에 오 장 전면의 허공을 찌르고 되돌아왔다. 검의 잔상 때문에 삼 척의 장검이 순식간에 두 배 이상 늘어난 듯 보였다.

사납고 완만한 기세가 면면히 이어지던 검세는 연자탁니와 적성환투, 해저방월로 이어지는 태극검의 절초들을 연이어 허공에 수놓고서야 그 움직임을 멈췄다.

"후우. 후우."

아직 채 검세를 풀지 않고 숨을 고르던 소진이 찬찬히 몸에 힘을 빼며 검을 아래로 늘어뜨렸다.

"하아. 태극혜검의 검의를 담기엔 아직도 나의 성취가 모자라는구나. 사부님의 말씀이 하나 틀린 것이 없어."

무당을 떠나기 사 년 전, 그러니까 아직 그의 할아버지가 살아 계실 무렵, 언제나처럼 태극혜검의 수련을 마친 소진이 문득 사부인 진류 도장에게 물었다.

　"사부님, 제가 태극혜검을 익힌 지가 올해로 육 년째입니다. 수련이 지겹거나 한 건 아니지만, 이것을 언제까지 계속해야 하지요? 저는 이미 태극혜검의 모든 초식과 투로를 한 치의 오차도 없이 정확하게 시전할 수 있는 걸요."

　어찌 보면 괘씸하다고도 할 수 있는 소진의 물음에 진류 도장이 빙그레 미소 지었다. 자신의 제자가 검의 기교(技巧)가 아닌, 검의 도(道)를 추구하는 이라면 반드시 거쳐야 할 첫 번째 난관에 부딪쳤음을 알게 된 까닭이다. 이런 때 올바른 길을 제시해 주는 것이 바로 사부 된 자의 소임일 것이다.

　"우선은 검을 얻기[得劍] 위한 기나긴 여정에 첫 발을 디디게 된 것을 축하한다."

　느닷없는 축하에 소진은 어리둥절한 표정이다.

　"모든 무공은 먼저 형(形)을 얻고 그 다음에 의(意)를 얻는 것이 순서이다. 알다시피 형(形)이 초식이라면 의(意)는 그 안에 담긴 숨은 이치라 할 수 있겠지. 그렇지 않아도 조만간에 말하려던 참이다만, 네 수련을 보니 이제 태극혜검의 형(形)은 이루었다 할 수 있겠더구나."

　이제야 사부의 진의를 파악한 소진이 일순간에 의기양양해졌다.

　"하핫, 그러면 이제 검의(劍意)만 얻으면 득검(得劍)하게 되는 거네요. 그렇죠, 사부님?"

　진류 도장은 실소를 금할 길이 없었다. 좋게 말하면 순진하고 나쁘

게 말하면 무식한 자신의 제자는 아마, 검형을 이루었으니 이제 검의를 얻는 것은 시간문제인 것으로 생각하는 듯했다.

"푸흣. '검의(劍意)만'이라… 뭐, 틀리다고 할 수도 없는 노릇이다만, 이런 말이 있단다. 만 번을 수련해 형(形)을 이루고, 그것의 백 배를 수련해 의(意)를 얻는다. 검의를 얻는다는 것이 얼마나 어려운 일인가를 보여주는 말이지. 아니, 그보다 이 사부 역시 아직 태극혜검의 검의를 검끝에 담아내지 못하고 있다면 더 이해가 빠르려나?"

"엑! 사부님도요?"

"그리 놀랄 일도 아니란다. 태극혜검을 완성하는 이는 한 세대에 많아야 고작 한두 명을 넘기 힘드니 말이다. 그만큼 난망(難望)한 일인 게지. 최근 많은 제자들이 태극혜검을 외면하고 있다만, 그 안에 담긴 무량(無量)한 검리(劍理)를 부정하는 이는 아무도 없을 게다. 무당의 최고 절기로 언제나 태극혜검이 첫손 꼽히는 것 역시 같은 이유일 테지. 아, 이렇게 말로 하느니 차라리 한 번 눈으로 보는 게 나을 것도 같구나. 비록 나 역시 아직 완전히 이루지는 못하였으나 잘 봐두면 장차 도움이 되는 바가 적지 않을 게다."

진류 도장이 검을 들었다. 그리고 잠시 후 눈앞에 펼쳐지는 진류 도장의 검무에서 소진은 눈을 뗄 수 없었다. 시범을 보인 적은 이전에도 많았지만 이렇듯 자신의 정수(精髓)를 진지하게 펼쳐 보이긴 처음이었다.

분명 자신이 알고 있는 검식들이었지만 한편으론 너무 달랐다. 사십구 초식의 태극혜검이 마치 한 초식처럼 이어졌고, 검끝이 살아 있는 듯 꿈틀거렸다. 자신의 검이 어물전에 늘어진 생선이라면 진류 도장의 검은 물속에서 힘차게 요동 치는 산 고기였고, 자신의 검이 보기 좋게 꾸민 조화(造花), 사화(死花)라면 진류 도장의 검은 매서운 한설(寒雪)

을 이겨낸 한 떨기 매화였다.

소진의 가슴이 쿵쾅거렸다. 그것은 마치 산속을 헤매다 우연히 무릉도원을 엿보게 된 이의 경외감 같은 것이었다.

산비탈을 타고 달려 내려온 한풍이 소진의 몸을 한차례 훑고 지나갔다. 문득 과거의 어수룩하던 자신을 떠올리던 소진이 피식 실소를 머금었다. 구름 위로 까마득한 고산준봉이 있음을 알지 못했던 과거와 그 위에 올라서고도 또 다른 높다란 봉우리가 있음에 스스로를 낮추는 지금의 자신은 확실히 달랐다.

"이쯤에서 내려가지 않으면 또 사숙조의 눈초리를 받겠군."

어느새 나무 그림자가 두 배 가까이 길어져 있다. 아마 한 시진은 넉넉히 지났으리라. 올라오는 길에 미리 길어왔던 물지게를 가뿐히 어깨에 걸친 소진이 나는 듯이 비탈을 내려가기 시작했다.

겨울의 밤은 유난스럽게도 빠르게 찾아든다. 이제 고작 유시(酉時)를 지났을 뿐인데도 이미 하늘은 검은 휘장에 가리워져 있다.

스윽.

고즈넉한 정적이 흐르는 밤이 아니었다면 알아채지 못했을 만큼 경미한 소음과 함께 나타난 소진이 높다란 담장에 걸린 반월(半月)을 힐끔 쳐다보았다. 부실한 반쪽짜리 달의 월광(月光)만으로 이 어둠을 밝히기에는 역부족이었다. 만족스러운 듯 고개를 살짝 끄덕인 소진이 서서히 뒷걸음질쳐서 담장의 어두운 그림자 속으로 녹아들었다. 그리곤 마당 한가운데에 위치한 평상을 뚫어져라 바라보기 시작했다. 옥설 도장과 지내는 짧은 기간 동안 은신술과 경공술 역시 상당한 발전이 있었는지 기척은 전혀 느껴지지 않았다.

삼 장에 달하는 평상까지의 거리를 단숨에 좁히며 날아드는 자신의 검을 옥설 사숙조는 언제나처럼 철수진기(鐵袖眞氣)로 거뜬히 막아낸다. 하지만 이런 반응을 예상하고 기운을 얼마 싣지 않았던 검이 영활한 독사처럼 그 사이를 누비며 빈틈을 노린다. 월광에 비친 검이 요사스런 빛을 흘린다.

옥설 사숙조가 움찔하며 슬쩍 물러선다. 하지만 잠시 잡은 듯하던 승기(勝機)는 옥설 사숙조의 양손에서 태극면장공의 기운이 흘러나오면서 빠르게 수그러든다. 그토록 민첩하게 빈틈을 노리던 검은 점차 무뎌지고, 두 발 역시 납덩이라도 매단 듯 무거워진다. 결국 오래지 않아 궁지에 몰린 자신은 미처 어깨로 날아드는 일장을 피하지 못하고 무릎을 꿇게 된다.

'치잇! 변함없는 나의 패배로군. 수십, 수백 차례 머리 속으로 가상의 대결을 펼쳐 보았지만 도무지 빈틈이 보이질 않는단 말야. 역시 아직은 요원(遙遠)한 상대인 것일까?'

아무리 상상 속에서의 대결이라지만 진다는 것은 역시 기분이 별로였다. 왠지 착잡한 심정이던 소진이 퍼뜩 정신을 차렸다. 끼익 하는 소리와 함께 옥설 도장이 기거하는 방문이 열렸기 때문이다.

소진이 미동도 않은 채 눈빛만을 그쪽으로 돌렸다. 이 시간 즈음에 옥설 도장이 저녁 수련을 시작한다는 사실을 익히 알고 있던 소진은 미리 으슥한 곳에 자리를 잡고 노도장이 나오기만을 기다리는 중이었다.

'어엇! 그런데 저건!'

문을 열고 나오는 인영을 주시하던 소진이 무언가 이상한 점을 발견했는지 크게 놀란 기색이다.

　노도장의 손에 들린 기다란 물건. 길이가 삼 척에 폭이 두 치가량 되는 그것은 분명 검(劍)이라 불리우는 이기(利器)였다. 옥설 도장의 손에 검이 들린 모습을 본 적은 이번이 처음이었기 때문에 소진이 놀라는 것도 무리는 아니었다.

　'이거 뭔가 예사롭지 않은걸? 무엇 때문에 갑자기 검을 들고 나오신 것일까. 헛! 설마 나에게 따끔한 맛을 보여주려고 일부러 준비하신 건 아닐 테지?'

　소진이 영 엉뚱한 상상을 하고 있는 사이 옥설 도장은 어느새 마당 가운데로 나와 우뚝 멈춰 섰다. 검을 든 모습이 전혀 어색하지 않고, 오히려 자연스러워 보이는 것이 역시 이름난 검객다웠다.

　스르릉.

　차가운 금속음과 함께 매끈한 검신이 모습을 드러냈다. 이어서 검을 중단에 위치시키고 발은 정보(丁步)로 빗겨선 옥설 도장이 잠시 숨을 골랐다. 그리곤 주저없이 검을 움직였다. 이 과정을 예의 주시하던 소진의 시선이 자연스럽게 검의 궤적을 쫓았다.

　월하검무(月下劍舞).

　희대의 검객이라는 무극검 옥설 도장의 검무는 뭔가 특별한 구석이 있었다. 바람을 가르는 날카로운 검기나 눈을 휘둥그레하게 만드는 화려한 검식 같은 것은 전혀 찾아볼 수가 없었다. 그의 검은 완만하고, 부드럽고, 자연스러웠다. 부드럽게 허공을 흐르는 검은 맑은 시냇물 같았다가 살랑살랑 움직이는 것이 꼭 봄바람 같기도 했다. 어찌 보면 민간의 건강 체조처럼도 보여서 과연 저것이 무공인가 하는 생각이 들 정도였다.

하지만 경지에 이른 이라면 그 시냇물이 단숨에 성난 바다로, 살랑이는 봄바람이 광포한 태풍으로 뒤바뀔 수 있다는 것을 알 수 있으리라. 옥설 도장의 검은 그렇게 느긋하게 움직이며 대자연을 담아내고 있었다.

철컥!

옥설 도장의 검무에 넋을 잃고 있던 소진은 검이 제 집을 찾아 들어가는 소리에 문득 정신을 차렸다. 가슴이 심하게 두방망이질 쳤다. 노도장의 검무는 근자에 무공을 수련하면서 자신이 느끼던 갈증들을 시원하게 해소시켜 주고 있었다. 동시에 그것은 허허벌판에 생겨난 이정표처럼 헤매고 있던 자신에게 가야 할 길을 분명히 알려주었다. 기연(奇緣)이라면 기연이었다.

"내일 무당으로 간다. 오시(午時) 전에 출발할 테니 채비를 해두거라."

손에 들린 검을 묵묵히 내려다보던 옥설 도장이 문득 한마디를 툭 던지고는 다시 방으로 들어갔다. 아직 담장의 그림자 안에 숨어 있던 소진이 움찔했다. 애초에 그의 존재를 알고 있었음이 틀림없었다.

'알고 계셨었군. 그렇다면 조금 전의 검무는 나에게 보여주기 위해 일부러?'

어둠 속에 웅크리고 있던 몸을 일으킨 소진이 옥설 도장이 들어간 문 쪽으로 깊숙이 허리를 숙였다.

第八章

격변의 황모평

휘이이. 달칵.

뚱뚱한 화복 차림의 중년인이 문을 열고 대청 안으로 들어서자 잠시 열린 문틈으로 차디찬 한풍이 휘몰아쳤다.

"으으. 춥군. 겨울은 정말 싫다니까."

"호홋. 둘째 오라버니께서는 올 여름에도 똑같은 말씀을 하시지 않았던가요?"

"늦었군."

진저리를 치는 그의 과장된 몸짓에 익숙한 음성들이 반응을 주었다. 대청의 중앙에 위치한 탁자에는 이미 세 사람이 먼저 와 자리를 잡고 있었다. 이제 한 명이 더해져 네 사람이 되었으니 천화상단의 핵심이라는 사로(四路)의 수좌들은 모두 모인 셈이다.

본래 넉살이 좋고 유들유들한 서로지주(西路之主) 송염(宋鹽)이 헤프

게 웃으며 자리에 앉았다. 방금 그에게 말을 건넨 이들은 각각 동로(東路)와 남로(南路)의 수장이자 그와는 의형제 사이이다.

"하하핫. 제가 좀 늦었죠, 대형? 날씨가 워낙 신통치 않아서⋯ 그리고 너무 그러지 마, 홍매(紅妹). 뚱뚱한 사람들의 고충을 네가 알기나 하겠냐고."

"됐다. 조용히 하거라. 이제 모두 모였으니 곧 단주께서 오실 게다."

"이미 왔네."

갑작스레 칼칼한 음성이 들리더니 대청의 한쪽 면을 대부분 가린 휘장의 뒤편에서 추면(醜面)의 노인이 걸어나왔다. 몸에 걸친 고급스런 비단옷과는 너무도 어울리지 않는 추괴한 용모가 인상적이다. 이 추면 노인이 바로 중원제일의 거부(巨富)이자 천화상단의 주인인 이천업이었다.

앉아 있던 네 사람이 일제히 자리에서 일어났다.

"단주님을 뵙습니다."

"끌끌, 됐네. 다들 앉게."

긴 탁자의 가장 상석에 이천업이 자리를 잡았고 그의 가장 가까운 좌우 네 자리를 나머지가 차지하는 꼴이었다.

"반 년 만인가?"

"예, 단주."

"그간 고생들이 많았겠군. 하늘의 눈(天眼)을 피해 일을 도모하기가 여간 어렵지 않았을 테니⋯ 대략적으로 보고는 듣고 있네만 지금까지의 정확한 진행 상황을 말들 해보게."

이천업의 시선이 우측에 앉은 초로(初老)의 인물에게 향했다. 동로지주(東路之主)이자 조금 전 송염에게 대형이라 불린 이가 바로 그였다. 동시에 그는 천화상단주의 가장 믿을 만한 심복들 중 하나이기도 했다.

"조금 전 제가 미리 들어본 바로는 동로와 남로, 북로의 진행률은 전체의 팔 할 정도로 거의 비슷한 수준입니다. 서로(西路)는……."

그가 정면에 앉은 송염에게 가볍게 고갯짓을 했다. 앞서 모인 두 사람에게는 자신이 물어 알고 있으나 그는 방금 도착했으니 직접 말하라는 의미였다.

"아… 저희 쪽은 상황이 좀 좋지 않아서 아직… 칠 할 정도밖에 물건을 전하지 못했습니다. 죄송합니다, 단주."

"아니야. 가장 눈들이 많은 곳이니 어려울 것이라 예상했었다. 그 정도면 잘한 게지. 네 사람 모두 수고가 많았다. 이제 얼마 남지 않았어. 그런데… 아무래도 계획을 조금 변경해야 할 것 같다."

네 사람의 표정이 조금 굳어졌다. 이번 일이 얼마나 위험한지 누구보다 잘 알고 있는 탓에 갑작스런 계획 변경에 대해서는 불안감이 앞서는 것이다. 단주인 이천엽 역시 이들의 변화를 금세 알아차릴 수 있었다.

"설명을 해주지. 우선 가장 큰 이유는 저쪽에서의 독촉이 계속 심해지고 있기 때문이다. 비록 보안상의 이유라고는 해도 벌써 반년이나 늦춰지고 있으니 불안해지는 게지. 더 이상 시간을 끌면 거래 자체가 무산될 수도 있는 상황이었기에 어쩔 수 없이 거래일을 한 달 후로 정했다. 아직 옮기지 못한 물건들은 대규모의 상단으로 위장해 단 한 번에 끝낼 계획이다."

"하지만 단주, 너무 성급합니다! 일을 서두르다가 잘못되기라도 하면……."

"맞습니다. 그렇게 큰 규모로 물건을 운반하다가는 분명 그들의 눈에 띄고 말 것입니다. 상단의 존패가 달린 일입니다. 다시 한 번 생각해 주십시오."

"혹시 무슨 복안이라도 있는 것입니까?"

무조건 불가함을 외치기 전에 단주의 속내를 물은 이는 네 사람의 대형 격인 선우승(鮮于昇)이다.

"실은 수일 전에 천안(天眼)에서 중대한 첩보가 입수되었다. 청성파를 중심으로 강호에 한차례 태풍이 불고 있음은 다들 알고 있겠지?"

"그렇습니다, 단주."

"광무자가 이끄는 청성파가 이렇게까지나 큰 풍파를 일으켜 줄 줄은 나도 미처 예상치 못했었다. 천안의 이목을 집중시켜 준 것만으로도 그들에 대한 투자는 충분히 성공을 거둔 셈이었지. 그런데 이번의 천하무관 혈사 이후 천안의 움직임이 예사롭지 않더구나. 첩보에 의하면 호북성을 중심으로 한 섬서, 하남, 안숙, 강서 등 일곱 개 성(省)의 전 인원이 이번 사태에 투입될 것이라 한다. 아마도 마교의 이름이 거론되었기 때문이겠지."

"일곱 개 성! 그렇다면……."

"그래. 다시 말해 저들의 감시망에 커다란 구멍이 생겨났다는 의미이고, 이건 분명 하늘이 주신 기회이다. 그리고 기회를 잡는 자만이 자고로 모든 것을 얻게 되는 법이지."

사로(四路)의 수장들의 눈빛이 반짝 빛났다. 그들 역시 잔뼈가 굵은 장사꾼. 될 성싶은 일과 그렇지 않은 일을 점치는 데에는 도가 튼 사람들이다. 그들의 판단에도 분명 이 계획은 성공할 확률이 높았다.

이들이 수긍하는 빛을 보이자 이천업이 그럴 줄 알았다는 듯 말을 이었다.

"보다 더 자세한 계획을 설명하자면……."

스윽.

잡티 하나 없는 깨끗한 백포(白布)가 매끈한 도신(刀身)을 따라 움직였다. 이미 손질이 잘된 도는 자신이 현재 최상의 상태임을 증명이라도 하듯 간담을 서늘케 하는 도광을 간간이 내비쳤으나 그는 전혀 개의치 않고 반복적으로 검신을 길게 훑고 지나갈 뿐이다.

'이미 많은 것을 가졌건만 형님의 욕심은 끝이 없구나. 앞으로 형님 때문에 얼마나 더 많은 이들이 고통을 받게 될 것인가. 더구나 그 아이까지 재물과 권력에 눈이 멀어 형님의 뒤를 따르고 있으니… 웃!'

문득 정신을 차리고 보니 중지 끝에 굵은 핏방울이 맺혀 있었다. 예리한 도인(刀刃)에 손가락이 베인 것이다. 그는 어느새 손가락을 타고 흘러내리는 핏물을 닦을 생각은 않고 신기한 물건을 보는 아이처럼 한동안 바라만 보고 있었다.

"크크큭. 부끄럽구나. 이미 도를 내 몸의 일부로 여긴 지가 오래인데, 잡념에 빠져들어 손이 베이는 것도 몰랐으니……."

실수로 날에 손을 베인 것이 얼마나 오래전인지 기억조차 나질 않았다. 아마 기껏해야 처음 도에 입문한 무렵이었을 테니 족히 한 갑자는 이전이리라. 더구나 모든 도객의 최고봉에 서 있는 자신이 이런 실수를 하고 보니 오히려 신기한 기분마저도 들었다.

전 중원 도객들의 최정점에 서 있는 자. 그가 바로 묵혼도객(墨魂刀客) 이천걸이었다.

정신을 차리고 상처를 돌보던 이천걸이 멀리서 느껴지는 인기척에 검을 다시 제자리에 놓고 의자에 앉았다. 익숙한 발걸음 소리가 문 앞까지 이르렀다.

"나다."

방문객치고는 너무 간단한 인사말과 함께 문이 열렸다. 그리곤 거침없이 안으로 들어서는 추면노인. 천하제일부(天下第一富)를 이룬 천화상단의 주인이자 자신의 유일한 혈육이다.

"이제는 아는 체도 안 할 테냐?"

묵혼도객이 힘겹게 입을 열었다.

"…무슨 일로 오신 겁니까, 형님."

"내가 너를 찾아오려면 반드시 무슨 용무가 있어야 하는 것처럼 들리는구나."

"……."

대답은 돌아오지 않았다. 예상보다도 냉담한 반응에 이천업이 이맛살을 찌푸렸다. 혈육이라는 고리가 그나마 그를 이 자리에 묶어두고 있는 듯했다.

"부모님이 돌아가신 후 어린 너를 먹여 살리기 위해 온갖 궂은 일을 마다하지 않았다. 네가 무공에 입문한 이후에는 조금이라도 나은 성취를 위해 갖은 영약과 신공비급들을 구해준 것 역시 나였다. 한데 네가 나를 이렇게 대하는구나."

"형님! 또 그 말입니까? 제발 이제 그만 좀 하시오. 내 형님의 은혜를 잊은 것은 아니오. 하지만 언젠가부터 그런 말을 꺼내며 내게 요구한 것이 무엇이었소. 어느 곳의 중지(重地)에 은밀히 잠입해서 정보를 빼내달라, 누군가를 비밀스럽게 죽여달라. 언제나 그런 더러운 청탁들이었지 않소. 어째서… 어째서 형님은 조용히 살려는 나를 가만히 내

버려 두지 않으려 하오!"

이천업의 얼굴이 굳어졌다. 원망의 기색이 역력한 동생의 얼굴을 보니 더 이상 그를 자신의 곁에 잡아놓지 못할지도 모르겠다는 생각이 불쑥 들었다.

언젠가 이런 날이 올 줄 예상했었다. 하지만 지금은 시기가 좋지 않았다.

"며칠 후 출발하는 상단에 나와 함께 가자. 이 형의 마지막 부탁이다. 이번 일만 무사히 마친다면 이후에는 네 마음대로 해도 좋다. 더 이상 어려웠던 과거와 혈육임을 내세워 너를 붙잡지 않으마. 무영(無影) 역시 네가 설득할 수만 있다면 함께 데리고 떠나도 좋다."

그로서는 최후의 수를 꺼내든 셈이다. 그만큼 이번 일은 중요했다. 혹시 모를 위험에 대비해 든든한 방패막이 반드시 필요한 것이다.

무정한 형의 제안에 묵혼도객의 눈빛이 흔들렸다.

'좋아. 마지막 은혜 갚음이라고 생각하자. 어차피 무영 그 아이를 설득할 시간도 필요할 테니… 이번이 마지막이다.'

"좋습니다, 형님. 출발은 언제입니까."

내심 초조하게 답변을 기다리던 이천업의 얼굴이 한결 편안해졌다. 그의 최대 비밀 무기가 사라진다는 것이 조금 아쉽긴 했지만 이번 일만 성공한다면 자신은 누구도 따라올 수 없는 막대한 금력을 손에 넣게 될 것이다.

'흐흐훗. 천하제일로는 부족해. 이번 일만 성공한다면 나는 명실 공히 고금제일의 부를 이루게 되리라.'

사박. 사박.

걸음을 옮길 때마다 바닥에 쌓인 백설(白雪)이 이지러지며 묘한 소리를 만들어낸다. 하얗게 이어진 산길을 따라 찬찬히 걸음을 옮기는 노인과 청년의 뒤로 촘촘히 발자국들이 이어지고 있었다.

"허허. 와우암(蝸牛巖)이 보이는 걸 보니 해검지가 멀지 않은 게로구나."

"예, 옥설 사숙조. 이제 금방이겠네요. 그런데 오랜만에 다시 산을 오르니 기분이 좋으신가 봐요."

"그렇게 보이느냐?"

"걸음걸이도 가볍고 웃으시는 모습을 보니 도저히 아니라고는 말 못하겠네요."

"그럼 정말 그런지도 모르겠구나. 허허허헛."

간만에 친정나들이를 나서는 아낙네의 심정이 이와 같을까? 굳이 경공술을 사용하지 않고 유람하듯 산을 오르는 것은 이런 기분을 조금이라도 오래 느끼려는 의도일 것이다. 소진은 눈치껏 그런 옥설 도장의 뒤를 묵묵히 따르고 있었다.

그 모양이 달팽이 같다 하여 와우암이라 불리우는 커다란 바위를 지나자 얼마 안 가 무당파의 입문인 해검지가 한눈에 들어왔다. 옥설 도장은 정면으로 해검지의 정경이 나타나자 감회가 새로운 듯 잠시 걸음을 멈추고 주변을 하나하나 살폈다. 그사이 해검지에서 그들을 발견한 누군가가 서둘러 달려나왔다.

무산 도장이었다. 아마 일찍부터 나와 그들을 기다리고 있었던 듯했다.

"옥설 사숙조, 기다리고 있었습니다. 어서 오르시지요. 사형제들과 사숙, 사백님들이 다들 모여 사숙조께서 오시기만을 고대하고 있습니다."

옥설 도장이 고개를 끄덕이자 그가 냉큼 앞장서 걸음을 옮겼다. 물론 그 와중에 슬쩍 소진을 아는 체하는 것도 잊지 않았다.

세 사람이 앞을 지나자 해검지를 지키던 두 명의 청 자 항렬 제자들이 목청이 터져라 그들의 우상을 반겼다. 목소리가 은근히 떨리는 걸 보니 검선(劍仙)의 모습을 처음 대하는 그들 역시 심정이 남다른 것만 같다.

옥설 도장이 해검지에서 무당파의 산문까지 이어지는 삼백육십 계단에 조심스레 첫 발을 내디뎠다.

이십삼 년 만의 귀환이었다.

세심원에서 좀처럼 나오질 않는 진 자 항렬의 노도장들을 비롯해 장문인과 예하의 전 제자들이 연무장에 질서정연히 늘어서 있다. 무당의 전 제자들이 한 사람의 귀환을 지켜보기 위해 한 자리에 모인 것이다.

산문을 들어서자마자 자신에게로 쏟아지는 무수한 시선에 옥설 도장은 잠시 움찔했지만 곧 개의치 않고 걸음을 옮겼다. 오히려 그보다도 안내하는 무산 도장이 벅찬 기색을 감추지 못하고 있었다. 가장 먼저 그를 맞이한 것은 무우 장문인. 배분상으로 우위에 있는 노도장들이 많았으나 역시 무당을 대표하는 인물은 장문인의 지위에 있는 이였다.

"제자들의 능력이 미흡하여 선도(仙道)에 매진하는 사숙조님을 다시 속세로 불러들여 청정을 어지럽히고 말았습니다. 이에는 장문인 된 자의 죄가 실로 작지 않으나 감히 사숙조님께 용서를 구합니다."

"…돼, 됐다. 무당은 곧 내 부모와 다름없으니 괘념치 말거라."

─이게 대체 무슨 수작이냐! 뭐가 어째? 선도에 매진하는 사숙조의 청정을 더럽혀? 갑자기 이게 무슨 빌어먹을 소리냐고!

겉으로는 태연한 척하지만 사실 옥설 도장은 크게 당황했다.

이 느닷없는 상황을 가까스로 모면한 그가 곧장 전음으로 따지고 들었다.

"감사드립니다, 사숙조. 사숙조님께서 계신 것이 바로 무당의 커다란 홍복(洪福)입니다."

"와아! 옥설 태사숙조 만세! 만세!"

제자들의 환호성이 터져 나왔다. 장내가 소란스러운 틈을 타 무우 장문인이 재빨리 전음을 날렸다.

─설명드릴 테니 제발 진정하세요, 사숙조님. 저로서도 어쩔 수가 없었습니다. 사숙조님에 대한 제자들의 환상은 눈덩이처럼 불어나기만 하는데, 차마 운영하시는 부적점을 잠시 폐업하시고 다시 무당으로 돌아와 주셔서 감사하다는 말을 할 수는 없지 않습니까.

자신에게 환호하는 제자들의 모습을 둘러보니 그럴 만도 하겠다는 생각이 들면서도 한편으로는 착잡했다.

옥설 도장이 잠자코 있자 무우 장문인이 안도의 한숨을 내쉬었다. 이로써 그는 무극검(無極劍)이라는 든든한 후원자를 얻음과 동시에 제자들의 사기를 드높이게 되었으니 두 마리의 토끼를 동시에 잡은 셈이었다.

"그럼 자소궁으로 가시지요, 사숙조."

옥설 도장을 비롯한 무당의 수뇌들이 자소궁으로 사라질 때까지 제자들의 환호성은 멈추지 않고 계속됐다.

너비가 칠 장, 길이가 팔 장에 이르는 널따란 대청. 정면으로는 삼청(三淸), 즉 원시천존(元始天尊)과 영보천존(靈寶天尊), 도덕천존(道德天尊)의 상이 일 장도 넘는 높이의 시선에서 장내를 내려다보고 있다. 처음 들어서는 이라면 저도 모르게 압도당할 것만 같은 분위기였다.

그 바로 앞으로는 두 뼘 정도의 낮은 단이 있는데, 그 단을 중심으로 오십여 명의 도인들이 둥글게 모여 앉았다. 고작 오십여 명뿐이지만 그 넓은 대청 안이 가득 메워진 듯한 기분이 드는 것은 아마 그들 개개인이 내뿜는 범상치 않은 기도들 때문이리라. 그야말로 무당의 핵심이라 할 만한 이들만이 모여 있었다.

이십여 년 만에 다시 자소궁에 발을 들인 옥설 도장은 잠시 기억을 더듬듯 장내를 스윽 훑어보다가 주저없이 마련된 가장 상석에 자리를 잡았다.

"옥설 사숙, 이렇게 문 내에서 다시 얼굴을 뵙게 되니 실로 감개가 무량합니다. 그간 편히 지내셨는지요?"

진 자 항렬의 맏이이자 옥설 도장을 제외하고는 이중 가장 연장자인 진성 도장이 먼저 입을 열었다.

"사람이 하루 세끼를 유지하는 가운데, 하고 싶은 일을 하며 사는데 불편할 게 대체 뭐가 있겠느냐. 간혹 네놈들이 찾아와 영업 방해를 하는 것 빼고는 불편한 일이라곤 전혀 없었다."

"허허헛. 영업 방해라니……."

이래선 대화가 되질 않았다. 의례적인 인사말에 퉁명스럽게 반응하는 사숙의 모습에 진성 도장이 어색한 웃음을 흘리며 말꼬리를 흐렸다.

아무래도 옥설 도장은 조금 전의 착잡했던 기분을 여기에서 화풀이 하려는 듯하다.

'영업 방해라고? 크크큭. 언제 방해받을 만큼의 영업이라도 된 적이 있었나? 옥설 사숙조. 아무리 기분이 좀 안 좋으시다곤 해도 지금 건 너무 허풍이 심하잖아요. 푸하하핫!'

"키킥."

현재 옥설 도장이 운영 중인 원조 애씨수귀어 부적점의 영업 상태와 입에 풀칠하기도 어려운 주머니 사정을 누구보다도 낱낱이 알고 있는 이가 바로 소진이다. 속으로 박장대소를 터뜨리던 중 저도 모르게 입가로 웃음소리가 새어 나왔다. 전혀 분위기에는 어울리지 않는 웃음이었기에 모든 사람들의 시선이 일제히 그에게로 모여들었다.

"아… 저, 그게……."

소진은 그다지 얼굴 가죽이 두꺼운 편이 아니었기 때문에 금세 당황하는 기색이 역력했다.

"네 이놈! 그래도 옥설 사숙의 수발을 들었다기에 속가의 제자로는 유일하게 자리를 마련해 줬더니 한다는 짓이 고작 딴생각이나 하는 것이냐? 사문의 존장들이 그렇게 우습게 보이더냐!"

그 불 같은 성격 탓에 강호동도들로부터는 열화도인(熱火道人)이라 불리우는 전(前) 진무각주, 진척 도장이었다. 쩌렁쩌렁한 호통과 함께 자신에게 향하는 그의 부리부리한 눈동자를 마주하는 순간, 소진의 가슴이 덜컥 내려앉았다.

'헉! 광돈(狂豚) 사숙! 잘못 걸렸다!'

좋게 말해서 열화 같은 성격이지 배분이 낮은 제자들이 보기엔 단지 지랄 같은 성격일 뿐이었다. 게다가 음식은 어찌 그리도 게걸스레 먹는 것인지… 그래서 그들이 은밀히 진척 도장을 칭하는 별명이 바로 광돈(狂豚), 즉 미친 돼지였다.

진척 도장은 자소궁에 들어서기 전부터 무엇 때문인지 별로 기분이 좋아 보이질 않았다. 소진으로서는 상대와 시기를 모두 잘못 만난 셈이었다.

"광… 아니, 진척 사숙. 저는 그게 아니라……."

"집어치워라! 네 사형들이 너를 애지중지 감싸고돌 때부터 진작에 알아봤느니라. 이번 기회에 내 직접 너의 버릇을……."

그가 너무 소진을 몰아치자 사부인 진류 도장이 발끈해서 나서려 했으나 다른 이의 음성이 그보다 앞섰다.

"아니, 이게 누구야! 이제 보니 네 녀석은 사결(四缺)이 아니더냐? 허허, 참. 이십삼 년 만에 마주하니 하마터면 못 알아볼 뻔했구나."

소진을 꾸중하던 진척 도장의 얼굴이 소태라도 씹은 듯 일그러졌다. 나란히 서 있던 그의 사형제들 역시 뜨악한 표정이다. 단지 내막을 모르는 무 자 항렬의 제자들만이 어리둥절해하며 유심히 상황을 지켜보고 있었다.

"내가 무당을 떠난 이후로 너는 단 한 번도 찾아온 일이 없었으니 정확히 이십삼 년만이지? 얼굴을 보고는 잘 모르겠더니만 목소리와 말투를 보니 금세 알겠구나. 허허헛. 역시 내가 별명 하나는 기가 막히게 잘 지었단 말이지."

진척 도장의 얼굴에 불만스러우면서도 불편한 기색이 역력했다. 세상엔 묘하게 자신과는 잘 맞지 않는 상대가 있게 마련이다. 진척 도장에게는 옥설 사숙이 바로 그런 존재였다. 그랬기에 지난 이십여 년간 단 한 번도 그를 찾지 않았던 것이 아니겠는가.

게다가 그런 상대가 만나자마자 자신이 가장 싫어하는 말을, 그래서 지난 이십 년간 누구도 꺼내지 못했던 말을 스스럼없이 내뱉는 모습을 보니 안 그래도 그리 깊지 못한 그의 인내심은 금세 바닥을 드러내 보였다.

진척 도장이 벌떡 자리에서 일어섰다.

"옥설 사숙, 제자는 속이 불편하여 먼저 일어나 보도록 하겠습니다."

"응? 멀쩡해 보이는데 무슨… 아, 그렇군! 내 정신 좀 보게나. 허허허. 워낙 오랜만에 보다 보니 네가 심한 만성 변비로 고생하고 있었다는 사실을 깜박 잊고 있었구나. 아직까지도 그러고 있을 줄은 몰랐다. 미안하구나. 어서 가보거라."

"끄응!"

민망함과 수치심에 얼굴이 시뻘겋게 달아오른 진척 도장이 차마 무슨 말을 하지는 못하고 잠시 앓는 소리를 내다가 홱 하고 돌아서 자소궁을 벗어났다.

"자, 계속 이야기들을 들어보자구."

다시 태연자약하게 이야기를 시작하는 옥설 도장의 표정이 이전보다 한결 나아 보였다. 불쌍하게도 진척은 옥설 도장의 화풀이 상대가 되었던 모양이다.

한편 무 자 항렬의 제자들은 그런 옥설 도장을 경탄의 눈빛으로 바라보고 있었으니… 그들에게 있어서 옥설 도장은 누구도 손대지 못하던 대(大)악당을 응징한 정의의 사도로 비춰지고 있었다.

아무튼 이렇게 작은 사단이 일단락되자 무우 장문인이 본론을 꺼냈다.

"옥설 사숙조, 실은 청성으로 인한 강호의 사단이 이제 걷잡을 수 없는 지경에 이르고 말았습니다."

"으음? 그게 무슨 말이냐. 설마 하니 광무자가 갑자기 미쳐 날뛰기라도 한단 말이냐?”

“광무자 본인은 멀쩡한 듯하지만 청성의 문인 두 사람이 일을 크게 벌이고 말았습니다.”

옥설 도장은 농담 비슷하게 꺼낸 말에 장문인이 오히려 진지하게 답변하자 사태가 정말 심상치 않음을 깨달았다.

“자세히 설명해 보거라.”

“이십여 일 전 이곳 무당으로 향하던 청성의 제자 두 사람이 새벽녘 안성(安城) 인근의 무관에 난입하여 끔찍스런 혈겁을 자행했습니다. 천하혈사라 부르는 이 사건으로 지역의 한 무관이 멸문의 화를 당하고 거의 백 명에 달하는 무고한 사람들이 목숨을 잃었습니다. 그리고 이로 인해 청성파는 매우 곤란한 지경에 처하고 말았습니다.”

“그런 일이! 만약 이것이 사실이라면 청성뿐만 아니라 정도 전체에 치명적 오점이 되고 말 것이다. 어째서 청성파의 제자가 그런 잔인한 사건을 일으켰단 말이냐!”

“혈겁을 일으킨 이들은 청성의 운평자와 장명자로, 그들을 처음 발견하고 주살한 이가 바로 화산의 속가제자인 능추운입니다. 그런데 그의 증언에 따르면 당시 그들은 외형상에 특이한 점들이 있었다고 합니다. 주사빛의 피부와 크게 터질 듯이 팽창된 전신의 핏줄들, 그리고 섬뜩한 핏빛 혈안이 바로 그것인데…….”

“설마 혈천광마공? 그것들은 분명 마교비전인 혈천광마공의 모습들인데!”

옥설 도장이 크게 놀란 모습이다. 목소리도 저도 모르게 높아져 있었다.

“맞습니다, 옥설 사숙조. 그래서 더 더욱 강호인들이 동요하고 있는 것입니다. 지금 강호에는 청성의 문인들이 마교의 비전마공을 익히고 있다는 소문이 파다하게 퍼져 있습니다."

"그럴 리가 없다! 정사대전을 치르며 마교라면 누구보다도 치를 떨던 것이 바로 광무자 그 친구다. 그런 사람이 마교의 무공을 구해서 익혔을 리가 없지 않느냐. 게다가 그 사람은 청성의 무공이 마교의 그것에 못지않음을 몸소 보여준 인물이다. 무엇이 아쉬워서 그들이 마공에 손을 댄단 말이냐."

"그 자세한 사정까지는 저로서도 알 도리가 없으나 이 사건이 터진 이후 청성파는 일체의 활동을 금한 채 백하(白河) 인근의 황모평에서 움직이지 않고 있습니다. 동시에 광무자는 현재 강호의 소문은 터무니없는 것이며 그 두 사람은 강호에 분란을 일으키기 위해 마교에서 비밀리에 심어놓은 첩자인 듯하다고 주장하는 상태입니다."

"그래그래. 그의 주장이 오히려 믿음이 가는군. 섣불리 움직이지 않고 있는 것은 오해의 소지를 미연에 방지하고 자신들의 결백을 주장하려는 것이겠지. 정말로 청성의 제자들이 마교의 비전마공을 익혔다면 그렇게 가만히 있을 수는 없는 노릇일 테니⋯ 청성에 대한 구대문파의 반응은 어떻지?"

"구대문파라는 이름이 이제는 어색하게 되었습니다. 이미 점창과 아미, 곤륜, 공동파는 봉문된 상태이고, 청성을 제외한다면 남은 것은 저희를 포함한 사대문파뿐입니다. 그리고 그 사대문파는 이번 사태에 공동으로 대응하기로 이미 합의를 이룬 상태이고요. 아마 앞으로 사흘 정도면 소림과 화산, 종남파의 장문인들이 제자들을 이끌고 무당에 도착할 것입니다."

옥설 도장이 고개를 끄덕였다. 사대문파가 힘을 모으기로 한 것은 잘

한 결정이었다. 만약 청성의 주장대로 그들의 결백이 사실이라 할지라도 마교의 흔적이 드러난 이상 무슨 일이 벌어질지 모를 일이기 때문이다.

이후 자소궁에서의 모임은 사대문파의 향후 행보에 관해 짧은 논의를 거치는 것으로 막을 내렸다. 대부분이 사전에 충분한 고려 끝에 결정된 것들이었기 때문에 그다지 문제가 될 만한 요소는 없었다. 그 와중에 특이한 점이라면 장문인을 포함한 무 자 항렬의 제자들이 옥설 도장을 극진히 공경하는 모습을 보여 그의 마음을 흡족하게 만들었다는 것이었다.

옥설 도장 본인의 강요 섞인 요청도 있었거니와 이제껏 수발을 들었다는 이유로 문 내에서도 계속 노도장과 함께 지내게 된 소진이 특별히 마련된 숙소로 안내하며 넌지시 질문을 던졌다.

"사숙조님, 그런데 아까 진척 사숙을 뭐라고 부르셨던 거지요?"

"진척을? 아, '사결(四缺)' 말이로구나. 예전에 내가 아직 산을 떠나기 이전 그 녀석에게 지어준 별명이란다. 자신에 대한 겸손, 윗사람에 대한 공경, 아랫사람에 대한 아량, 그리고 결정적으로 위아래 할 것 없이 싸가지, 이렇게 네 가지가 무지무지하게 부족하다는 의미에서 붙여준 별명이지. 낄낄낄."

'푸푸풋! 사결. 사결이라……'

하지만 겉으로는 그저 '아, 그렇구나' 하는 표정이었다. 인간이란 경험을 통해 자연스레 학습을 하는 동물이 아니던가.

소진의 걸음걸이가 왠지 모르게 가벼워 보였다.

무우 장문인의 예상대로 사흘이 지나자 가장 먼저 화산 장문인 화영검 상호유 대협이 백여 명의 제자들을 이끌고 도착하더니 다음날과 그

다음날 차례로 소림과 종남파가 도착했다.

삼 일 사이에 모여든 삼백여 명의 인파들로 무당산이 모처럼 북적거렸다.

자소궁 내부.

"청성은 여전히 황모평에서 움직이지 않고 있다고 합니다."

"홍! 그들은 이미 마교와 손을 잡았으니 정파의 적이나 다름없습니다. 당장에 괴멸시켜야 하오!"

"맞소이다. 난데없이 비무행이라는 것을 하며 같은 정도의 문파들을 봉문시킬 때부터 알아봤어야 했습니다. 저들은 분명 마교와 결탁하여 무언가 음모를 꾸미고 있었던 것이외다!"

"광무자의 주장이 사실일지도 모르지 않습니까. 그렇게 너무 극단적으로 생각하는 것은 무리가 있지 않나 싶군요."

"아니, 무당 장문인은 대체 무슨 말씀을 하시는 겁니까. 이미 무고한 백여 명의 사람들이 청성파의 문인 둘에 의해 죽임을 당했습니다. 이런 상황에서 어떻게 그 흉수의 우두머리 말을 믿을 수 있단 말입니까!"

"하지만……."

각 문파의 장문인들이 그들 문파를 대표하는 노고수들 두세 명을 대동한 가운데 한창 논의가 진행 중이다. 주된 관심사는 당연히 청성파의 처리에 관한 문제였다.

이야기를 차분히 들어보면 소림과 화산, 종남파의 사람들이 강경한 입장을 고수하는 가운데 무당만이 유일하게 신중한 자세를 취하는 형국이었다.

"허허헛. 우리 장문인의 말씀은 단지 신중을 기하자는 것일 뿐입니다. 현재 명분이 우리에게 있다고는 하지만 워낙에 민감한 사안이질 않습니까. 이럴 게 아니라 옥설 사숙의 말씀도 한마디 들어보는 것이 좋겠군요."

전 무당 장문인인 진허 도장이 은근히 무우 장문인의 편을 들었다. 마악 곤궁에 처해 있던 무우 도장으로서는 가뭄에 단비처럼 반가운 목소리였다. 그리고 그걸론 부족했는지 진허 도장이 이제껏 한마디도 없던 옥설 도장을 끌어들였다.

옥설 도장의 이름이 거론되자 다들 이야기를 멈추고 주의를 기울였다. 이들에게 있어서 무극검이라는 별호가 갖는 무게를 보여주는 모습이기도 했다.

옥설 도장이 힐끔 진허 도장을 쏘아본 후 입을 열었다.

"내 묻고 싶군. 조금 전 청성파가 마교와 손을 잡았다고 했던가? 자네는 그 말에 책임을 질 수 있나?"

자신에게 묻자 종남파 태을 진인의 얼굴에 당황한 기색이 역력하다.

"그, 그것이… 하지만 정황으로 보건대……."

"무슨 말인지는 알겠네. 결국 추측일 뿐일 테지. 솔직히 청성파가 마교와 결탁을 했는지, 혹은 일련의 마공을 익히고 있는지에 대해 지금으로선 아무런 결론을 내릴 수가 없네. 하지만 한 가지 분명한 사실은 이렇게 사대문파가 한 자리에 모였고 청성파는 그런 우리가 오기를 기다리고 있다는 사실이다. 이제 내일이면 우리는 청성파가 있는 황모평으로 출발하게 될 테니 진실이 무엇인지는 일단 그곳에 도착한 후에 각자의 눈으로 직접 확인해 보도록 하는 게 가장 확실한 방법이겠다는 생각이 드는군."

맞는 말이었다. 사실 이곳에서의 논쟁은 단지 탁상공론에 불과할 따름이다. 진실은 저 황모평에서 자신들을 기다리고 있는 것이다.

한편 옥설 도장의 한마디에 장내가 정리되자 진허 도장은 만족스런 웃음을 지었다. 그가 의도했던 결과였다.

"그럼 더 이상 토의할 내용은 없는 셈이로군요. 다시 한 번 정리해서 말씀드리자면, 출발은 내일 진시(辰時)이고 선봉은 화산파가, 후미는 종남파가 맡도록 합니다. 그리고 명목상 이 사대문파 연합의 대표는 저희 무당의 옥설 사숙님께 부탁을 드리도록 하겠습니다. 혹시 이의나 질문있으신 분 계십니까?"

사대문파의 대표 자리를 무당의 옥설 도장이 맡는다는 말에 소림의 공공 대사가 슬쩍 얼굴을 찡그리기는 했지만 이미 토의가 끝난 일이기에 아무도 이견을 제시하지는 않았다. 이렇게 출발 전의 마지막 수뇌부 회의가 끝이 났다.

"내일이 출발인데 준비는 다 된 것이냐?"

대답하는 무우 장문인의 표정이 가벼웠다.

"모든 준비는 오전 중에 이미 마쳤습니다. 그리고 조금 전에는 정말 진허 사숙 덕분에 살았습니다."

"후훗. 장문인이라는 자리에 있는 자는 뱃속에 능구렁이가 아홉 마리 정도는 들어 있어야 한단다. 언제 어느 자리에서든 평정심을 유지하고 절대 자신의 약점을 보여서는 안 되지. 아직은 경험이 부족해서 그런 것이니 아마 차차 나아질 게다."

"그래야겠지요. 그런데 그들과 같은 모습이 될 걸 생각하니 한편으로는 조금 꺼림칙하네요."

어딘가 귀에 익은 말이다. 기억을 더듬던 진허 도장은 문득 이것이 이십여 년 전 자신이 처음 장문인의 자리에 올랐을 때 그의 사부에게 했던 한마디임을 떠올렸다. 그리고 그때 자신은 분명 이런 대답을 들었었다.

"다 자기 하기 나름인 게지. 지금 이 말을 잘 기억해 둬야 할 게다. 너도 먼 훗날 써먹을 날이 올 테니."

"자기 하기 나름이라……."

곰곰이 그 의미를 생각하는 후임 장문인을 진허 도장이 조용히 웃음으로 격려했다.

사대문파 연합이 무당을 출발하기 하루 전의 일이었다.

추운 날씨에도 아랑곳하지 않고 뛰놀던 아이들이 하나둘 집으로 돌아가는 늦은 오후. 지는 해를 등지고 날아든 두 마리의 전서구가 가져온 소식에 천안은 흡족한 웃음을 지었다.

"후후훗. 사 년이나 진행한 일이 이제야 마무리되어 가는군."

책상 위에는 방금 전 포광이 가져다 준 두 개의 전서가 나란히 놓여져 있다.

이십팔호(二十八號) 전(傳).

보고. 일장로와 함께 대기 중. 백안대(百眼隊) 집결 완료. 천화상단은 현재 감숙성 무위(武威) 통과 중. 그 밖의 특이 사항 없음. 이상.

칠십삼호(七十三號) 전(傳).

보고. 사대문파 연합이 무당 출발. 인원은 대략 사백여 명. 목적지는 황모평. 선두와 후미는 각각 화산과 종남이 맡고 있음. 이상.

"포광, 황모평의 일에 필요한 인원은 모두 준비되었겠지?"

"예, 안주(眼主). 뒤탈없는 이들로 오십 명을 이미 그쪽에 대기시켜 놓았습니다. 호북성 명안(明眼)이 직접 지휘하고 있으니 문제는 없을 것입니다."

명안(明眼)이란 각 성의 수장들을 일컫는 조직의 은어였다. 한편 천안은 다시금 전서를 훑어보며 잠시 무언가를 헤아리는 눈치다.

"일장로님과 백안대까지 투입했으니 이십팔호의 일은 걱정없을 테고, 백하의 황모평이라… 좋아. 쉬지 않고 달린다면 시간에 맞춰 도착할 수 있겠군. 포광, 지금 즉시 날랜 말과 마차를 준비시키도록 하게."

"예? 느닷없이 마차를 준비시키라니… 설마 직접 가보시려는 겁니까?"

"나쁠 건 없겠지. 무대를 마련한 사람으로서 결과를 끝까지 지켜봐 주는 것이 예의 아니겠나?"

"…알겠습니다. 지금 준비하겠습니다."

포광의 마음이 무거웠다. 말과 마차를 이용할 경우 호북성까지는 엿새 정도가 걸린다. 만약 특별히 빠른 말을 몰 경우에는 닷새가량이 소요될 것이다. 하지만 지금 자신의 주군은 밤낮을 가리지 않고 전속력으로 말을 몰아 단 이틀 사이에 그 거리를 주파하려는 생각임이 분명했다. 그리고 필시 그 길엔 자신이 동행하게 될 것이다.

엄청난 속도로 달리는 마차에 타고 있는 것이 얼마나 큰 고역인지 겪어보지 않은 사람은 모를 것이다. 편안히 앉는다는 것은 상상조차 할 수 없는 일이다. 당연히 눈을 붙인다는 것은 불가능에 가까웠다. 조금만 긴장을 늦추면 마차 한구석에 처박혀 있는 자신을 발견하게 될 확률이 높았다.

그토록 무덤덤한 포광의 입에서도 절로 한숨이 새어 나왔다.

"에휴… 하아……."

사내의 입에서 시작된 한숨이 창가에 부딪쳐 뿌연 장막을 만들어냈다. 덕분에 창밖으로 펼쳐진 척박한 풍경이 잠시나마 사라졌다가 이내 다시 나타난다.

메마른 흙과 메마른 땅. 그리고 너무도 차가워 보이는 짙푸른 하늘이 전부인 삭막한 광경이다. 창가에 축 늘어져 있는 사내는 그 모습들을 멍하니 바라보다가 잠시 후 다시 땅이 꺼져라 한숨을 내쉬었다.

"이놈아, 그만 하지 못해! 젊은 놈이 청승맞게 뭐 하는 짓이냐!"

방 안에 함께 있던 염소수염의 노인은 그 모양이 영 보기 싫었는지 버럭 호통성을 내질렀다. 사내는 마지못해 한숨을 거뒀으나 기운 하나 없이 늘어져 있는 모습은 여전했다.

"에잉! 제자라고 하나 있는 것이 저 모양이니. 사지 멀쩡한 젊은 놈이 병든 개마냥 늘어져서는……."

병든 개라는 말에 사내의 표정이 잠시 꿈틀했다. 의자에 받히고 있던 고개가 모처럼 바짝 쳐들렸다.

"사지 멀쩡한 젊은 놈이니까 더 더욱 이러는 거죠, 사부님. 이 삭막한 변방에서 벌써 한 달 가까이 대.기. 중.이라면 누군들 이러지 않겠어요? 무슨 천하진미(天下珍味)나 절색가인(絶色佳人)과 함께 있는 것이라면 또 모르겠지만……."

서른 남짓 되어 보이는 사내가 일 장 앞의 침상에 기대듯이 누워 있는 염소수염의 노인을 위아래로 힐끔 흘겨보았다. 즉, 저런 노친내와 함께 있으니 도통 기운이 나질 않는다는 의미로 해석해도 무방할 것이다.

하지만 노인이 어디 이런 짓거리를 그냥 넘어갈 위인이던가.

"옛 성현들께서 말씀하시길 미친개한테는 매가 약이라 하였다."

퍽! 퍼퍼퍽!

"끄아악!"

비록 그것이 자의가 아닌 타의에 의한 것이긴 했지만 오랜만에 사내의 몸이 기운차게 움직였다.

한바탕 몸을 푼 노인이 이제야 속이 좀 풀린 듯 고개를 좌우로 움직였다.

"조금만 더 기다리거라. 나흘 전에 무위(武威)를 지났다는 연락이 왔으니 앞으로 사흘 정도면 도착할 게다."

바닥에 반쯤 널브러져 있는 사내의 눈이 번뜩였다.

'사흘이라고? 어디 오기만 해봐라!'

마침내 무당에 모인 사대문파의 정예들이 움직이기 시작하자 그들에게 강호의 이목이 온통 집중되었다. 물경 사백 명에 달하는 사대문파 연합의 행렬은 뱀처럼 길게 이어져서 길이만도 거의 백 장에 달했다. 좀처럼 보기 힘든 광경이었고 나름대로 장관이라면 장관이기에 가는 곳마다 뭇사람들의 주목을 받는 것은 물론이었다. 과거 정사대전 이후 이루어지는 최대 규모의 단체 행동이었다.

워낙에 대규모의 인원이 움직이는 까닭에 이동 속도가 그리 빠르지는 못했지만 이들은 꾸준히 걸음을 옮겨 닷새째가 되자 호북성과 섬서성의 경계에 위치한 황모평의 지척에 다다를 수 있었고, 충분한 휴식을 취한 후 그 다음날 진용을 갖춰 목적지로 향했다.

은폐물이라고는 도무지 찾아볼 수가 없는, 당도한 이들의 눈에 비친 황모평은 말 그대로 허허벌판이었다. 청성의 위치를 확인하는 것 역시 전혀 어렵지 않았다. 저 멀리로 그들이 임시로 만들었을 목책의 윤곽이 너무도 확연히 드러났다. 너무 쉽게 저들의 근거지를 찾게 되자 오히려 이쪽에서 당황하는 눈치다.

"제자들을 이끌고 면밀히 수색해 보았지만 함정이나 매복의 흔적은 전혀 찾을 수 없었습니다, 장문인."

혹시 모를 위험에 대비해 보내본 선발대의 보고에 화산 장문인이 고개를 끄덕였다. 마치 그럴 줄 알았다는 듯한 반응이었다. 이렇게 사방이 탁 트인 지형에서 은밀한 계략을 꾸미는 것은 거의 불가능한 일이다. 일단 안전하다는 확신이 들자 그가 오른손을 앞으로 뻗었다.

"전진!"

잠시 대기 중이던 제자들이 그의 지시에 다시 걸음을 옮겼다. 상대가 코앞에 있는 만큼 누구 하나 허투루 입을 놀리는 이가 없이, 다들 긴장하는 기색이 역력했다.

선봉을 맡은 화산파가 움직이자 그 뒤를 다른 삼대문파가 따랐다. 그리고 그 뒤를 뭇 무림인들이 따랐다.

배보다 배꼽이 더 커진 형국이라고나 할까? 무당에서 출발할 때부터 하나둘 그들을 따르기 시작한 강호인들은 이제 오히려 그들의 숫자를 크게 넘어서고 있었다. 강호의 큰 구경거리를 놓치지 않기 위해 그들은 사대문파라는 안전한 방패막이를 선택한 것이다. 또한 당금의 사태가 강호에서 얼마나 큰 주목을 받고 있는지를 보여주는 반증이기도 했다.

황모평에 모여든 강호인들은 사대문파의 제자들을 포함하여 거의 이천 명에 육박하고 있었다.

청성파의 임시 거처를 십 장 앞에 두고 사대문파가 차례로 도열했다. 그러자 뒤따라오던 강호인들은 재빨리 그들의 좌우로 일정한 거리를 두고 길게 늘어섰다. 시야가 확보되는 좋은 자리를 차지하려는 다툼에 잠시 장내가 소란스러웠다. 하지만 누군가의 한마디로 이 소동은 금세 사그라들었다.

"청성파다!"

장내가 술렁이며 뭇 군웅들의 시선이 한곳으로 쏠렸다. 이 많은 인원들이 앞마당에 자리를 잡을 때까지 아무런 동요도 보이질 않던 목책의 문이 드디어 열리며 일단의 무리가 모습을 드러냈다. 길게 늘어뜨린 백염과 말끔한 청색 도복이 인상적인 선골도풍의 노인이 선두에 서고, 같은 복장의 도인들이 그 뒤를 따랐다. 다들 걸음걸이에 단단히 힘이 들어간 것이 각오가 보통이 아닌 듯 보인다.

어림잡아도 백 명은 웃도는 듯한 청성파의 도사들이 사대문파의 맞은편에 마주 섰다.

선두의 노신선, 즉 광무자의 곁에 서 있던 한 노년의 도인이 다시 한 걸음 앞으로 나서며 입을 열었다. 그리 크진 않았지만 내공이 실린 음성은 황모평에 모여든 이들에게 똑똑히 전달되었다.

"운송자입니다. 여러분들이 오기를 기다리고 있었습니다."

의외로 담담한 음색이다. 하지만 종남의 태을 진인은 청성 장문인의 이런 의연한 모습이 오히려 신경에 거슬렸는지 곧장 날카롭게 쏘아붙였다. 어쩌면 이런 상황에서도 전혀 위축되지 않는 상대에 대한 시기심에서 발로한 것인지도 모르겠다.

"흥! 무슨 꿍꿍이속인지는 모르겠으나 어물쩍 넘어가려는 생각은 버리는 것이 좋을 게요!"

"여기 명망 높으신 장문인들과 수많은 강호동도들이 모여 있는데 어찌 제가 그런 생각을 하겠습니까."

"우우! 집어치워라!"

개개인으로서는 황모평을 찾아오지도 못했던 이들이 사대문파라는 믿음직한 방어막을 앞에 두자 거칠 것이 없다. 더불어 군중 심리 역시 크게 한몫을 하고 있었다.

그러나 좌우로 늘어선 군웅들로부터의 야유성에도 불구하고 운송자의 신색은 여전히 변함이 없었다.

"아미타불. 저희를 기다리고 계셨다면 이곳에 온 목적도 물론 알고 계시겠구려."

성급히 나서는 종남파의 태을 진인을 제지하고 소림사 장문 방장인 공공 대사가 이야기를 꺼냈다.

"물론 알고 있습니다. 지금 강호에 떠도는 괴소문의 진실을 확인코자 이렇게 먼 길을 달려오신 것이 아닙니까?"

"그렇소이다. 우리는 얼마 전 안성의 천하무관에서 일어난 참사와 그곳에서 확인된 몇 가지 사실에 대한 귀 파의 해명을 듣고자 하오. 많은 정도의 명숙들과 강호동도들이 귀 파의 한마디 한마디를 예의 주시하고 있다는 사실을 명심하고, 추호도 거짓이 있어서는 안 될 것이오."

이제 마악 대화를 시작했을 뿐이지만 공공 대사의 한마디 한마디 속에는 뾰족한 가시가 숨어 있었고 운송자는 그것들을 무사히 넘기기 위해 안간힘을 쓰는 중이었다.

운송자의 표정이 무겁게 변했다.

"천하무관에서 일어난 참사는 참으로 비극적인 일이 아닐 수 없습니다. 더구나 그 사건의 흉수로 밝혀진 이들이 우리 청성파의 제자이던 운평과 장명이라는 사실에 더 더욱 저의 마음이 무겁습니다. 두 사람에 의해 희생된 백여 명의 무고한 이들에 대해서는 이 자리를 빌어 다시 한 번 깊은 애도를 표하는 바입니다."

다시 군웅들의 야유가 빗발쳤다. 그러나 이를 묵묵히 견디며 잠시 고개를 숙여 보인 운송자가 계속 말을 이었다.

"이 사건 자체도 중대한 사안이긴 하지만 여러 장문인들께서 제자들을 이끌고 손수 이 먼 길을 오신 이유는 운평과 장명, 이 두 사람의 죽음이 실로 예사롭지 않았기 때문일 것입니다. 화산파의 속가제자 한 분이 이 둘을 추살하는 과정에서 밝혀졌다지요. 주사빛의 피부, 부풀어 오른 핏줄, 붉은 눈동자, 흡혈. 분명 과거 제남대혈사에서 잔혹삼마가 보여준 모습과 같습니다. 마교비전 혈천광마공의 주화입마 시 증상들이지요. 청성파의 제자 두 명이 마교의 마공을 익혔다. 그러니 청성파의 제자들이 모두 마공을 익히고 있을지도 모른다. 청성파는 마교의 주구가 되었는지도 모른다. 모두 충분히 가능성이 있는 이야기들입니다. 저희가 지켜보는 입장이더라도 역시 같은 추측들을 했을 것입니다."

"아미타불. 운송자께서는 지금 추측이라고 하셨습니까? 그렇다면 청성파는 마교나 그들의 마공과 전혀 관계가 없다는 말씀이십니까?"

"그렇습니다."

"우우! 가증스런 마교의 주구!"

"웃기지 마라! 청성파는 이미 마인들의 소굴이다!"

운송자의 단호한 대답에 군중들이 흥분해서 소리쳤다. 이제는 일말의 두려움마저도 사라진 듯 그들은 청성파를 아예 마교의 주구로 몰아가고 있었다.

"갈(喝)! 닥쳐라! 머릿수에 의지하지 않고는 제 목소리도 내지 못하는 소인배들이 감히 청성의 이름을 함부로 입에 올리다니! 만약 너희들 중 누구라도 우리 청성파가 마교와 연관되어 있다는 소문을 직접 증명해 낼 수 있다면 내 기꺼이 목을 내놓을 것이다!"

엄청난 내공과 기세가 담긴 사자후(獅子吼)에 바닥이 들썩거리는 듯했다. 당금 강호에 이런 웅혼한 내공과 기개를 보일 수 있는 사람은 손가락으로 꼽을 정도. 그리고 청성에서는 이 사람이 있었다.

"광무자……."

무당 장문인 무우 도장이 압도적인 기세에 놀라 저도 모르게 그 이름을 입에 담았다. 다른 장문인들에 비해 경험이 적은 그는 절대사천 중 일 인의 진면목을 처음 접해본 것이다. 하늘 높은 줄 모르고 날뛰던 군웅들도 어느새 모두 입을 꼭 다물고 있었다. 갑작스런 적막이 황모평을 뒤덮었다.

운송자는 묵묵히 견디던 야료(惹鬧)를 광무자는 도저히 그냥 넘길 수가 없었던 모양이다. 갑작스런 광무자의 개입에 운송자가 불안한 시선을 던졌다. 이 일이 자신들에게 득이 될지 실이 될지 알 수 없었기 때문이다.

"오랜만일세."

분위기에 압도당하고 있던 무우 장문인이 가까이에서 들려오는 목소리에 퍼뜩 정신을 차렸다. 그의 곁에서 누군가 걸어나가는 모습이 보인다.

무우 도장의 안색이 밝아졌다.

청성에 광무자가 있다면 무당에는 무극검이 있었다. 광무자 역시 운송자를 지나쳐 몇 걸음 앞으로 나섰다.

"그렇군. 정말 오랜만일세. 하지만 자네를 그다지 반길 만한 자리는 아니로군. 사실 이십 년 가까이 자네의 행방이 묘연하길래 내심 이 자리에도 나타나지 않기를 은근히 기대했었다네."

광무자의 솔직한 심정이었다.

"아이들이 나를 찾아와 자네를 상대해 달라고 간청하더군. 결국은 자네가 나를 불러들인 셈이니 원망하지 말게나."

"후훗. 그런 것인가? 그건 그렇고, 할 말이 있으면 어서 하게나. 제자들이 날 쳐다보는 시선이 영 불안한 것 같으니……"

지금까지는 두 사람이 평범한 육성(肉聲)으로 나눈 사적인 대화였다. 이번에는 모든 사람들이 들을 수 있도록 옥설 도장이 목에 힘을 주어 말했다.

"묻겠네. 청성파가 마교와 전혀 줄이 닿아 있지 않다면 운평자와 장명자의 일은 대체 어떻게 설명할 것인가? 그리고 방금 청성파가 마교와 연관되어 있다는 것을 증명해 보라 했었나? 그렇다면 나는 거꾸로 청성파가 마교와 무관하다는 것은 자네들이 어떻게 증명할 수 있을지가 궁금하군."

소림의 공공 대사를 비롯한 정파명숙들이 절로 고개를 끄덕인다. 그만큼 적절하고 날카로운 질문이었다. 이 질문에 대한 답변의 여하에 따라 청성파의 존망이 갈릴지도 모를 일이었다.

동시에 운송자는 눈빛에 서린 불안감 역시 한층 도를 더해갔다.

"솔직히 본 문의 운평과 장명이 어떻게 마교의 혈천광마공을 익히게 되었으며, 어떤 이유로 돌연 사라져서 천하무관의 혈겁을 자행했는지에 대해서는 나 역시 자세한 연유를 모르겠네. 단지 지금으로서는 그들이 마교의 간세였으리라 추측할 따름이지. 그리고 추측대로 그들이 마교의 간세가 맞다면 그들의 의도는 적중한 듯싶네. 이렇게 본 문이 곤궁에 처하게 되었으니… 그렇다고 천하무관의 참사에 대한 책임을 완전 부인하는 것은 아닐세. 만약 그들이 마교의 세작(細作)이었다 하

더라도 그것을 눈치 채지 못하고 청성이라는 이름 아래 방치한 우리의
잘못은 가볍지 않은 것이니까. 이 사태가 마무리된다면 어떤 형태로든
지 그 죄과를 받도록 하겠네."

조금 전의 기억 때문인지 이번에는 누구도 함부로 야유를 보내지 못
했다.

"추측이라… 그렇다면 자네는 혹시 청성파가 마교와 무관하다는 것
역시 이 같은 추측만을 앞세워 주장할 셈인가?"

"아니지. 솔직히 그걸 증명하기란 그리 어렵지 않네. 여기 이렇게
많은 살아 있는 증거들이 있으니 말이야. 우리 청성파의 전 제자들이
바로 그것을 증명하는 증거들일세."

"아니, 그게 무슨 말도 안 되는!"

종남의 태을 진인이 다시 발끈하고 나서자 광무자가 정면으로 그를
응시하며 말했다.

"알다시피 마교는 최말단의 마졸(魔卒)이라도 의무적으로 한 가지
이상의 마공을 익히도록 하고 있네. 즉, 우리 청성파가 마교의 주구가
되었다면 강호에 퍼진 소문대로 제자들은 모두 마공을 익히고 있어야
한다는 말이지. 그리고 마공의 흔적을 찾아내는 데는 불문의 신공만큼
정확한 것이 없어. 그렇지 않은가?"

"그, 그렇습니다."

태을 진인은 광무자의 강렬한 안광을 감히 정면으로 받아내지 못하
고 시선을 아래로 향했다. 고수들 간의 겨룸에서 시선을 회피함은 곧
스스로 패배를 자인함을 의미했다. 장문인의 실태(失態)에 종남파의 노
고수들이 슬쩍 얼굴을 붉혔다.

광무자가 뒤이어 소림의 인원들을 잠시 훑어보았다.

"보아하니 소림사에서는 달마원의 고승들을 몽땅 끌고 온 모양이로 군. 천하의 마도인 가운데 소림 달마원 노승들의 눈을 속일 수 있는 이 는 몇 되지 않으리라 생각되는데… 그렇지 않은가, 공공(空空)?"

"그렇소이다, 광무자 선배. 몇 되지 않는 것이 아니라 그런 경우는 전무(全無)하다고 말할 수 있습니다."

소림의 공공 대사가 확신에 찬 음성으로 대답했다. 사실이었다. 불 문의 공부는 마기(魔氣)와는 극성이어서 아무리 작은 흔적이라도 그 눈 을 피해가기 힘들었다. 더구나 그것이 소림사에서도 최고의 권위를 자 랑하는 달마원의 고승들에 의한 것이라면 두말할 나위도 없었다.

"나를 포함하여 청성의 모든 제자들은 소림사 승려들에게 몸을 맡길 각오가 되어 있네. 그리고 만약 그중 한 명에게라도 마공을 익힌 흔적 을 발견한다면 또한 나는 기꺼이 목숨을 내놓을 자신이 있네. 어떤가, 이 정도라면 우리의 결백함을 증명할 수 있지 않겠는가?"

대치의 양상이 애초의 예상과는 전혀 다른 방향으로 흘러가자 사대 문파의 제자들이나 주시하고 있던 천 명 이상의 군웅들은 모두 어안이 벙벙하면서도 크게 놀란 기색이다.

몸을 맡긴다 함은 말 그대로 잠시 동안 상대에게 자신의 생사여탈권 을 넘겨준다는 의미였다. 이것은 강호인이라면 절대 금기시하는 행위 중 하나였다.

한편 광무자의 이 제안은 각파의 장문인들과 옥설 도장의 논의 끝에 결국 받아들여졌다. 사실 논의라고 할 것도 없었다. 비록 종남파의 태 을 진인이 계속 강경한 입장을 밝히긴 했지만 무당을 대표하는 옥설 도장과 소림의 찬성으로 결정은 난 것이나 다름이 없었기 때문이다. 애초에 옥설 도장은 강호상에 퍼진 청성에 대한 소문들을 신뢰하지 않았고, 공공 대사는 소림사가 부각될 것임이 분명한 결정에 굳이 반대할 이유가 없었다.

"해검(解劍)!"

광무자의 명에 따라 청성의 전 제자들이 자신의 분신과도 같은 검을 풀었다. 청성의 입장에서 본다면 굉장히 굴욕적인 결정이겠으나 문파가 존폐의 위기에 처하는 것보다는 잠깐의 굴욕이 더 나았다.

"쯧쯧쯧. 정말 못봐주겠군. 정파의 머저리들은 도무지 이해할 수가 없단 말야. 사대문파가 우르르 몰려와서 한다는 짓이 고작 상대가 마공을 익혔는지를 확인하는 것이라니… 그렇게 이것저것 따지지 말고 마음 내키는 대로 좀 단순하게 움직이면 안 되는 것인가? 그렇지 않아, 포광?"

"…예, 주군."

빼곡히 늘어선 군웅들로부터 조금 떨어진 곳. 두 명의 장한이 문사 차림을 한 중년인의 좌우를 지키고 서 있다. 그중 무척이나 핼쑥해 보이는 얼굴의 장한이 중년인의 물음에 답했다. 꼬박 이틀 동안 폭주마차에 시달린 포광이었다.

질문을 던졌던 중년인은 다름 아닌 천안. 포광과 달리 그는 멀쩡한 모습이다.

"주군, 이러다 자칫하면… 지금이라도 계획을 실행할까요?"

"아니야. 지금은 모든 게 최악이다. 일단 기다려 보도록 하지. 쳇! 고작 이런 모습이나 구경하려고 이틀 밤낮을 달려온 것이 아닌데."

호북성 명안(明眼)의 물음에 그가 영 못마땅한 기색으로 답했다. 너무도 예상을 빗나가는 상황에 은근히 부아가 치밀어 오르는 것이다. 그러나 한편으로는 그래서 더욱 와보길 잘했다는 생각이 드는 것도 사실이었다.

반 시진가량의 시간이 흐르자 달마원의 승려들은 청성의 문인들에 대한 확인 작업을 모두 마칠 수가 있었다. 결과를 발표하기 위해 앞으로 나서는 공공 대사에게 황모평을 가득 메운 이들의 시선이 집중되었다.

"본 소림사의 달마원 승려들이 확인한 결과, 청성파의 문인들 중 마공을 익힌 흔적이 있는 이는… 발견되지 않았습니다."

"뭐야? 그럼 이제 어떻게 되는 거야!"

"정말 마교와는 무관한 건가?"

장내가 크게 술렁거렸다. 동요하기는 사대문파의 사람들도 마찬가지였다. 누군가를 도둑으로 지목한 가게 주인이 그의 옷을 몽땅 벗기고도 사라진 물건을 발견하지 못한 꼴이라고나 할까? 가게 주인, 즉 사대문파로서는 참으로 난처한 상황이 아닐 수 없다. 그들은 준비해 온 칼은 한번 뽑아보지도 못하고 다시 되돌아가야 할 우스꽝스러운 형국인 것이다.

"소림사의 공정한 심사에 감사드리오. 이로써 청성파에 대한 여러분의 오해도 풀렸으리라 믿습니다."

한편 공공 대사에게 심심한 사의를 표하는 운송자는 크게 안도하는 표정이다. 광무자 역시 내색하지는 않지만 속으로는 크게 한시름 덜었음이 분명했다.

오늘따라 유독 본전도 못 건지고 체면만 구긴 종남파의 태을 진인이 영 못마땅한 표정으로 옷자락을 한 번 세차게 털었다.

정말 맥빠지는 상황이 아닐 수 없다.

"흥! 되돌아간다. 대오를 정렬해라!"

모여든 군웅들 중 일부도 이 허무한 결말에 고개를 절레절레 내저으며 터벅터벅 걸음을 되돌리고 있었다.

"허허헛. 우리 역시 되돌아가야 하는 것인가? 오랜만에 직접 나섰건만 이런 결과라니……."

중년의 문사, 즉 천안이 허탈한 웃음을 지었다. 그가 계획한 일이 이토록 완벽하게 어긋나기도 처음이었다. 곁에 서 있는 포광은 돌아가는 길에도 역시 그 지긋지긋한 마차를 타야 한다는 생각 때문인지 표정이 영 좋지 못했다.

"주군, 그럼 투입된 인원들은 즉시 철수시키도록 하겠습니다."

"그렇게 하도록……."

막 결정을 내리던 천안이 문득 대답을 멈췄다. 광무자가 누군가에게 다가서는 모습이 보였기 때문이다.

"이보게, 옥설. 자네들은 어찌할 셈인가?"

"후훗. 별수있나, 무당으로 돌아가야지. 어차피 강호의 소문 따위는 믿지 않았네. 괜한 헛걸음만 한 셈이로군."

"헛걸음이라… 그럼 무언가를 하고 돌아가면 될 게 아닌가."

"그게 무슨……."

"이런이런. 못 알아듣는군. 우리가 다음 목적지로 삼은 곳이 무당이라는 것은 이미 알고 있겠지? 그런데 이번 일로 우리가 발이 묶여 있던 차에 이렇듯 무당에서 우리를 찾아왔으니 서로 시간 절약을 하자는 말이지. 보아하니 무당 역시 단단히 준비를 하고 온 것 같은데, 문제될 건 없지 않겠나? 어떤가, 이곳에서 결판을 보는 것이."

틀린 말은 아니었다. 더구나 이곳에 와 있는 무당파의 문인들은 정예 중의 정예. 혹여 무당산에서 청성과 겨루게 될지라도 비무에 참가

할 인원은 역시 이들 중에서 선택될 것임이 분명했다.

과거 정사대전 당시의 동료이자 호적수이던 광무자의 제안에 옥설 도장은 모처럼 투지가 솟아남을 느꼈다. 그러나 자신의 독단으로 결정할 수는 없는 일이 아니던가.

그의 시선이 자연스레 무당 문인들에게로 향했다. 그리고 옥설 도장은 그곳에서 자신과 같은 생각을 가진 많은 눈빛들을 발견할 수 있었다. 이심전심(以心傳心). 칼을 뽑았으면 썩은 무라도 자르라고 했던가? 다른 제자들 역시 이대로 돌아가기는 영 석연치 않았던 모양이다.

옥설 도장이 모처럼 호기를 뿜내며 말했다.

"좋네, 그렇게 하지."

청성과 무당의 비무 소식은 서서히 흩어지려 하던 삼대문파와 군웅들의 발걸음을 당장에 원위치로 되돌려 놓았다. 문파 간의 대결은 외부에 보이길 꺼려하는 강호의 특성상 이런 구경은 평생에 한 번 찾아오기도 힘들었다. 더구나 그것이 구대문파 중 으뜸이라는 무당파와 강호의 새로운 태양임을 자처하는 청성파의 대결임에야 두말할 나위도 없었다.

"투입된 조직원들은 별도의 지시가 있기 전까지 현 위치를 유지하도록 하게."

천안이 그의 명령을 기다리던 호북성 명안에게 지시했다. 그의 허탈해하던 눈빛이 다시 생생히 살아나고 있었다. 이로써 황모평은 또 다른 국면을 맞이하고 있었다.

第九章

청성과 무당, 격돌

　난주에서 시작되는 하서주랑(河西走廊)은 서역으로 통하는 유일한 통로로 북으로는 끝도 없는 사막을, 남으로는 하늘에 닿은 듯한 기련산맥을 마주한 채 섬서성을 반으로 가르며 돈황까지 길게 이어진다.

　사막의 흉포한 도적들과 한서(寒暑)가 교차하는 혹독한 기후에도 불구하고 뭇 장사치들이 이 하서주랑을 넘나드는 이유는 그 위험만큼이나 커다란 이윤이 보장되기 때문이었다.

　무위(武威)와 장액(張掖)을 거쳐 그들은 하서주랑의 중간 지점이자 안전한 여행의 마지막 자락인 가욕관에 이르러서 다시 한 번 단단히 준비를 마친다. 만리장성의 서쪽 끝인 가욕관을 넘어서부터 그들의 안전은 전적으로 그들 자신에게 달려 있기 때문에 목적지가 맞는 이들끼리는 힘을 합쳐 규모를 더욱 늘리는 일도 꽤나 빈번히 벌어진다. 그리고 이런 상인들 덕분에 척박하기 이를 데 없는 가욕관은 그나마 사람살 만한 곳이 되고 있었다.

　삼 장 높이의 두터운 성곽과 다시 그 위로 솟은 삼층 높이의 망루가 압도적인 위용을 뿜냈다. 망루의 아래로 난 성문의 좌우로는 날래 보이는 관병 둘이 좌우로 서서 출입하는 이들의 신원을 검사하고 있었다.
　푸르룩.
　일행의 선두에 선 이가 고삐를 당기자 덩치 좋은 흑마가 한차례 투레질을 하며 걸음을 멈춘다. 뒤따르던 이십여 명의 인원들 역시 함께 말을 세웠다. 큼직한 짐수레가 뒤따르는 것을 보면 서역으로 향하는 소규모의 상단인 듯싶었다.
　"하하핫, 수고가 많으십니다."
　둥글한 얼굴에 사람 좋아 보이는 인상의 중년인이 친근한 웃음을 지으며 수위병(守衛兵)에게 호패를 건넸다.
　"어디 소속의 상단이지?"
　"그저 서역행(西域行)으로 크게 한 탕 해보려는 사람들이라 거창한 이름 같은 것은 가지고 있질 않습니다, 나으리."
　살가운 중년인의 태도와 나으리라는 호칭에 수위병은 기분이 좋았는지 슬그머니 입가에 미소를 지었다. 서역으로의 상행(商行)은 위험한 만큼 그 이윤도 크기 때문에 이렇듯 한 탕을 노리고 모여드는 이들도 종종 있었다. 무사히 상행을 마치고 돌아올 수만 있다면야 말 그대로 인생역전이 아니던가.
　하지만 이렇게 위험을 감수하려는 이들은 대체로 무언가 뒤가 구린 구석이 있기 마련이었다. 그리고 이미 가욕관에서 삼 년째를 복무 중인 이 수위병은 이런 이들일수록 무언가 짭짤한 부수입을 기대할 수 있다는 사실 역시 잘 알고 있었다.

호패 검사를 마치고도 자신들에게 여전히 미심쩍은 시선을 던지는 상대에게 무언가 느낀 바가 있는지 상단의 중년인이 슬그머니 다가섰다.

"이런 곳에서 근무하려면 정말 고생이 많으시겠습니다. 이건 저희들의 작은 성의라 생각하시고……."

소매에 가려진 손으로 은근슬쩍 은자 반 냥을 건넨다. 그의 예상이 정확했는지 힐끔 액수를 확인한 수위병이 호탕하게 웃으며 반대 편의 동료에게 신호를 보냈다. 이들을 통과시키라는 의미이자 오늘도 한 건 올렸다는 의미심장한 신호였다.

"허허허헛. 고생이랄 게 뭐 있겠습니까. 당신들도 서역으로의 상행을 무사히 마치길 빌겠소. 통과!"

이렇게 해서 무사히 가욕관의 성내로 들어선 일행은 지체없이 인적이 드문 외곽의 한 장원으로 향했다. 장원에서는 어떻게 알았는지 미리 문을 활짝 열어놓고 있었는데 그들이 모두 안으로 들어서자 다시 굳게 닫혔다. 장원 안에서는 서른 남짓 되어 보이는 날카로운 인상의 사내가 미리 나와 그들을 기다리고 있었다.

달칵.

줄곧 일행을 뒤따르던 허름한 마차의 문이 열리며 두 명의 노인과 한 명의 중년인이 연이어 내렸다. 날카로운 인상의 사내는 그중 추면의 노인에게 가장 먼저 달려갔다.

"아버님, 기다리고 있었습니다."

"그래, 오랜만이로구나. 그동안 혼자 이곳에 머무르며 고생이 많았다."

"별말씀을 다 하십니다. 아, 숙부님께서도 오셨군요."

그의 인사를 받은 또 다른 노인은 그저 고개를 슬쩍 까닥하는 것으로 답례를 마쳤다. 그 모습에 추면노인의 미간이 꿈틀했으나 더 이상의 반응은 없었다. 상대를 무시하는 것이 아니라 원래 성격이 그렇다는 것을 알고 있었기 때문이다.

이문추는 자식이 없던 추면노인이 말년에 들인 양자로 그 애정이 친자식만큼이나 각별했다.

"하하핫. 무영 형님도 정말 오래간만입니다."

"음."

그의 짧은 대답에 이문추는 쓴웃음을 지었다. 사제지간에 다른 건 몰라도 무뚝뚝함만큼은 판에 박은 듯 닮았다는 생각이 들었다.

"이럴 게 아니라 어서 안으로 들어가시지요."

천화상단의 부단주이자 후계자인 그가 앞장서서 그들을 장원 내부의 전각으로 안내했다. 세 사람, 즉 천화상단주 이천업과 묵혼도객, 그리고 무영이 그의 뒤를 따라 걸음을 옮겼다.

미리 준비된 음식들은 변방에서 준비한 것치고는 썩 훌륭한 것들이었다. 하지만 이천업은 그런 것은 눈에 들어오지도 않는지 앉자마자 일의 진척부터 물었다.

"물건은 모두 도착했느냐?"

"예, 아버님. 이틀 전에 모두 당도했습니다."

"거래일은 언제로 정했느냐."

"사흘 후에 만나기로 약조를 했습니다."

"사흘 후라… 이럴 게 아니라 일단은 직접 물건을 확인해 봐야겠다. 어서 안내하거라."

원래 큰 상인일수록 일을 서두르지 않는 법이다. 하지만 워낙에 비밀스럽고 중대한 거래이다 보니 천하의 이천업마저도 은근히 조바심이 나는가 보다.

이런 심정을 상당 부분 이해하는 이문추는 결국 순순히 양부의 명에 따랐다. 묵혼도객과 무영이 묵묵히 그들의 뒤를 따랐다.

청성파는 그다지 고민할 것이 없다. 비무에 나설 다섯 가운데 넷은 운 자 항렬 중에서도 단연 돋보이는 청성오주(靑城五柱) 가운데에서 뽑으면 될 일이다. 나머지 한 자리는 당연히 광무자의 몫이었다.

이에 비해 무당파는 쉽사리 결정을 내리지 못하고 있었다. 전(前) 진무각주를 지낸 진척 도장은 성격과 별개로 실력 면에서 단연 빼어났다. 진 자 항렬의 맏이인 진성 도장은 성격과 실력 모두 인정받는 경우였다. 큰 문제는 이 두 사람을 제외하고는 대부분 실력이 우열을 가리기 어렵다는 점이었다. 옥설 도장을 포함한다면 무당을 대표할 다섯 사람 중 남는 것은 두 자리. 논란은 옥설 도장이 이 두 자리에 진류 도장과 소진을 추천한 것에서 비롯되었다.

"그게 무슨 말씀이십니까, 옥설 사숙! 진류 사형은 그렇다손 치더라도 저 아이를 비무에 내보내시겠다는 겁니까?"

내심 자신의 이름이 거론되기를 기대하고 있던 진수 도장이 크게 반발했다. 그의 사형인 진류 도장은 사형제들 중에서도 무공이 상대적으로 처지는 것으로 평가되고 있었고, 소진이라는 아이는 이 자리에서 이름이 거론되는 것조차 그로서는 납득할 수가 없었다.

양의검의 달인으로 알려진 진명 도장도 그를 거들었다. 비록 나서지는 않고 있지만 다른 사형제들의 생각 역시 이들과 크게 다르지는 않을 것이다. 언제나 소진의 편이 되어주던 무우 장문인과 그의 사형들 역시 이번만큼은 굳게 입을 다물었다.

"옥설 사숙, 무당의 미래가 걸린 중대한 비무입니다. 인연보다는 실력을 보고 판단을 하시는 게 옳지 않겠는지요?"

"거참 옳은 소리다. 그래서 내가 실력만을 가지고 두 사람을 추천하는데 무슨 말들이 이리도 많은가. 너희가 내 말에는 정 믿음이 가질 않는다면 진척에게 한번 물어보자꾸나. 저 녀석이 성격은 좀 그래도 무공 면에서는 성취가 있으니 말이다."

진척 도장의 표정이 확 구겨졌다. 하지만 옥설 도장은 전혀 개의치 않고 그에게 물었다.

"이 두 사람에 대해 어떻게 생각하느냐?"

옥설 도장의 표현이 상당히 거슬리기는 했지만 상황이 상황인만큼 진척 도장이 꾹 참고 입을 열었다.

"실은 얼마 전 진류의 기도가 예전과는 사뭇 달라 일부러 손속을 겨뤄본 적이 있습니다. 진류의 태극혜검은 깊은 검의를 담고 있어서 제가 받아내기 버거울 정도더군요."

"헉! 진류 사형이 설마……."

"그게 정말입니까, 진척 사형?"

진류 도장과 진척 도장은 나란히 입문한 동기 사이였다. 그리고 입문한 이래로 지금까지 오십여 년의 세월 동안 진류 도장은 단 한 번도 진척 도장을 이겨본 적이 없다고 알려져 있었다. 다른 사형제들이 진척 도장의 고백에 놀라는 것도 무리가 아니었다.

"그리고 저 아이는……."

진척 도장이 턱짓으로 소진을 가리켰다. 갑자기 자신의 이름이 거론되자 당황해하면서도 진척 도장의 행동에 소진은 절로 '사결(四缺)'이라는 별명을 떠올렸다.

"무당을 출발하기 이틀 전 늦은 밤에 세심원에서 누군가의 검무(劍舞)를 본 적이 있습니다. 태극혜검이더군요. 진류의 그것에 비해 그다지 손색이 없는 수준의 것이었습니다."

그 '누군가'가 소진을 지칭하는 것임은 이 자리에 있는 누구나가 알 수 있었다. 그럼에도 섣불리 판단을 내리지 못하고 있는 이유는 소진의 성취가 쉽사리 받아들여지지 않기 때문이었다.

소진을 바라보는 그들의 시선에는 여전히 불신의 빛이 역력했다.

"쯧쯧쯧. 귀로 듣고 믿지 못하겠으면 눈으로 확인하면 될 일이 아니겠는가. 청성과의 비무는 나와 진척, 진성, 진류, 그리고 소진 이렇게 다섯 명이 참가하기로 결정하겠다."

옥설 도장은 더 이상 입씨름하기도 귀찮은지 이 네 사람으로 결정을 내리곤 홱 고개를 돌려 버렸다.

걱정스런 눈빛이 하나둘이 아니었으나 누구도 쉽사리 입을 열지는 못했다.

"광무자다!"

"광무자가 첫 번째 비무자로 나섰다!"

무당과 청성의 겨룸은 시작부터 예사롭지가 않았다.

보통 다수간의 비무는 공정을 기하기 위해 양쪽에서 번갈아가며 비무자를 먼저 내세우는 형식으로 진행되었다. 때문에 최고의 실력자는 가장 마지막에 나오는 것이 일반적이다. 그런데 청성에서는 느닷없이 광무자가 처음부터 모습을 드러낸 것이었다. 옥설 도장이 쓴웃음을 지었다.

"한 방 먹었군."

사실 광무자의 상대로 이쪽의 약자를 내보낼 수도 있었다. 그렇게 하면 다음번에 옥설 도장이 확실한 일 승을 거둘 수 있으므로 남은 세 번의 비무에 의해 승패가 갈린다. 여러모로 무당 쪽에 유리한 진행이었다.

하지만 그들은 다름 아닌 무당파이다. 무당의 명예를 생각한다면 광무자의 상대로 옥설 도장이 나서야만 했다. 이긴다면야 그보다 더 좋은 일이 없겠으나, 만약 질 경우 무당은 남은 네 번의 비무 가운데 세 번을 이겨야만 한다. 더구나 자파 최고 고수의 패배는 투지나 사기를 크게 떨어뜨릴 수도 있는 요인이었다. 이것은 가능한 최악의 상황이었다.

'아마 나를 이길 자신이 있다는 거겠지.'

이성적으로 판단한다면 광무자의 상대로 다른 사람을 내보내야만 했다. 한참을 고민한 끝에 옥설 도장이 결단을 내렸다.

옥설 도장이 무거운 걸음을 옮긴다. 군중들은 광무자의 상대로 나서는 그를 보며 환호했다. 그는 명예를 선택했다.

"대단하군. 함정인 줄 알면서도 나오게 만들다니……."

"함정이라 여기다니 섭섭하군. 자네와 일찍 맞붙고 싶었을 뿐이네. 그나저나 몸을 보니 수련을 게을리 했던 모양일세."

광무자의 시선이 옥설 도장의 통통한 체형을 훑고 지나갔다.

"부인하지는 않겠네."

차앙!

옥설 도장의 검이 갑갑한 검집을 벗어나며 시원한 검명을 토해낸다.

뒤이어 광무자 역시 손에 검을 빼 들었다. 이 장의 거리를 두고 두 사람이 대치하기 시작했다.

허보(虛步)로 검봉을 정면으로 겨누고 있는 옥설 도장의 모습은 한 줄기의 버드나무 가지처럼 유연하기 이를 데 없고, 두 다리를 굳건히 한 채 중단세를 유지하는 광무자는 천년고목마냥 흔들림이 없었다.

'한때 자네의 그 유현(幽玄)한 기도를 동경한 적이 있었지. 하지만 이젠 아냐.'

팽팽한 대치를 먼저 깨뜨린 이는 광무자였다. 굳건한 천년고목은 어느새 표홀한 바람이 되어 옥설 도장에게 짓쳐들었다. 그 날카로운 기세에 옥설 도장이 감히 소홀히 하지 못하고 역시 매서운 검기를 일으켰다.

채채챙!

순식간에 스무 합을 겨룬 두 사람이 잠시 떨어졌다가 다시 뒤엉켰다. 부운약영(浮雲躍影)의 경공으로 나는 듯이 돌진하던 광무자의 신형이 일순간에 열두 개로 늘어나며 일제히 붉은 검기를 휘둘렀다.

쉬쉭! 쉐엑!

섬뜩한 파공음과 함께 십수 개의 붉은 검기가 날아드는 순간 푸른 검기가 넘실대는 옥설 도장의 검이 전후좌우상(前後左右上)의 다섯 방위에서 커다란 원을 그렸다.

파팟! 파파팡!

일부는 튕겨지고 일부는 강하게 충돌하는 속에서 옥설 도장이 검기의 그물을 빠져나왔다. 하지만 공교롭게도 그 위치가 광무자의 정면이다. 광무자가 웅혼한 내공을 끌어올리며 청운적하검(靑雲赤霞劍)의 절초라 할 수 있는 적하단금(赤霞斷金)을 펼쳤다. 수면 아래로 사라지기 직전의 노을빛처럼 붉디붉은 검기가 상대를 꿰뚫을 듯한 기세로 이 장 가까이 뻗어 나갔다.

피하기엔 여유가 없었는지 옥설 도장이 신형을 빠르게 뒤로 날리며 검에 내공을 집중했다. 기다랗게 솟아오르던 청색 검기가 어느 순간 사라졌다. 동시에 광무자의 붉은 검기가 그에게 도달했다.

쿠우우! 파팟!

귀를 멍멍하게 하는 굉음이 터져 나오고 뒷걸음질치는 발 아래 피어 났던 흙먼지가 걷히며 장내의 상황이 일목요연하게 드러났다. 광무자의 검기에 여지없이 관통당하는 듯하던 옥설 도장은 의외로 멀쩡한 모습으로 서 있었다.

"검… 검강이다!"

누군가 소리쳤다. 옥설 도장의 검이 마치 청색의 반투명한 검집이라 도 씌워놓은 듯 영롱하게 빛나고 있었다. 그 모습에 광무자가 주저 않고 가일층 내공을 끌어올렸다. 그러자 그의 검이 한차례 부르르 떨리더니 한 치 두께의 선홍빛 검강이 그 주위를 감쌌다. 이제부터가 진짜 승부인 셈이다.

누가 먼저라 할 것도 없이 두 검객은 다시 검을 맞댔다. 숨 쉴 틈도 없이 치열하게 계속되는 그들의 공방은 그렇게 반 시진 동안 삼천여 초가 오가면서도 전혀 끝날 기미를 보이지 않았다. 그러나 성난 용과 호랑이의 쟁투처럼 격렬한 두 사람의 비무는 운집한 군웅들의 눈에는 그저 간간이 번뜩이는 붉은 빛과 푸른 빛의 충돌 정도로 보일 뿐이었다. 단지 절정의 검객 소리를 듣는 사대문파의 일부 고수들만이 이 천외천(天外天)의 겨룸에 넋을 잃고 있을 따름이었다.

슈슈슉, 퍼펑!

땅을 뒤흔드는 굉음과 함께 얼굴이 맞닿을 만한 거리에서 검강을 교환한 두 사람이 동시에 뒤로 튕겨졌다. 대략 삼 장의 거리를 두고 마주 선 광무자와 옥설 도장이 서로의 기색을 살폈다.

'후우. 이제 서서히 차이가 드러나는 것인가? 이십 년이나 수련을 소홀히 한 대가가 크군.'

겉으로 내색은 하지 않지만 옥설 도장은 조금씩 힘에 부침을 느끼고 있었다. 그리고 그것은 광무자 역시 슬슬 눈치 채고 있을 터였다.

─마지막일세.

─얼마든지.

상대의 전음에 호기롭게 답하기는 했으나 옥설 도장은 긴장감에 등줄기가 싸늘하게 식었다. 광무자의 기세가 예사롭지 않기 때문이다.

"하앗!"

간결한 기합성과 함께 붉은 검강이 두 자 가까이 뻗어 나왔다가 다시 빠르게 사그라들었다. 대신에 광무자의 검봉에서 한 자 떨어진 곳에 어린아이 주먹만한 구슬이 하나 생겨났다.

검강의 기운이 한 점을 중심으로 모여든 것. 바로 검환(劍丸)이었다.

옥설 도장이 눈을 크게 치떴다. 그러나 채 그에 대한 감상을 말할 틈도 없이 광무자의 신형이 앞으로 폭사되며 사십구초식 청운적하검의 마지막, 적하만천(赤霞滿天)이 펼쳐졌다. 천지를 가득 메우는 붉은 검기. 그 가운데 광무자의 검환이 옥설 도장의 가슴을 향해 쏜살같이 달려들었다.

'헛! 위험하다.'

한 점으로 집중된 검강의 힘이니 그것이 얼마나 강맹하겠는가. 옥설 도장은 감히 정면으로 받아내지 못하고 검강의 기운을 최대한 북돋은

후 태극천원(太極天圓)의 수법으로 맞섰다.

파파파파팟!

옥설 도장이 빠르게 뒷걸음질치며 쉬지 않고 검을 놀렸다. 동시에 그의 검에서 만들어진 무수한 원형의 검기가 검환 주위에 부딪치고 튕겨 나오며 격렬한 소음을 만들어냈다.

그렇게 오 장을 물러서고 나서야 옥설 도장은 겨우겨우 검환의 기운을 해소시킬 수가 있었다.

울컥!

가까스로 위기를 넘긴 옥설 도장이 한 움큼의 핏물을 토해냈다. 안색도 백지장처럼 창백한 것을 보니 적지 않은 내상을 입을 듯싶다. 광무자 역시 검환을 펼치는 것은 부담이 됐는지 안색이 딱딱하게 굳어져 있었지만 옥설 도장과는 비할 바가 아니었다.

굽혔던 허리를 일으킨 옥설 도장이 물끄러미 손에 들린 검을 보다가 손목을 가볍게 퉁겼다. 그러자 검이 반 동강나며 검봉 부분이 바닥에 꽂혔다. 검강으로 보호한 백련정강(百煉精鋼)의 검도 광무자의 검환을 견뎌내지 못한 것이다. 옥설 도장이 광무자에게 다가가 힘없는 목소리로 말했다.

"내가 졌네."

청성은 환호하고 무당은 침묵했다. 무당뿐 아니라 사대문파 모두가 침묵하고 있었다. 각파에 검강지경의 고수조차 손가락에 꼽히는 형국에 검환이라니… 더구나 두 사람이 보여준 검강의 경지는 그들이 일반적으로 생각하던 그것과는 천양지차의 모습을 보여주고 있었다. 그나마 옥설 도장이 아니라면 누구 하나 광무자의 마지막 일식을 막아내지 못했을 것임이 분명했다.

단지 그들을 제외한 여타의 강호인들만이 광무자의 고절한 무공에 환호하고 있을 뿐이었다.

"너희에게 짐을 지워주고 말았구나. 이런 결과를 예측했건만 다른 선택은 할 수가 없었다."

무당의 진영으로 돌아온 옥설 도장이 제자들을 대할 면목이 없는 듯이 말만을 던지고 운기조식에 들어갔다. 하지만 누구도 그를 원망하는 기색은 아니었다. 그들이 보기에도 광무자는 정말 소름이 돋을 만큼 강했다.

이번에는 무당에서 비무자를 먼저 내보낼 차례이다. 진성 도장이 상의를 하려는데 그보다 앞서 진척 도장이 벌떡 일어섰다.

"제가 나가겠습니다, 사형."

어차피 자신과 진척 둘 중에 한 명이 나설 생각이었고, 워낙에 진지한 눈빛이어서 진성 도장도 순순히 고개를 끄덕여 주었다. 내상을 치료 중인 옥설 도장의 앞을 지나치며 진척 도장이 작게 중얼거렸다.

"빚은 갚아드리겠습니다."

그가 나서자 강호인들이 크게 환호했다. 우검좌장(右劍左掌) 열화도인(熱火道人)의 위명은 강호상에 모르는 이가 없을 만큼 쟁쟁했다. 청성파에서는 주저없이 청성오주의 첫째이자 사형제들 가운데에서도 최고수로 손꼽히는 운학자(雲鶴子)가 나섰다. 그들은 진척 도장을 옥설 도장 다음의 실력자로 인정하고 있었기 때문이다.

삼 장의 거리를 두고 마주 선 두 사람이 각자의 검결을 취한 채 시선을 교환했다. 청성파 비전의 칠십이파검(七十二波劍)에 정통한 운학자는 검을 반쯤 몸 뒤로 가린 채 잔뜩 당겨진 활시위처럼 궁보(弓步)로 몸을 기울인 모습이다.

한편 진척 도장의 자세는 조금 기묘했다. 오른손에 든 검을 정면으로 겨누면서, 동시에 왼손 역시 허리춤에서 당장이라도 출수할 듯한 형상이다. 이것이 그만의 독특한 기수식이자 우검좌장이라는 별호를 얻게 된 이유이기도 했다.

타고나지 않으면 익힐 수 없다는 양의신공을 연성한 덕택에 무당절기 중에서도 극강(極强)한 풍뢰검(風雷劍)과 극유(極柔)한 무당면장(武當綿掌)을 동시에 펼치는 그의 절기는 강호에서도 독보적인 것으로 정평이 나 있었다.

화급한 성격과 달리 승부에서는 신중한 진척 도장이 섣불리 움직일 기미를 보이지 않자 운학자가 먼저 기회를 살폈다.

쉬쉬쉬쉭!

표홀하기로 이름 높은 칠십이파검을 연환으로 다섯 초식이나 펼쳐내자 진척 도장의 전면이 온통 검의 잔영으로 가득 메워졌다. 그 화려한 검기에 매료되기라도 한 것인지 지척에 이를 때까지도 아무런 움직임을 취하지 않던 진척 도장이 돌연 오른손의 검을 세차게 휘둘렀다.

티티팅! 투퉁!

그의 우검(右劍)은 극강이다. 단지 빠르기만 할 뿐이지 별다른 무게가 실리지 않았던 운학자의 검기들이 단 일 수에 모조리 튕겨져 나갔다. 한편 빈틈을 노리고 쇄도하려던 운학자의 신형이 멈칫했다. 검과는 별개로 움직이는 듯 진척 도장의 좌장(左掌)이 정확히 그가 가려는 방향을 점하고 있었다. 성급하게 덤비려다 낭패를 본 그에게 진척 도장이 한마디를 던졌다.

"장난은 그만 하지."

진척 도장의 말투에는 자연스레 풍기는 특유의 거만함이 역력했다. 무당의 도사들이 모두 인정하는 그의 거만함에 수양이 깊은 운학자마저도 심기가 불편해졌다.

'저 자식, 정말… 재수없군.'

같은 실수를 두 번 되풀이하기는 싫은지 이제는 운학자 역시 한층 신중해진 모습이다. 잠시 동안 이어지던 대치를 인근의 백하(白河)에서 갑작스레 불어오는 강바람이 깨뜨렸다. 옷자락이 세차게 펄럭이기 시작하자 그것이 신호라도 되는 듯 두 사람이 일제히 정면으로 쇄도했다. 그리곤 뒤이어 거친 바람을 사정없이 반으로 가르는 단금절옥(斷金切玉)의 검기와 무수한 검영을 만들어내며 세찬 바람을 찢어발기던 또 다른 검기가 중간에서 맞닥뜨렸다.

퍼퍼펑! 파파파팍!

강력한 검기의 폭풍이 지면을 때리며 짙은 흙먼지가 피어올랐다. 그리고 그것이 마침 바람을 정면으로 받던 진척 도장의 시야를 가리자 운학자가 재빨리 그 안에 몸을 숨기고 연속해서 검을 휘둘렀다. 노을빛 검기가 뭉클뭉클 피어올라 검끝에서 뿜어져 나갔다.

슈욱! 피핏!

허공에 비산했던 작은 흙 알갱이들이 검기의 여파로 튕겨져 나간다. 그리고 그 작은 소리들이 운학자의 호기를 앗아갔다. 덕분에 검기의 방향을 파악한 진척 도장이 재빨리 신형을 놀렸다.

'치잇! 아깝군.'

이내 흙먼지가 걷히자 운학자의 아쉬움을 뒤로한 채 두 사람은 다시 본격적으로 얽혀들었다. 공격 일변도인 풍뢰검의 허술한 면을 운학자의 칠십이파검이 귀신같이 파고들면 진척 도장의 좌장이 다시금 그를 물러서게 만들었고, 뇌전처럼 강력한 검기와 그 뒤에 숨겨진 음유한 장력을 운학자는 빠른 신법과 특유의 연환검으로 완벽하게 막아냈다.

누구도 우위를 점하지 못한 가운데 그렇게 수백 초식이 흘렀다. 계속되는 검기의 발현은 자연히 급격한 내공의 소모로 이어질 터, 두 사람 모두 슬슬 지쳐 가고 있었지만 누구도 내색하지 않은 채 끊임없이 검을 주고받았다.

"와아! 두 사람 다 최고다!"

"대단하오!"

한편 비무가 계속될수록 지켜보는 군웅들의 환호성은 점점 커져 갔다. 그들이 판단하기에는 너무도 높은 수준이어서 오히려 제대로 알아볼 수 없었던 광무자와 옥설 도장의 대결보다 화려한 절기를 연발하는 이 두 사람의 대결이 보다 현실감있게 다가오는 듯했다.

진척 도장이 단단히 검을 고쳐 잡았다. 무언가 돌파구가 필요했다. 두 걸음 물러서 운학자의 송곳날 같은 검기를 피한 그가 돌연 전면으로 낮고 빠르게 도약하며 전력으로 검을 휘둘렀다. 특별한 투로를 따르는 것도 아니고, 마치 시정잡배의 칼질 같은 움직임이었지만 그것과는 비교도 할 수 없는 속력과 웅혼한 내공이 더해지자 감히 무시 못할 위력의 검기가 운학자를 향해 쏘아졌다. 하지만 이런 정교하지 못한 공격은 단지 피하면 그만이었다.

'아직도 내공이 남아도는 모양이지? 무식한 놈. 이런 터무니없는 초식을 몇 차례만 더 시전한다면 아마 승리는 나의 것이 될 것이다.'

운학자가 중요한 고비에 내공을 허비하는 상대를 비웃으며 검기를 피하기 위해 지면을 흐르듯 좌측으로 미끄러지는 순간, 진척 도장의 두 다리가 맹렬하게 지면을 박찼다. 동시에 그의 오른손에 들려 있던 검이 쏜살같이 앞으로 날아갔다.

"으헛!"

마악 검기를 피해낸 운학자는 흉흉한 기세로 자신에게 날아오는 비검(飛劍)을 확인하고 헛바람을 들이켰다. 진척 도장의 검은 이미 지척에 이르러 금방이라도 그의 가슴에 깊은 구멍을 하나 뚫어놓을 기세다. 전혀 예측하지 못한 진척 도장의 비검술과 자신의 작은 안일함이 더해진 결과였다.

운학자의 몸이 본능적으로 뒤로 기울었다. 허리가 활처럼 꺾이며 얼굴이 하늘을 바라본다.

쉬익!

서슬 퍼런 검날이 운학자의 가슴 자락에 예리한 흔적을 남긴 후 얼굴에서 고작 세 치 위를 쏜살같이 지나쳤다. 크게 안도하면서도 그는 다급히 다시 몸을 일으켰다. 수직으로 꺾였던 허리가 빠르게 원상태로 돌아오면서, 잠시 하늘을 향하던 얼굴과 시선도 자연스레 제 위치를 찾았다. 그리고 마악 정면을 향하는 그의 시선에 별안간 흐릿한 인영이 솟아났다. 워낙 신출귀몰한 움직임이기도 했고 경황이 없던 터라 운학자는 속수무책으로 그 인영에게 품 안을 내주고 말았다.

진척 도장이 앞으로 내민 양 손바닥을 가볍게 밀었다.

퍼엉!

쇠가죽 두드리는 듯한 소리와 함께 운학자의 몸이 삼 장 가까이 주욱 뒤로 밀려났다. 입에서 뿜어진 피화살이 그와 궤적을 같이했다.

검객은 죽기 전에는 절대 손에서 검을 놓지 않는다고 했다. 정신이 혼미한 지경에서도 여전히 검이 손에 붙어 있는 걸 보면 운학자는 천생 검객인가 보다.

울컥!

그의 입에서 다시 한 번 걸쭉한 선혈이 뿜어졌다. 두 다리는 금방이라도 무너질 듯 후들거린다. 양 늑골 부근에서 시작되었던 작은 진동은 순식간에 엄청난 태풍으로 변해 그의 내부를 온통 휘저어놓았다. 언제 쓰러져도 이상하지 않을 그의 신형을 마지막 한 가닥 의지가 붙잡고 있었다.

"안 돼!"

운학자와 진척 도장의 대결을 지켜보던 청성의 광무자가 벌떡 일어서며 소리쳤다. 그의 눈에 어느새 운학자의 정면에 이르러 손을 크게 휘두르는 진척 도장의 모습이 보였다. 검을 날려 보낸 탓에 텅 빈 그의 우수는 꼿꼿이 곤두선 수도(手刀)의 형상을 하고 있었다. 몇몇 청성 문인들은 예상되는 참혹한 결과를 차마 목도할 용기가 나지 않는지 두 눈을 질끈 감았다.

진척 도장의 수도가 세차게 허공을 갈랐다.

뎅강! 툭.

운학자의 손에 들린 검의 길이가 절반으로 줄어 있다. 바닥에 떨어진 반 토막의 검신(劍身)에 잠시 눈길을 던진 진척 도장이 이내 선 채로 정신을 잃은 듯한 운학자를 바라보며 말했다.

"내가 이겼소."

겸손이라고는 찾아볼 수 없는, 참으로 그다운 한마디였다.

진척 도장이 도포 자락을 크게 펄럭이며 몸을 돌리자 청성파의 제자 둘이 다급히 달려나와 운학자의 신형을 조심스레 옮겼다. 검객 운학자는 승부사 진척 도장에게 패한 셈이었다.

되돌아오는 진척 도장의 걸음이 개선장군마냥 당당하다. 그에 대한 감정이 그리 호의적이지 못하던 무 자 항렬의 제자들도 이번만큼은 쌍수를 들고 환영했다.

"잘해냈구나, 진척. 네가 우리 무당을 살렸다. 어디 불편한 곳은 없느냐?"

"괜찮소, 진성 사형."

염려해 주는 진성 도장을 뒤로하고 그가 옥설 사숙에게로 향했다. 현재 문파의 제일 웃어른은 옥설 도장이니 들어오고 나감에 고하는 것은 당연한 절차였다.

"다녀왔습니다."

별다른 감정이 실리지 않은 목소리다. 전후사정을 모르는 이가 들었다면 '아, 산보라도 다녀오는가 보구나' 라고 생각해도 별반 이상하지 않을 정도였다.

옥설 도장이 잠시간 물끄러미 진척 도장을 바라보았다. 안색이 여전히 창백한 것은 진척의 승부를 보기 위해 더 이상의 악화를 막는 정도에서 서둘러 운기조식을 마쳤기 때문이다.

노도인이 이윽고 입을 열었다.

"괜찮긴 뭐가 괜찮아! 마지막에 상대의 품으로 파고들기 전부터 이미 한계였을 터. 진원지기(眞元之氣)까지 끌어다 썼을 테지? 괜히 멀쩡한 척하지 말고 어서 내 옆에 앉아 운기요상이나 하거라!"

진척 도장이 내상을 입었음을 의미하는 말에 제자들이 한결같이 놀라면서, 동시에 짧은 공치사도 없이 야속한 말부터 건네는 옥설 도장의 모습에 서운해하는 기색이다. 한편 고분고분 옆에 자리를 잡고 운기조식에 들어가는 진척 도장의 모습을 보면 노도장의 말이 틀리지는 않은 듯싶었다.

마악 내식을 고르던 진척 도장이 속으로 실소했다.

'후후훗. 목설(目說)이라는 사숙의 별명이 괜히 붙여진 것은 아니었나 보군. 이로써 진류에 이어 내가 두 번째인 셈인가?'

내뱉은 쌀쌀한 말과는 달리 옥설 도장의 눈빛은 분명 자신에게 이렇게 말하고 있었다.

'수고했다, 그리고 고맙구나' 라고……

진척 도장의 승리로 승부는 다시 원점으로 돌아온 셈이다.

청성의 다음번 비무자로 나선 이는 청성오주의 셋째이자 운학자 다음 가는 실력자로 알려진 운악자(雲岳子)였다. 잠시 시선을 멀리 운악자에게 기울이던 진성 도장은 자신의 책임이 어느 때보다도 막중하다 여겼다.

'내가 나서서 무조건 이겨야 한다. 그리고 요행히 진류가 한 번 더 이겨주길 바라는 수밖에… 그 수만이 유일한 방법일 테지.'

진성 도장의 시선이 이번에는 아까 전부터 줄곧 한 자리에서 같은 모습으로 좌선 중인 소진에게로 향했다. 비무 전 명상과 운기행공으로 봄과 마음을 가다듬는 듯 보인다. 그 자세만은 높이 사줄 만했으나 진성 도장의 눈빛은 회의적이었다.

"사형, 이번에는 제가 나가는 것이 어떨런지……."

이런저런 고민에 진류 도장이 가까이 다가오는 것도 몰랐나 보다. 흠칫 놀란 진성 도장이 잠시 상대가 한 말을 곱씹다가 양손을 휘휘 내저었다.

"그런 소리 말거라. 상대는 운학자 다음 가는 고수이기도 하거니와 그 마음가짐 또한 예사롭지 않을 터. 당연히 내가 나서야 하지 않겠느냐. 마음은 알겠다만 너는 다음 상대에게 최선을 다해주기 바란다."

아무래도 비무를 시작하기 전에 진척 도장이 했던 말은 사람들에게 그다지 신빙성있게 받아들여지지 않은 것 같았다. 어쩌면 조금 전 그가 보여준 무위가 너무 빼어난 것이어서 더 더욱 믿기 어려운 것인지도 몰랐다.

진류 도장의 의견을 단번에 일축한 진성 도장이 심호흡을 한 번 크게 한 후 결연한 표정으로 앞으로 나섰다.

"진성이오."

"운악이라 합니다."

간단한 통성명만을 주고받은 두 사람이 이내 허리에 찬 칼을 빼 들었다. 무당에 있어서나 청성에 있어서나 다시 한 번 비무의 유리한 고지를 점령하기 위한 중요한 승부처였다. 누가 뭐라 할 것도 없이 두 사람의 검과 검이 격렬하게 마주쳐 갔다. 특히나 진성 도장의 투지나 기세는 대단한 것이어서 연신 맹공(猛攻)에 강공(強攻)이 이어졌다. 자연히 무당 측에는 희망 섞인 기대감이, 청성 측에는 진득한 긴장감이 감돌았다.

하지만 삼백 초를 넘어서면서 대결의 양상은 조금씩 바뀌기 시작했다. 진성 도장의 사납던 검세가 서서히 쇠(衰)하더니, 반대로 운악자의 검은 어느덧 제 물을 만난 듯 거침이 없다.

양측의 분위기가 뒤바뀌는 것은 당연했다. 화색이 돌던 얼굴들은 돌덩이처럼 딱딱하게 굳어지고, 매서운 긴장감이 휘돌던 얼굴은 빠르게 활기를 되찾았다.

"하앗!"

서로 주고받은 초식이 어느덧 천 초를 넘어가는 시점에서도 상대의 기합성은 여전히 기운차다. 기세가 등등한 운악자의 검을 진성 도장이 가까스로 막아냈다.

'크윽! 마음만 앞서 날뛴 결과가 바로 이것인가! 내가 이런 실수를 하다니.'

사실 두 사람의 실력은 그야말로 호각지세(互角之勢). 그러나 진성 도장은 지금 상대의 공격을 막아내는 것만으로도 버거운 듯 연신 거친 숨을 몰아쉬고 있다. 승부에 집착한 나머지 계속 무리수를 둔 결과였다.

잠시라도 틈을 준다면 기력을 조금이나마 회복할 수 있겠건만 운악자는 숨돌릴 여유도 없이 그를 맹렬히 몰아붙인다.

채챙!

어떻게 해서든 지금의 상황을 타개하고자 열 번의 수세 중에 겨우 한 번 내지른 진성 도장의 검이 맞서는 운악자의 검기에 오히려 위로 퉁겨졌다. 진성 도장의 중단 이하가 순간적으로 노출되었다. 호시탐탐 기회를 노리던 운악자가 이를 놓칠 리가 없었다.

쉭쉭! 푸풋!

아차 한 진성 도장이 다급히 유운보(流雲步)로 신형을 옮겼지만 종잇장처럼 얇은 운악자의 검기가 이미 그의 허벅지를 훑고 지나간 후였다.

뼈가 드러날 정도는 아니었으나 무시할 만한 것도 아닌 듯, 뿜어진 핏물이 금세 주위를 붉게 물들였다. 진성 도장은 암담해졌다.

상처의 고통 따위는 얼마든지 견딜 수 있다. 하지만 문제는 출혈(出

血)이었다. 대량의 출혈은 곧바로 극심한 피로감과 오감의 둔화로 이어진다. 지금의 그에겐 치명적이었다.

시간이 지나면 더 더욱 상황은 안 좋아질 것이다. 진성 도장이 발작적으로 검을 휘둘렀다. 거친 검기가 정면의 운악자에게 몰아쳤지만 피하는 쪽이 오히려 여유가 있어 보인다. 선불 맞은 멧돼지처럼 날뛰는 진성 도장의 뒷모습이 마냥 애절하기만 했다.

'승부!'

본래 동작이 클수록 빈틈도 많은 법이다. 그래도 행여 눈먼 칼에 몸 상하는 일이 없도록 주위를 돌며 한동안 진성 도장을 살피던 운악자의 눈빛이 돌연 빛났다.

진성 도장은 이제 한계에 다다른 듯 지친 기색이 완연하다. 허벅지의 상처에서 흘러나온 피는 어느덧 하의를 절반 이상 붉게 물들이고 있었다. 어설픈 검로가 한눈에 들어왔다.

즈팟! 쩌엉!

무언가 깨지는 듯한 소리와 함께 진성 도장이 털썩 바닥에 무릎을 꿇었다. 그의 손에는 이제 절반 길이밖에는 남지 않은 반검(半劍)이 들려져 있다. 공교롭게도 이번 역시 절검(切劍)으로 승부의 결과가 나난 셈이었다.

비틀거리며 일어선 진성 도장이 주척주척 걸음을 옮겼다. 등 뒤에서 들려오는 환호성의 그의 가슴을 후벼 팠다. 아마 청성파의 제자들이 운악자에게 보내는 환호일 것이다.

'내가… 졌구나. 그럼 우리 무당은……'

그의 눈이 질끈 감겼다.

다리의 상처를 치료하기보다 먼저 옥설 도장의 앞에 서길 원한 진성 도장이 고개를 푹 숙인 채 아무런 말도 없다. 그 모양이 마치 죄를 비는 것 같기도 하고 스스로를 책망하는 듯도 하다.

그런 그를 보며 노도장이 나지막이 혀를 찼다.

"쯧쯧쯧. 혼자 너무 많은 짐을 지려 하니 그 무게에 못 이겨 눈이 흐려지고 마음이 흔들린 게지. 검객이라면 먼저 자신의 마음을 다스릴 줄 알아야 하거늘… 아무튼 이미 끝난 일이니 궁상은 그만 떨고 이 옆에서 다리의 상처나 치료토록 하거라. 네 무거웠던 짐은 저 녀석이 나눠 가지려는 모양이니."

휘잉!

등 뒤에서 불어온 차가운 강바람이 그의 답답한 가슴을 훑고 지나간다. 이제 지켜보는 것밖에는 별수가 없다. 진성 도장이 맥없이 자리에 털썩 주저앉았다.

같은 바람의 채근에 진류 도장이 걸음을 옮긴다. 자신을 드러내는 당당함이나 필승의 각오 같은 것은 전혀 느껴지지 않는 담담한 뒷모습이다. 깊은 자책감과 불안, 그리고 약간의 절망과 혹시나 하는 기대가 뒤섞인 복잡한 눈빛이 그 뒤를 따랐다.

돌아온 이의 쓰린 속을 모질게 할퀴고, 나서는 이의 등을 떠밀어 걸음을 새촉하던 백하(白河)의 강바람도 청성파의 도사들에게 피어오르는 기이한 열기 앞에는 잠시 주춤하는 분위기이다.

"이제 단 한 번이다. 한 번의 고비만 넘기면 우리는 저 무당을 넘어서는 것이다."

상기된 표정들이다. 지금까지 누가 감히 저 무당파의 아성을 넘보았던가. 하지만 이제 그들은 그 높다란 벽을 마악 넘어서려 하고 있었다.

"무당 쪽에서 다음 비무자를 내보냈습니다."

누군가의 한마디에 그들의 시선이 모두 같은 방향으로 쏠렸다. 그중에서도 청성오주의 남은 두 사람, 즉 운초자(雲焦子)와 운성자(雲星子)의 관심은 남달랐다.

"응? 저건 누군가. 진수(眞隨)나 진명(眞明) 도장을 내보내는 것이 아니었나?"

본래 각 문파의 인재들은 마치 주머니 안의 송곳처럼 숨기려 해도 자연히 그 면면이 알려지게 마련이다. 더구나 청성에서 자신들이 상대할 문파에 대한 조사를 소홀히 했을 리도 만무하다. 그럼에도 누구 하나 쉽사리 상대를 알아보지 못한다는 것은 상당히 찜찜한 일이 아닐 수 없었다.

영 생소한 얼굴에 광무자를 포함한 청성파의 문인들이 모두 혼란스러워하는 가운데 청성의 지낭이라 할 수 있는 운기자(雲機子)가 기억을 더듬었다.

"아… 이제 보니 진류 도장이었군요. 예전에 한 번 얼굴을 본 일이 있습니다. 하지만 같은 항렬 중에서도 그다지 뛰어난 면이 없는 이라고 알고 있었는데……."

"진류? 이름을 들으니 나도 기억이 나는군. 무당에 대한 조사에서 분명 세심원에 적(籍)을 둔 인물이긴 하지만 주목할 만한 바는 없다고 되어 있었지."

"그럴 리가요! 이 중요한 순간에 무당에서 아무나 선발해서 내보냈을 리가 없지 않습니까."

"그건 그렇다만……."

갖가지 의견과 억측이 분분하다.

그들이 사전에 무당의 핵심, 즉 세심원에 대해 수집한 정보에 따르면 진류 도장은 그다지 관심을 두지 않아도 좋을 그런 존재였기에 더욱 그랬다.

"그만들 하거라. 예상치 못한 고수이든 방심하게 하려는 얄팍한 수작이든 우리로선 최선을 다하면 될 일. 결국 실력이 모든 것을 말해 줄 것이다. 운초(雲焦), 네가 나가서 결판을 짓고 오거라."

"예, 광무 사숙."

결국 광무자의 한마디로 논란은 일단락되고, 운초자가 자리를 박차고 앞으로 나섰다.

진류 도장과 마주한 운초자는 일단 안도했다. 상대의 평범한 기도는 혹여 무당의 숨은 고수일지도 모른다는 우려를 날려 버리기에 충분한 것이었기 때문이다.

'좋아. 무슨 수작인지는 모르겠으나 단숨에 제압해 주마.'

성급한 승리의 예감에 몸이 달아오른 운초자가 서둘러 포권을 취했다.

"청성의 운초자입니다."

"무당의 진류라고 합니다."

이윽고 두 사람이 검을 빼 들었다. 그러나 당초의 각오와 달리 운초자는 별다른 움직임이 없었다.

운초자의 양 손바닥이 축축하게 젖어들었다.

'헛! 고, 고수다!'

삼 척의 장검을 한 손에 살포시 말아 쥔 상대의 기도는 이전과는 판

이하게 달라져 있었다. 그 유현한 기도에 멀리서 지켜보던 광무자마저
도 눈을 크게 치떴다.

상대를 경시하던 마음은 이미 저편으로 날려 버린 운초자가 좌우로
움직이며 기회를 살핀다. 그에 따라 진류 도장의 검봉이 슬쩍슬쩍 위
치를 달리했다.

두 사람 다 먼저 움직일 생각은 없는 듯하다. 짧지 않은 대치가 이어
지면서 두 사람 사이의 공기가 무겁게 가라앉았다. 만근거석처럼 느껴
지는 그 무게에 견디다 못한 운초자가 결국 먼저 손을 썼다.

검을 쥔 손에 불끈 힘이 들어가는가 싶더니 검끝에서 피어오른 노을
빛 검기가 섬전처럼 쏘아졌다.

"신학단룡(神鶴斷龍)!"

쉬이이익!

운초자의 외침과 함께 머리가 쭈뼛 설 정도로 날카로운 검기가 둘
사이의 거리를 일축하며 빠르게 다가들었다. 청성 비전인 신학검(神鶴
劍)의 한 수였다.

상대의 빠르고 표홀한 움직임과 대조적으로 진류 도장의 그것은 완
만하면서도 느릿했다. 가슴 어림에 위치했다가 앞으로 비스듬히 뻗어
나가는 그의 검이 어느새 지척에 이른 운초자의 검기를 조금 지나쳤다
싶은 순간, 검면을 감싸던 청색의 검기가 선홍빛 검기의 옆면을 점했
다. 곧게 뻗어오던 운초자의 검기가 돌연 호선을 그린다.

츠츳! 파파파곽.

검세가 부딪치는 소리보다 운초자의 검기가 지면을 가르는 소리가
더 크게 울렸다. 상대의 공격을 무위로 돌리는 멋진 이화접목의 한 수
였다.

'치잇!'

입술을 잘근 씹은 운초자가 곧바로 용천혈에 기운을 모으자 그의 신형이 화살처럼 정면으로 쏘아졌다. 동시에 검을 말아 쥔 오른손에 내공을 가일층 더했다.

우우웅.

한 무리의 벌 떼가 날아드는 듯한 소리와 함께 운초자의 검이 빠르게 진동했다. 떨림으로 인한 잔상 때문에 그의 검이 일순간에 서너 배는 두꺼워진 듯한 기이한 형상이다.

그 기묘한 모습만큼이나 위력 또한 범상치 않음이 분명했다. 이번에는 정면으로 부딪쳐 볼 생각인지, 진류 도장이 짙은 청색 검기에 휩싸인 검을 앞으로 쭈욱 뻗으며 손목을 빠르게 퉁겼다. 그러자 검영이 난마와 같이 얽히며 일순 수십 가닥으로 늘어났다.

"태극관일(太極貫日)!"

티팅! 채채채챙!

가장 앞선 검기가 운초자의 검세에 맞섰으나 맥없이 튕겨진다. 그러나 제이, 제삼의 검기가 그 뒤를 이었다. 굉장한 속도가 이어지는 검음이 마치 수십의 사람들이 동시에 대결을 펼치는 것만 같았다. 그리고 이 검음이 이어질수록 운초자의 검의 진동이 점차 낮게 사그라들었다.

운초자가 환허보(幻虛步)를 운용하여 급히 신형을 좌측으로 이동했다. 이미 검세가 완연히 그 기세를 잃은 시점에서 상대에게 더 이상 다가서는 것은 섶을 지고 불 속에 뛰어드는 것이나 마찬가지였다. 그러나 진류 도장은 그를 순순히 보내줄 마음이 없는 듯 눈빛을 반짝 빛냈다. 그의 신형이 흐릿하게 움직였다.

'으헛!'

좌측으로 이 장여를 움직인 운초자가 느닷없이 정면에서 날아드는 검기에 대경했다. 황급히 다시 삼 장을 더 움직였지만 어느새 움직였는지 진류 도장은 여전히 그의 정면에 마주한 채였다. 상대의 검 역시 여전히 그의 옆구리를 베어오고 있다.

피할 수 없다면 부딪쳐 막아내는 수밖에는 없었다. 운초자가 다급히 검을 들어 청색의 검기에 맞섰다.

채챙. 차차창! 파파팟.

진류 도장의 검이 마치 장강의 물결처럼 면면히 끊이지 않고 이어졌다. 그리고 그 물결에 휩쓸린 운초자는 연신 검기를 날리면서도 비틀비틀 위태로운 모습이다.

한 걸음 한 걸음이 더해져 어느새 팔 장 가까이를 물러선 운초자가 이를 악물었다.

'이 상태로라면 어렵다. 설마 하니 이런 실력자를 숨겨놓고 있었을 줄이야… 크윽! 좋아, 그렇다면!'

무언가 결심을 굳힌 듯 검병(劍柄)을 잡은 손아귀에 불끈 힘을 준 운초자가 연속으로 검을 휘두르고는 한 걸음 크게 물러섰다. 약간의 시간을 벌었을 뿐 상대의 검기는 여전히 거침없이 이어진다. 그러나 운초자는 더 이상 물러서지 않고 두 다리를 지면에 단단히 고정했다.

곧추세운 삼 척의 장검은 머리에서 몸통으로 이어지는 요혈만을 간신히 보호하는 형국이다. 당연히 그 밖의 부위들은 진류 도장의 검기에 그대로 노출되었으나 운초자는 모험을 걸었다.

츠파파팟! 쉐쉑!

몇 가닥의 검기가 운초자의 신형을 지나치며 짙은 피보라가 일었다. 그러나 치명적인 상처는 없었다. 조금 창백해 보이는 안색의 운초자가 회심의 미소를 지었다.

어깨와 옆구리 등에 난 자상은 아랑곳하지 않고 그가 검을 머리 위로 쳐들었다. 뒤이어 검기를 쏘아 보내던 진류 도장이 무언가 예사롭지 않음을 느끼곤 멈칫했다. 바로 그 순간 운초자의 장검이 허공에서 수직으로 떨어져 내렸다.

"신학무생(神鶴無生)!"

콰콰콰콱!

마치 산사태라도 만난 듯한 굉음이 터져 나왔다.

구름처럼 일어난 운초자의 선홍빛 검기가 대기를 갈가리 찢어발기며 정면의 상대에게로 향했다. 피할 곳 따위는 없었다. 진류 도장은 허공을 가득 메우며 자신에게 다가오는 무자비한 검기의 폭풍에 안색을 딱딱하게 굳혔다.

무방비 상태로 드러난 운초자의 신형이 그를 은근히 유혹했으나 진류 도장은 꿈쩍도 하지 않고 검기를 모았다. 유혹에 넘어가 섣불리 검을 놀렸다가는 그 역시 무사하지 않으리라.

뭉클뭉클 피어난 청색의 검기가 진류 도장의 검 주위로 두텁게 서렸다. 그리곤 그의 몸이 미끄러지는 듯 움직이는가 싶더니 이내 검과 하나되어 신검합일(身劍合一)로 낮게 날아올랐다.

노을빛의 검기와 청색의 검기가 빠르게 맞닥뜨렸다.

지켜보던 군웅들이 앞으로의 어마어마한 충돌을 예상하곤 절로 어깨를 움츠렸다. 그러나 그들이 예상하던 일은 벌어지지 않았다. 이어지는 모습에 군웅들과 사대문파의 인물들은 절로 탄성을 내질렀다.

파파팟! 츠츠츳!

처음에만 약간의 충격이 있었을 뿐이다. 진류 도장의 검은 마치 거친 물살을 거슬러 오르는 연어처럼, 광포하게 날뛰는 운초자의 검기를 가르며 앞으로 나아갔다.

운초자가 눈을 크게 치떴다.

'큭, 이럴 수가! 내공을 폭주시켜 가며 펼친 동귀어진의 초식을……'

신학무생은 그 이름이 말해 주듯 무생(無生), 즉 시전자가 삶을 버릴 각오로 펼치는 신학검의 동귀어진 초식이다. 너무 극단적이면서 또한 파괴적이라 자파(自派) 내에서도 사용이 금기시되는 초식이었으나 상대는 그것을 반으로 가르며 다가오고 있었다.

이윽고 진류 도장의 검이 선홍빛 검기의 물결을 완전히 빠져나왔다. 여전히 거침없는 모습이긴 했지만 그 과정이 꽤나 힘들었음을 보여주듯 두텁게 감싸던 청색의 검기는 이제 희미하게 그 흔적만이 남아 있었다. 그러나 그것만으로도 충분했다.

번뜩이는 검날이 운초자의 가슴으로 향했다. 이대로라면 진류 도장의 검은 상대의 가슴을 깊숙이 할퀴고 지나갈 것이다. 대라신선이라 할지라도 그런 그를 되살리지는 못하리라.

하나 지척에 다다른 순간 진류 도장이 잠시 멈칫했다. 알아채지 못할 만큼 짧은 순간이었지만 그사이 그가 재빨리 손목을 비틀었다. 진류 도장의 장검이 남은 궤적을 그렸다.

퍼엉!

둔탁한 소음과 함께 운초자의 신형이 이 장이나 날아 바닥에 처박혔다. 청성의 문인들이 일제히 자리를 박차고 일어섰다. 일부는 금방이라도 앞으로 뛰쳐나갈 기세였다.

장내가 삽시간에 조용해졌다. 어쩌면 오늘 최초의 사망자가 나올지도 모를 일이었다. 그러나 이런 우려를 눈치 채기라도 했는지 쓰러져 있던 운초자의 신형이 한차례 꿈틀대더니 이내 어렵사리 스스로 몸을 일으켰다.

분명 진류 도장의 검이 지나간 자리이건만 가슴 부근에 뚜렷한 자상은 눈에 띄지 않았다. 진류 도장이 마지막 순간에 손목을 비틀어 두터운 검면을 사용했기 때문이다. 그러나 내상은 피할 수 없었는지 운초자의 안색이 예전 같지 않다.

"손속에 사정을 봐준 덕분에 목숨을 건졌소. 고맙소."

"별말씀을……."

참담한 심정에 표정을 일그러뜨린 운초자가 재빨리 신형을 돌렸다. 두 사람의 비무는 이렇게 끝이 났다.

비무에 나서기 전과 돌아온 후의 진류 도장을 대하는 시선들이 사뭇 다르다. 그중에서도 진성 도장의 심정은 특하나 각별했다.

'진류 사제의 말대로 이전 비무에 그를 내보내고 이번에 내가 나섰었다면 아마 승리를 거둘 수 있었을 것인데… 나의 부족한 실력과 안목이 사문을 곤경에 빠뜨리고 말았구나.'

바뀐 시선들이 부담스러워인지 어색한 표정으로 자리에 앉는 그의 사제에게 진성 도장이 머쓱하게 말했다.

"진류 사제, 미안하다. 네 실력이 그토록 일취월장했을 줄은 미처 몰랐구나. 면목이 없다."

"사형도 별말씀을… 저는 운이 좋았을 뿐입니다. 그보다 이제는 저 아이에게 기대를 걸어야 하겠지요. 아마 잘해낼 겁니다."

이어질 대화가 부담스러웠는지 진류 도장이 재빨리 화제를 돌렸다. 진류 도장을 따라 진성 도장의 시선 역시 '저 아이', 즉 소진에게로 향했다. 그의 눈빛에는 여전히 소진을 못 미더워하는 기색이 역력했다.

이번 진류 도장의 비무를 통해 진척 도장의 평가와 옥설 도장의 선택이 옳았음이 증명되기는 했지만 여전히 소진은 그다지 신뢰를 얻지 못하고 있는 듯하다. 하지만 아무도 나서서 그것을 토로하는 이는 없었다. 이것 역시 진류 도장의 비무가 가져온 결과였다. 단지 불안과 초조가 가득한 시선들이 소진에게로 하나둘 모여들 뿐이었다.

불안하고 초조하기는 이곳 역시 마찬가지. 운초자의 패배로 인해 청성파의 분위기가 사뭇 심각하다. 정확히 말하자면 운초자의 패배라기보다는 진류 도장의 예상치 못한 무위(武威) 때문이라 함이 옳을 것이다.

"만약 무당에 저런 숨은 고수가 한 명이라도 더 있다면……."

운송자의 한마디에 청성의 문인들이 모두 입을 다물었다. 누구도 해결책 따위는 가지고 있지 못했다. 결국 광무자가 무거운 음성을 내뱉었다.

"더 이상은 없을 것이다. 아니, 없기를 바래야겠지. 그리고 한 가지 분명한 사실은 운성(雲星) 역시 우리 청성을 대표할 만한 실력을 충분히 갖추고 있다는 것이다. 설사 무당 쪽에서 또 다른 실력자가 등장한다 하더라도 운성이라면 잘 대처할 것이라 나는 믿는다."

"예, 광무 사숙. 상대가 누구든 반드시 이기고 돌아오겠습니다."

호탕한 성격의 운성자가 주먹을 불끈 쥐어 보이며 앞으로 나섰다.

전신의 세포 하나하나 근육 가닥가닥이 마치 별개로 살아 있는 듯 약동한다. 그의 의지에 따라 도도하게 흐르는 진기는 주요 흐름과 세

맥(細脈)을 타고 구석구석까지 이어진다. 당장 검을 휘두른다면 간단한 손짓도 천하의 신공절초가 될 것 같았고 아무리 써도 내공은 마르지 않을 것만 같다.

오행신공을 운용하여 몸의 감각을 최고조로 끌어올린 소진이 결과에 만족하는 듯 흡족한 심정이 되어 호흡을 갈무리했다.

여전히 가부좌한 채로 눈을 뜨자 강렬한 안광이 한차례 뻗어 나왔다가 빠르게 사라졌다.

"으힉!"

소진을 정면 가까이에서 지켜보던 무우 장문인이 깜짝 놀라 주춤 물러선다. 눈을 뜨자마자 접한 이 이상스런 광경에 소진이 말똥말똥 상대를 바라보았다.

"대사형, 여기서 뭐 하시는 거예요?"

"으응? 나, 난 말이지 그냥……."

"소진아, 마침 때맞춰 운공을 마쳤구나. 청성의 비무자가 이미 나와 있단다."

무우 장문인이 당황해 말을 더듬는 사이 진류 도장이 몇 마디 당부의 말들을 건네며 소진을 앞으로 이끌었다. 겁도 없이 걸어나가는 소진을 바라보던 무우 장문인이 무언가 골똘히 생각에 빠져들었다.

'저 녀석이 정말로 이 중대한 비무에 나가고야 말았구나. 그런데 조금 전의 그 안광(眼光)은…….'

사실 그는 소진에게 지금이라도 늦지 않았으니 자신이 없다면 비무자로 나서는 것을 포기하라는 말을 전하러 온 것이었다. 그러나 우연히 접한 소진의 강렬한 안광은 그를 또 다른 고민에 빠져들게 만들고 있었다.

이제는 되돌릴 수도 없었다. 소진이 무당을 대표하는 마지막 비무자로 나서자 문인들은 불안한 가운데에서도 간절한 염원이 담긴 시선들을 교환했다.

동시에 청성 측에서는 다시 한 차례 큰 소란이 일었다.

"이럴 수가! 한낱 저런 애송이를!"

'이잇! 옥설, 대체 무슨 생각을 하는 것이냐!'

광무자가 이 황당한 현실에 놀라면서 또한 분개하는 눈치다. 이제까지 침착을 유지하던 그가 언성을 높였다.

"저 아이의 정체를 누가 아느냐?"

"허엇! 저 녀석은!"

전면을 유심히 살피던 운몽자가 크게 놀라 소리쳤다. 다른 몇몇도 소진의 얼굴을 알아보고는 대경하는 모습이다.

"저 녀석이 바로 당문에서 운귀(雲歸) 사형을 쓰러뜨렸던 무당의 속가제자입니다."

"무엇이? 하지만 분명 그는 무협(巫峽)에서 절명했다고 하지 않았더냐!"

이들만큼이나 놀란 음성들이 비무를 지켜보기 위해 빼곡히 들어선 군웅들 틈에서도 섞여 나왔다. 과거 당문에서 소진의 모습을 확인했던 이들이었다.

"약선(藥仙) 소(蘇) 대협이다!"

"무당의 소 대협이 살아 있었다!"

졸지에 소진이 대협이라는 칭호를 듣게 되는 순간이었다. 아울러 군중들의 환호성도 계속 커져만 갔다.

무당과 청성의 향후 십 년을 판가름할 중대한 승부였다. 어쩌면 이 승부에 따라 강호의 판도가 크게 뒤바뀔지도 몰랐다. 이 같은 자리에 죽은 것으로 알려졌던 무당 최고의 후기지수가 등장했으니 강호인들이 환호하는 것도 당연했다. 언제나 새로운 전설과 영웅의 탄생에 목말라하는 이들이 바로 강호인들이기 때문이다.

소림과 화산 등에서도 이 예상치 못한 비무자의 등장에 크게 주목하는 눈치이다.

한편 무당 쪽에서 걸어나오는 청년을 잔뜩 찌푸린 시선으로 바라보던 운성자가 귀를 쫑긋 세웠다.

'약선 소진이라고? 어디서 많이 들어본 이름인데… 아! 이제 보니!'

"자네가 당문에서 운귀 사제에게 큰 내상을 입혔다던 그 소협인가?"

"당문이라면… 아, 제가 맞는 것 같군요."

"나는 청성의 운성자라 하네. 그런데 자네는 무협(巫峽)에서 행방이 묘연해진 후 절명했다 들었건만 의외로 멀쩡하게 살아 있었군. 그 일로 하마터면 우리 청성파가 큰 곤궁에 처할 뻔했었다는 건 알고 있나?"

"알고 있습니다. 하지만 지금이 그런 것을 논할 때는 아닌 듯싶군요. 정 원하신다면 비무가 끝나고 따로 설명해 드리겠습니다."

운성자의 미간이 꿈틀했다.

"맹랑한! 비무라고? 크큭, 좋다. 아무래도 무당에서는 나를 단단히 우습게 여긴 모양이로군. 일단은 무릎을 꿇려놓고 이야기를 들어보는 것도 괜찮겠지. 흥! 지난날 어쩌다 우연히 운귀 사제를 무찌른 듯하다만, 운귀와 나의 실력은 천지 차이. 단단히 각오하는 것이……."

"무당의 소진입니다. 지도 부탁드립니다."

소진이 운성자의 으름장을 간단히 무시하며 먼저 검을 들었다. 졸지에 바보 같은 꼴이 되어버린 운성자가 뜨거운 콧김을 내뿜으며 허리춤에 차고 있던 커다란 쌍수도(雙手刀)를 뽑았다.

그는 명문 검파(劍派)인 청성에서도 이례적으로 도(刀)를 연마하여 경지에 이른 인물이다. 소문에 의하면 그의 도법은 너무도 위협적이어서 같은 청성오주의 사형제들조차 겨루기를 꺼려한다는 말이 들려올 정도였다.

보통 사람이 양손으로 들어야 할 만큼 무거운 칼이건만 운성자는 무슨 나무막대기라도 들고 있는 듯 한 손으로도 거뜬한 모습이다.

"내 손이 매섭다 원망치 말거라."

그가 한 손을 크게 휘둘러 매서운 칼바람을 뿜낸 후 성명절기인 벽운도법(劈雲刀法)의 기수식을 취했다. 소진 역시 검봉을 겨누고는 그를 노려본다.

당장이라도 그를 잡아먹을 듯하던 운성자는 의외로 쉽사리 움직이질 않는다. 이 대결이 갖는 무게를 너무도 잘 알고 있기에 화를 삭이고 상대를 냉철히 바라보고 있었다.

'저 아이의 기도가 상상 이상이다. 유유(柔柔)하고 현현(玄玄)한 것을 보니 필시 무당의 태극검결을 익혔으리라. 대단한 일이로군. 그 기운이 자연스레 배어 나올 정도라면 이미 검의(劍意)를 깨치고 있다는 증거. 저 나이에 벌써 저런 경지이니 앞으로 십 년만 지나면 적수가 없을지도 모를 일이다. 나의 벽운도는 아무래도 무당이라는 이름과 무당의 신성(新星)을 동시에 베어야 할 듯싶구나.'

경시하던 마음 따위는 진작에 버렸다. 상대는 정수를 깨친 자가 일세(一世)에 많아야 한두 명이라는 태극검결의 전수자인 것이다. 하지만 그는 질 것이라는 생각도 하지 않았다.

태극검결이 천의무봉한 검술이라 하나 무적은 아니었다. 이미 조금 전 광무 사숙이 옥설 도장을 꺾음으로써 그것을 증명하지 않았던가. 그는 자신의 실력을 믿었다.

두 사람은 거의 동시에 손을 썼다.

운성자의 쌍수도가 그 육중한 모습과는 어울리지 않을 만큼 빠르게 움직였다. 그의 어깨가 움찔했다 싶은 순간, 이름 그대로 구름을 가를 듯[劈雲] 패도적인 도기가 소진을 정수리부터 양단할 기세로 날아들었다.

콰드드득!

공간을 무참히 유린하며 다가오는 도기가 위협적이다 못해 공포스럽기까지 하다.

반면 소진의 검끝에서 쏘아진 무형의 검기는 아무런 소리도 없다. 하지만 그래서 더 더욱 위협적인 검기가 운성자의 가슴을 넓게 꿰뚫을 듯이 다가든다.

상대의 초식을 마지막까지 지켜보던 두 사람이 거의 지척에 이르러서야 겨우 몇 자 옆으로 움직인다. 소진의 검기가 운성자의 왼쪽 어깨를 겨우 한 치 차이로 빗겨 지나갔고, 운성자의 도기가 방금 전까지 소진이 서 있던 자리를 반으로 갈랐다.

콰콰콰콱!

엄청난 압력과 함께 바닥에 깊숙한 칼자국이 생겨났다. 도기의 여파로 소진의 옷자락이 세차게 펄럭였다.

우열을 가리기 힘든 한 수였다. 두 사람의 시선이 허공에서 마주치며 불꽃이 튀었다.

운성자의 팔에 불끈 힘이 들어가는가 싶더니 그의 쌍수도가 또다시 허공을 가른다.

파아아앗!

마치 한 가닥 뇌전이 번뜩이는 듯했다. 매서운 도기가 갈지자로 뻗어 나와 소진의 허벅지 위쪽을 쓸어 내렸다.

벽운뇌섬(劈雲雷閃)이라는 수법이었는데, 워낙에 빠르고 날카로울 뿐 아니라 노리는 곳이 교묘해서 막기도 피하기도 곤란했다. 하는 수 없이 소진이 반 장가량 허공에 몸을 띄웠다.

파파팟! 푸스스스.

그의 발 아래를 스치듯 지나간 도기가 넓게 바닥을 할퀴자 땅거죽이 뒤집히며 자욱한 흙먼지가 피어올랐다. 피하길 백 번 잘했다는 생각이 들 만큼 무시무시한 위력이다.

그러나 안도도 잠시, 소진이 채 바닥에 내려서기도 전에 또 다른 도세(刀勢)가 그 뒤를 이었다. 폭풍 같은 도기에 자욱한 흙먼지들이 채 가라앉을 틈도 없이 미친 듯이 비산(飛散)한다.

소진은 아차 싶었다.

노련한 강호인들이 허공으로 몸을 피하길 꺼려하는 것은 다 이유가 있었다. 당장에는 쉽게 위기를 모면할지 몰라도 공중에서는 운신의 폭이 제한되기 때문에 더 큰 위험이 닥쳐올 수도 있는 것이다.

경험 부족이 가져온 위기였다.

'치잇!'

소진이 허공에서 발을 교차로 움직이며 있는 힘껏 몸을 틀었다.

화라라락!

세찬 옷자락 소리와 함께 그의 몸이 허공에서 크게 반원을 그리며 반 장 가까이 옆으로 이동했다.

곤륜의 운룡대팔식과 함께 공중에서 몸을 움직이는 것으로 유명한 무당의 제운종 경공술이다.

쉐에엑! 쉬쉬쉭!

머리카락이 정신없이 휘날리고 파공음에 귓구멍이 멍멍하다. 운성자의 도기가 소진의 오른쪽 어깨 위를 스치듯이 지나쳤다.

식은땀으로 등줄기가 후줄근하게 젖어들었다.

바닥에 발이 닿자마자 번개같이 몇 걸음 물러선 소진의 몸놀림이 한층 신중해졌다.

무당과 청성 모두에서 한숨 소리가 요란하다. 한쪽은 안도감의, 다른 한쪽은 아쉬움의 심정들이었다.

저 끔찍스러운 도기에 똑같이 힘으로 맞설 생각은 추호도 없는 듯 소진은 흐르는 물처럼 유연한 신법과 태극검결의 오묘함으로 상대를 압박했고, 운성자는 그때마다 폭풍 같은 도기로 소진을 물러서게 만들었다. 누구도 우위를 점하지 못한 가운데 무당의 태극검(太極劍)과 청성의 벽운도(劈雲刀)가 수백 합을 겨루었다.

계속되는 박빙의 승부에 지켜보는 이들도 긴장한 기색이 역력하다.

채챙! 콰콰콱!

소진이 옆으로 흘린 운성자의 도기가 또다시 지면을 때린다.

'젠장! 이 미꾸라지 같은 놈이!'

힐끔 바닥을 살핀 운성자가 분통을 터뜨렸다. 바닥에는 수십 줄의 선명한 도흔이 거미줄처럼 복잡하게 얽혀 있었다. 모두 저 '미꾸라지'가 요리조리 피하거나 이화접목의 수법으로 흘려 버린 도기 때문에 생긴 흔적들이다.

'이대로는 끝이 없겠군. 어떻게 해서든 저 애송이의 발을 묶어

야……!!'

무언가 떠오른 듯 운성자가 돌연 눈빛을 빛냈다.

잔뼈가 굵은 노강호인답게 겉으로는 아무런 변화도 없다. 마찬가지로 검기를 주고받으며 단지 조금 더 날카로워진 시선으로 기회를 노릴 뿐이었다.

쉐에엑!

운성자가 쌍수도를 쭈욱 뻗자 섬전 같은 도기가 소진의 가슴을 노리고 날아들었다. 소진의 검이 크게 반원을 그리며 그의 도기를 맞았다. 상대의 공격을 옆으로 흘리고 기회를 노려볼 심산이었다. 하지만 소진은 자신의 검이 운성자의 쌍수도와 맞닿는 순간 뭔가 크게 잘못되었음을 느꼈다.

'뭐, 뭐야! 이건!'

갑자기 상대의 도기가 씻은 듯이 사라졌다. 심상치 않음을 느낀 소진이 급히 물러서려 했으나 검이 상대의 도에 철썩 달라붙어 떨어질 줄을 모른다. 그리고 이를 통해 강맹한 기운이 봇물처럼 밀려들었다.

"우리의 승리로군."

청성의 운기자가 주먹을 불끈 쥐며 고개를 한차례 끄덕였다.

몇 배분이나 아래의 강호후학과 내공으로 승부를 겨룬다는 것이 조금 꺼름칙하기는 했으나 웬만한 것은 눈감아줘도 좋을 만큼 중대한 비무였다.

무당의 무산 도장 역시 양손을 힘껏 말아 쥐었으나 운기자와는 사뭇 다른 표정이다.

"설마 내공 대결? 큰일이다!"

돌연 붙어서 움직이지 않는 소진과 운성자의 모습에 상황을 직감한 무당의 문인들이 다들 안절부절못하는 기색이다. 단지 진류 도장과 옥설 도장만이 복잡 미묘한 표정으로 소진과 운성자를 주시하고 있었다.

난무하는 검기와 도기에 열광하던 군웅들도 돌연 석상처럼 굳어버린 두 사람을 숨죽이고 지켜보기 시작했다.

삼 척의 장검과 그것을 부여잡은 소진의 양손이 가늘게 떨렸다. 구태여 앞에 선 운성자의 군건한 모습과 비교하지 않더라도, 이 모습만으로 지금 소진의 상황이 그다지 좋지 않음은 능히 짐작하고 남음이다.

'크윽! 이런 실수를… 그래도 이만하길 다행이라 해야 하나?'

생각해 보면 가슴이 철렁한 순간이 아닐 수 없다.

처음의 위기와 마찬가지로 이번에도 원인은 경험의 부족이었다. 그가 언제 남과 내공을 겨뤄본 일이 있던가. 이런 상황에서는 더 더욱 그러했다. 크게 당황한 소진이 아무런 방비도 못하고 있는 사이 운성자의 진기가 물밀듯 밀려들었다. 만약 외부의 기운에 오행진기가 먼저 반발하여 작용하지 않았더라면 소진은 그대로 큰 내상을 입고 말았을 것이다.

다행히 최악의 상황은 넘긴 셈이었다. 하나 이미 잔뜩 밀린 기세를 역전시키기란 여간 어려운 일이 아닌 듯 보인다.

정신을 가다듬은 소진이 성난 파도처럼 계속해서 밀려오는 운성자의 진기에 대항하기 위해 전력을 다해 오행신공을 운용하기 시작했다. 방금의 급조된 것이 아닌 단전에서 시작된 웅혼한 공력이 그의 양팔로 전해졌다.

불안하게만 보이던 손의 떨림이 서서히 잦아들었다.

금방이라도 상대의 내부를 헤집어놓을 듯 거침없던 운성자의 대라진기(大羅眞氣)가 어느 순간 더 이상 진전이 없다.

　그러나 운성자는 그다지 개의치 않는 눈치다. 공력 대결에서 그가 질 리가 없었다. 지금의 저항이 상대의 마지막 발악일 거라 여긴 그가 진기의 운용에 박차를 가했다. 그의 팔성 공력이 노도와 같이 밀려갔다.

　하지만 이내 운성자의 안색이 딱딱하게 굳어졌다.

　공력을 더욱 늘렸건만 두 사람의 힘겨룸은 여전히 일진일퇴(一進一退)를 거듭하고 있을 뿐이다.

　벽운도라는 청성 비전의 패도적 무공을 감당하기 위해 그는 내공 수련에 각골의 노력을 기울였고, 그 결과는 스스로 만족스러워할 만한 수준이었다. 그래서 더 더욱 지금의 상황을 납득하기가 어려웠다.

　'이 아이의 내공이 내 팔성 진기를 받아낼 정도란 말인가? 채 이립(而立:30세)이 넘지 않아 보이는 저 나이에?'

　소진을 향하는 운성자의 시선이 파랗게 빛났다. 본인은 애써 부정하려 하겠지만 그의 눈빛에는 소진의 인정할 수 없을 만큼 대단한 성취에 대한 시기심과 앞으로의 가능성에 대한 두려움이 녹아들어 있었다.

　고민 따위는 없었다. 결정을 굳힌 그가 온 힘을 다하기 시작했다.

　딱히 바람이 부는 것도 아니건만 운성자의 장포가 둥글게 부풀어 올랐다. 동시에 십성의 대라진기가 태풍처럼 몰아쳐 갔다.

　운성자의 쌍수도(雙手刀)와 맞닿은 소진의 삼 척 장검이 다시금 잔떨림을 일으키기 시작한다. 독한 마음을 품은 그는 이 기세로 소진의 단전까지 완전히 파훼시켜 버릴 작정이었다.

그러나 자신의 공력이 상대를 완전히 압도했다 여긴 순간, 거센 반탄력이 그의 대라진기를 밀어내기 시작했다. 큰 이질감이 느껴지질 않는 걸 보면 정심한 도가의 기공임에 틀림없었다. 그것도 자신과 비등한 수준의……

운성자의 가슴 한구석이 서늘해졌다.

'무, 무엇인가, 이것은! 분명 사술을 쓰는 것이다, 사술을! 그렇지 않고서야 어찌……'

차라리 사술이라 믿고 싶었다.

그가 온 힘을 쏟아 부었지만 상대는 여전히 요지부동이다. 그렇게 누구도 우위를 점하지 못하는 가운데 도검을 나누는 것보다 더욱 치열한 결투가 한 식경이나 이어졌다.

내공 대결의 특성상 승패가 가려지기 전에는 누가 우위인지를 분간하기가 어렵다. 하지만 분명한 것은 두 사람이 대치하는 시간이 길어질수록 청성 문인들의 확신이 점차 흔들리고 있다는 사실이었다.

"저 아이가 설마 운성 사형의 내공을 견뎌내고 있단 말인가?"

소진을 향하는 그들의 시선에 불신의 기색이 역력하다.

무당 문인들조차 지금의 이 팽팽한 균형이 믿기지 않는다는 듯한 시선이 대부분이었다.

하지만 역시 가장 절실한 심정은 그 믿기지 않는 일을 직접 경험하고 있는 운성자 본인일 것이다. 운성자의 낯빛이 굳어지다 못해 창백하게 질려가고 있었다.

내공이란 고인 물과 같아서 다시 채워주지 않으면 그 바닥을 드러내기 마련이다. 절정의 내가고수의 경우, 워낙 그 고인 물이 넓고 깊어 마치 써도 써도 마르지 않는 듯 보이지만 결국 한계점이 엄연히 존재했다.

한 식경 이상 이어진 대치 끝에 운성자 역시 점차 힘의 달림을 느꼈다. 더구나 그를 더욱 암담하게 만드는 것은 상대는 전혀 그런 기색이 보이질 않는다는 사실이었다. 이것은 내공의 정심함에 있어서 자신이 뒤진다는 의미였다.

이젠 더 이상 놀랄 기운도 없었다. 거의 자포자기에 가까웠다.

그의 공력이 차츰 쇠함에 따라 소진의 오행진기가 상대적으로 강성해졌다. 내공을 겨루기 시작한 이후 최초로 열세를 보이기 시작한 것이다. 그리고 그에게는 이 열세를 뒤집을 만한 여력이 없었다.

털컹! 푸악!

철석같이 붙어 있던 쌍수도가 맥없이 바닥에 그 육중한 몸체를 처박았다. 비틀비틀 몇 걸음 물러서다가 결국 바닥에 털썩 주저앉은 운성자가 검붉은 선혈을 토해냈다. 내공 겨룸의 결말이 늘 그러하듯 심각한 내상을 입은 것이 틀림없었다.

반면에 소진은 여전히 그 자리에 서 있는 채다.

잠시 착잡한 표정으로 운성자를 바라보던 그가 이내 고개를 돌리며 오른손을 불끈 위로 들어 올렸다.

그것을 신호로 바람조차 숨죽이던 황모평이 떠나갈 듯한 함성으로 가득 메워졌다.

"와아! 무당이 이겼다! 소(蘇) 대협이 운성자를 이겼다!"

"청성이 드디어 무릎을 꿇었다!"

반면 청성은 망연자실, 충격에서 헤어나지 못하는 모습이다. 단지 몇몇만이 겨우겨우 정신을 차리고 운성자를 옮겨갈 따름이었다.

한쪽은 환호하고 한쪽은 절망한다. 하지만 여전히 냉정을 유지하고 있는 이도 한 명 있었다.

　군웅들의 틈에 섞여 비무를 지켜보던 천안(天眼)이 가볍게 오른손을 올리자, 뒤에 서서 은연중 그를 지켜보던 사내가 재빨리 얼굴을 가까이 했다.

　천안이 나지막이, 그러나 빠르게 말했다.

　"계획을 실행한다. 즉시 대기 중인 이들에게 지시를 내리게."

　"예, 주군."

　명령을 받은 사내가 눈 깜작할 사이에 자리에서 사라졌다. 그가 사라지자 천안 역시 걸음을 뒤로했다.

第十章

거듭되는 파란

하늘은 온통 푸르고 땅은 온통 누렇다.

아마 가욕관을 가장 잘 표현하는 문구일 것이다. 말 그대로 하늘은
사시사철 푸르렀고, 줄줄이 이어진 바위와 황토산들은 풀 한 포기 보기
가 어렵다. 아무래도 혹독한 이곳의 기후는 여린 식물의 뿌리내림을
용납할 수가 없는 모양이다. 때문에 혹자들은 이곳을 단 두 가지 색의
땅이라 하지 않았던가.

하지만 막상 이곳 가욕관은 그 두 가지 색만으로도 묘한 매력을 풍
겼다. 이른바 황량한 아름다움이라고나 할까? 멀리 솟은 기련산의 위
용 또한 무시할 것이 아니었다.

두두두두.

네 필의 말이 자욱한 흙먼지를 일으키며 빠르게 달려간다.

그들 일행이 가욕관의 두터운 성곽을 벗어난 지도 벌써 반 시진 가까이. 그동안 몇 개의 언덕과 바위산을 지났지만 선두에서 그들을 안내하는 이문추는 여전히 멈출 줄을 모른다.

그가 고삐를 늦춘 것은 그로부터도 한참을 더 달린 후였다.

지금까지 지나온 것과 별반 다를 바 없는 바위산 앞에 도착한 그가 나머지 일행들이 내리길 기다렸다가 입을 열었다.

"다 왔습니다. 이곳에 물건들을 보관해 놓고 있습니다."

"이곳에 말이냐? 그럴 만한 장소로는 보이질 않는데……."

천화상단주가 주위를 휘휘 둘러보며 말했다. 그 많은 양의 물건들을 보관하기에는 쉽게 상상이 가질 않는 곳이었다.

"그래서 오히려 더 감쪽같은 겁니다. 허허실실이랄까요? 저 바위산 중턱에 은밀한 천연 동굴이 있습니다. 그곳을 조금 손봐서 사용하는 중이지요."

이곳에서의 일은 전적으로 양자인 이문추에게 일임했기 때문에 이천업조차도 일일이 그의 설명을 들어야만 했다.

"제가 안내하겠습니다, 아버님."

이문추가 고삐를 잡고 산을 오르기 시작하자 그의 양부와 묵혼도객, 그리고 무영이 차례로 그 뒤를 따랐다.

의외로 넓고 평탄한 산로는 분명 사람의 손길을 거친 것이었다. 교묘한 것은 산 아래에서는 이런 흔적들이 전혀 드러나질 않는다는 사실이다.

이천업은 아들의 수완이 내심 흡족한 듯 연신 고개를 끄덕였다.

한 식경 정도 걸음을 옮기자 그들은 거의 산 중턱에 다다를 수 있었다.

"잠깐. 오 장 앞에 기척을 숨긴 놈들이 셋이다."

맨 후미에서 뒤따르던 묵혼도객이 지나가는 말투로 말을 꺼내자 무영의 기세가 돌연 날카로워졌다. 손은 어느새 도병(刀柄) 위에 위치하고 있었다. 언제라도 발도할 수 있는 좋은 자세. 하지만 그의 긴장감은 앞선 이의 감탄성으로 인해 금세 한풀 꺾이고 만다.

"역시 숙부님은 대단하시군요. 실은 혹시 모를 침입자에 대비해 동굴의 입구에 몇몇을 배치해 두었습니다. 그들 역시 범상한 이들은 아니건만 이 거리에서 이미 알아채시다니……."

아니나 다를까, 몇 걸음을 더 옮기자 바위 뒤편에서 누군가의 목소리가 들려왔다.

"부단주님, 오셨군요. 그런데 다른 세 분은……."

"단주님과 그 일행이시다. 어서 안에 연락을 하거라."

"예, 부단주."

곧바로 작은 방울 소리가 연속해서 들려왔다. 그 소리가 점점 멀어지는 것이 아무래도 줄에 연결된 방울이 신호를 전달하는 것 같았다.

매복이 있다는 것은 목적지에 가까이 왔다는 증거. 얼마 지나지 않아 그들은 앞서 말한 동굴의 입구에 도착할 수 있었다.

"그다지 신통치 않아 보이는데……."

이천업의 첫 감상이다.

동굴의 입구는 좁았다. 폭은 장정 두 사람이 겨우 어깨를 맞대고 지나갈 정도이고 높이는 채 한 장에 못 미치는 것 같았다. 그 많은 물건들이 들어가 있다고 생각하기에는 너무 작고 궁색해 보이는 동굴이었다.

"하하핫. 아버님, 일단 들어가 보시지요."

무작정 이끌려 동굴 안으로 들어선 이천업은 조금 전의 생각을 급히 수정하지 않을 수 없었다.

좁은 동굴을 이 장가량 지나자 커다란 지하 광장이 나타났다. 어림잡아도 폭이 이십 장은 넘을 것 같은 굉장한 넓이였다.

이 거대한 지하 공동이 일정한 크기의 나무 상자들로 빽빽하게 들어차 있다. 햇빛이 들지 않는 동굴 안이었지만 빙 둘러 벽에 걸린 수십 개의 횃불 덕분에 내부의 모습을 확인하기란 그리 어려운 일이 아니었다.

이천업은 놀란 감정을 숨기지 않고 드러냈다.

"대, 대단하군. 정말 감쪽같은 장소로구나!"

이문추가 양부의 놀란 얼굴에 만족스런 미소를 지었다.

"저들은?"

무영이 광장의 한쪽에 도열해 있는 십수 명의 인물들을 가리켰다.

"아, 저들은 밖의 매복조와 교대하며 동굴 안을 감시하고 점검하는 이들입니다. 신분과 실력이 확실한 이들로 스무 명 만을 추렸습니다."

"음……."

무영의 눈길이 지하 광장의 구석구석을 살피는 사이 이천업은 걸음을 옮겨 차곡히 쌓인 상자들 앞으로 다가갔다. 폭이 한 자 반, 길이가 네 자에서 여덟 자 정도인 나무 상자들이 크기별로 분류되어 이 거대한 지하 광장을 가득 메우고 있었다.

달칵.

내용물을 확인하려는 듯 이천업이 그중 하나의 덮개를 열었다. 그리곤 안에서 무언가를 집어 들었다.

너비가 칠 푼에 길이가 이 척가량인 길쭉한 물건. 그것은 패용에 편리하도록 칼집과 고리까지 달린 환도(環刀)였다. 이와 똑같은 물건들이 상자 안을 가득 채우고 있다.

이것으로 다른 상자들의 내용물을 유추하기란 그리 어려운 일이 아니었다. 일국과 전쟁을 벌여도 좋을 만큼 엄청난 양의 병장기들이 이 변방의 은밀한 동굴 안에 가득 쌓여 있는 것이다.

챙! 하는 소리와 함께 이천업이 도갑(刀匣)에서 날을 빼 들었다. 횃불에 반사된 도광이 그의 얼굴에 기이하게 일렁였다.

"크크큭, 군신(軍神)과 같던 황제가 어찌하여 수년 사이 저토록 몸을 사린단 말인가. 하나 전쟁이 필요하다면 내가 직접 일으키면 될 일. 사흘 후라고 했더냐? 오이랏트에서 거래자가 오는 것이?"

"그렇습니다, 아버님."

"그들의 군수물자가 절대적으로 부족함을 알고 있다. 하나 제대로 된 무기만 손에 쥐어준다면 이야기는 달라지겠지. 아직 대원(大元)의 영광을 잊지 못하는 놈들이니 아마 죽자 사자 달려들 게다. 그러면 황제 또한 어쩔 수 없이 병사를 일으킬 수밖에 없을 테지. 후후후훗."

이 말이 담고 있는 의미가 참으로 어마어마하다.

오이랏트[瓦剌]는 원의 잔존 세력 가운데 가장 강성한 무리들 중 하나였다. 즉, 현재 명(明)의 최고 적대 세력인 셈이다. 그런데 그는 지금 이들에게 엄청난 양의 병장기들을 팔아 넘겨 전쟁을 유도하려 하고 있었다.

하지만 그들 중 누구도 크게 놀라는 기색이 아니었다. 이미 오래전에 계획했던 일이 아니던가. 다만 묵혼도객만이 조금 떨어진 곳에서 착잡한 시선을 던지고 있었다.

"영락제가 예정대로만 움직였어도 이런 무리한 계획은 실행에 옮기지 않았을 것인데……."

영락제는 이차 몽골 친정이 끝나자 자신있게 삼차 친정을 계획했다. 물론 황제와 그 측근들만의 비밀스러운 계획이었으나 관부 및 황실과 깊은 관계를 맺고 있던 천화상단에서는 이 정보를 어렵사리 입수할 수가 있었다.

관(官)과의 거래는 언제나 커다란 이윤을 보장해 준다. 그중에서도 특히 군부(軍部)와의, 즉 군수물자의 거래는 가히 황금 알을 낳는 거위라 불러도 무리가 없을 정도였다.

황제의 입에서 나온 확실한 정보, 그리고 예상되는 어마어마한 이익. 결국 이천업은 중대한 결심을 내리게 된다.

그는 천화상단의 막대한 자본력으로 주요 철광을 매점하고 비밀스럽게 전쟁에 쓰일 병장기들을 제작하기 시작했다. 군부와의 연줄도 이미 확고히 마련해 놓은 상태라 만약 황제가 삼차 친정을 공포하기만 하면 미리 만들어놓은 막대한 양의 병장기들은 모두 군부에서 충분히 소화해 줄 터였다.

천화상단이 본연의 업무에 소홀한 틈을 타 항주의 금룡장 등이 무서운 기세로 성장했으나 그들은 크게 개의치 않았다. 어차피 영락제의 삼차 친정이 시작되면 전과는 비교도 되지 않는 재력이 만들어질 것이 분명했기 때문이다.

그러나 예정되었던 영락제의 친정은 이루어지지 않았다.

원인을 알 수 없이 계속해서 미뤄지는 황제의 계획은 솔직히 기약하기가 어려울 정도였다. 그러나 손을 떼고 물러설 수도 없는 노릇. 그때까지 투입된 막대한 자금이 천화상단의 발목을 잡고 있었다.

결국 천화상단은 비밀리에 또 다른 방법을 모색하기에 이른다. 그것이 바로 북방의 오이랏트를 이용하는 것. 성공하기만 한다면 그들은 오이랏트와 명(明) 황실 양쪽 모두에 무기를 팔아 이윤을 챙길 수가 있었다. 커다란 위험 부담이 있기는 했지만 제시된 거의 유일한 대안이기도 했다.

우연히 황실을 통해 천안(天眼)이라는 비밀 조직의 존재를 알게 되어, 그들의 눈을 피하느라 더 더욱 오랜 시일이 걸리기는 했으나 결국 여기까지 이르렀다.

천화상단주 이천업의 감회가 새로웠다.

"좋아. 직접 눈으로 확인하니 비로소 안심이 되는군. 네가 정말 수고가 많았다, 문추야."

"그런 말이라면 삼 일 후 일이 완전히 성사된 후에 듣겠습니다, 아버님. 그보다 안심이 되셨다니 다행입니다. 그럼 이만 돌아가시겠습니까?"

"그러자꾸나."

그들이 이문추를 앞세워 다시 동굴을 나선다. 여전히 묵혼도객은 가장 후미에서 그들을 따랐다.

지하 광장과 바깥 세상을 이어주는 이 장가량의 좁은 동굴. 그 안으로 걸음을 옮기던 묵혼도객이 이상한 느낌에 문득 걸음을 멈췄다. 무언가 스멀스멀한 기운.

다급히 앞서 가는 이들을 제지하려 했으나 워낙 짧은 통로인지라 그들은 이미 동굴을 벗어나고 있었다. 하는 수 없이 그도 재빨리 동굴 밖으로 몸을 날린 후 주위를 살폈다.

앞서 나온 이들의 표정은 이미 잔뜩 굳어 있다.

푸른 하늘과 황색 토양은 그대로였으나 들어올 때는 없었던 수십의 사람들이 주위를 빙 둘러싸고 있다.

"기다리고 있었습니다, 천화상단주 이천업 어르신."

"무, 무엇이냐! 너희는 누구냐!"

"허허헛. 정말 모르시겠습니까? 이제껏 저희를 피해 그렇게 은밀히 움직이시지 않았습니까."

"설마… 천안(天眼)!"

호방한 인상의 장한이 이천업의 불안한 시선을 태연히 받아넘기며 묘한 미소만을 지어 보였다.

무언의 긍정인 셈이었다.

"순순히 따라와 주셨으면 하는 게 제 간절한 소망입니다만……."

"어떻게 이렇게 기다렸다는 듯이… 크윽! 이제 보니 모든 게 네놈들의 수작이었구나. 처음부터 우리가 움직이는 걸 알고 있었어. 호북성으로 천안의 세력이 집결된다는 것 역시 거짓이었나? 미리 알고 있었다면 왜 진작에 손을 쓰지 않았지?"

"후훗. 다른 건 잘 모르겠지만 마지막 질문은 이게 답이 될 수도 있겠군요. 현장 검거, 그리고 일망타진."

이천업은 순간 나락으로 떨어지는 듯한 기분이었다. 모든 것을 이루는 듯하다가 한순간에 그것이 모두 날아가 버리는…….

이제 천화상단은 끝장이었다. 그 역시 목숨을 부지할 수 없으리라.

하지만 그는 살아야만 했다. 아니, 살고 싶었다.

"천걸아, 너, 너라면 저들을 모두 없앨 수 있겠지? 목숨을 부지하려면 저들을 모두 없애고 최대한 빨리 중원을 벗어나야 한다. 너는 누구보다 강하지 않느냐. 그러니 나를 도와 이곳을 벗어날 수 있겠지? 그렇지?"

묵혼도객 이천걸은 자신에게 매달리는 추괴한 용모의 노인을 바라보았다. 그토록 멀리 하려 했건만 결코 멀리 할 수 없었던 자신의 친형이다.

몹시도 서글픈 심정이 된 그가 한 걸음 앞으로 나섰다.

"오라."

하지만 누구도 그에게 덤벼들지 않는다. 대신에 그와 비슷한 연배의 노인 한 명이 천천히 걸어나왔다.

"이런 자리에서 만나니 착잡하군."

"…전백, 자네로군."

가슴이 답답해졌다. 희생을 감수하고라도 그의 유일한 혈연을 이곳에서 벗어나도록 해주고 싶었으나 그마저 여의치 않을 듯하다.

자신에 필적하는 인물이 하나 나타났을 뿐 아니라 몸에서는 계속해서 위험을 경고하고 있었다.

"정말 의외일세. 혹시 동굴에 손을 쓴 것도 자네였나? 만독불침(萬毒不侵)은 아니더라도 백독불침(百毒不侵) 정도는 된다고 생각했는데 말이야."

별일 아니라는 듯한 말투였지만 그 안에 담긴 의미는 결코 범상치가 않았다.

"미안하네. 내 개인적인 일이라면 모르겠으나, 조직에서도 중요하게 다루는 건(件)이라 어쩔 수 없이 수작을 좀 부렸네. 자네도 알다시피 우리처럼 비밀스런 조직에서 실패는 치명적이거든. 산공독(散功毒)의 일종인데 정확한 이름은 백독(白毒)이라 하지."

묵혼도객은 그나마 아직 독기를 억누르고 있는 모양이지만 그의 제자인 무영은 벌써 내공이 흩어지기 시작하는지 이마에 굵은 땀방울이 송골송골 맺혀 있었다. 이천업과 이문추 역시 독기를 쐬었으나 그들은 무림인이 아니었기 때문에 별다른 영향이 없는 듯하다.

"저들이 순순히 협조한다 해도 목숨을 부지하기는 어려울 테지?"

"……."

대답이 없다. 하지만 그것이 또한 대답이기도 했다.

그들의 대화를 유심히 듣고 있던 이천업이 발작적으로 소리쳤다.

"뭐 하는 것이냐! 어서 이놈들을 모두 황천길로 보내 버리고 이곳을 빠져나가자니까! 천걸아, 어서!"

"후훗. 기왕 죽을 거면 그래도 같은 사천(四天) 중 한 명에게 죽는 것이 더 그럴듯하겠지. 저들은 먼저 내려 보내줄 수 있겠나? 구경거리가 되는 것 같아서 말이지."

전백이 뒤에 선 장한, 즉 설혼에게 눈치를 주었다. 사부의 의도를 파악한 설혼은 못내 아쉬운 눈치였으나 결국 몇몇에게 지시를 내렸다.

쏜살같이 달려나간 그들이 이천업과 이문추, 그리고 무영의 마혈과 아혈을 점했다. 무영은 산공독에 의해 거의 대부분의 내공이 사라졌는지 변변한 저항 한 번 못해보고 제압되었다.

"모두 산 아래에서 잠시 대기한다. 출발!"

이번 일을 위해 동원된 백안대(百眼隊)의 대원들이 설혼의 명령에 일제히 산 아래로 몸을 날렸다. 순식간에 이곳에는 전백과 묵혼도객 이천걸만이 남게 되었다.

"고맙군. 나는 단 한 초식만을 펼치겠네. 이 산공독이 워낙 지독해서 그 이상은 무리일 것 같군."

"정말 미안하네. 나 역시 이번 한 수에 최선을 다 하겠네."

최선을 다하겠다는 전백의 말이 만족스러운 듯 묵혼도객이 희미하게 미소 지었다.

독기를 억누르는 데 사용하던 공력을 모두 다른 곳으로 돌리자 내공이 빠르게 흩어지기 시작했다. 하지만 묵혼도객은 전혀 개의치 않고 허리춤에서 빼 든 장도를 가슴 높이에 고정시켰다.

마치 검은 불꽃처럼 일렁이던 묵빛 도기가 어느 순간 주욱 뻗어 나가더니 그의 도를 두 배는 더 길어 보이게 만들었다.

검강 만큼이나 이루기 어렵다는 도강이다. 그것이 무려 두 자 가까운 길이로 시전된 것이다.

그의 도가 어느 순간 허공을 종횡으로 수놓았다.

"묵룡비천(墨龍飛天)!"

거센 외침과 함께 선명한 묵빛 도강이 광룡처럼 몰아치기 시작했다.

전백의 신형이 허공으로 떠올랐다. 그리곤 잠시 흐릿해지는 듯하더니 별안간 그의 신형이 아홉 개로 불어났다. 마치 모두가 진짜인 듯 생생한 모습이다. 그를 대표하는 절기 중 하나인 구천마영(九天魔影)이 펼쳐진 것이다.

아홉 명의 전백이 동시에 살포시 양손을 앞으로 밀었다. 새색시가 안방 문을 여는 것처럼 수줍은 모습이었지만 이것이 바로 수공(手功) 가운데 최고의 위력을 자랑한다는 벽옥수(碧玉手)의 동작이었다.

콰츠츠측!

아홉 줄기의 수강이 빛살처럼 앞으로 뻗어 나갔다.

퍼펑! 콰콰콰콱!

묵혼도객의 묵빛 도강과 전백의 벽옥수강이 정면으로 부딪쳤다. 그 엄청난 충격에 바위산 전체가 들썩이는 것만 같았다.

잠시 후 자욱하게 피어오른 황토먼지가 가라앉으며 장내가 일목요
연하게 드러났다.

처음과 전혀 변함이 없는 모습들이다. 하지만 미약한 바람이 두 사
람을 훑고 지나가자 상황은 분명해졌다.

전백의 가슴 자락이 가로로 길게 잘려 축 늘어졌다. 하지만 핏물이
흐르지 않는 걸 보면 피류의 상처는 없는 듯하다.

묵혼도객의 가슴 자락이 가루로 변해 흩날렸다. 그리고 그 안으로
선명한 옥빛 손자국이 보였다. 그의 눈길은 이미 생기를 잃고 있었다.

쿵! 하는 소리와 함께 묵혼도객의 신형이 뒤로 쓰러졌다.

전백이 자신의 길게 잘린 옷자락을 살펴보았다.

"자네의 내공이 계속 이어졌더라면 아마 나 역시 심장이 두 동강나
고 말았을 걸세."

죽은 이의 혼백에게라도 읊조리는 듯 그의 목소리에 공허함이 가득
했다.

"믿고 있었다. 장하구나, 소진아."

가장 먼저 옥설 도장과 진류 도장이 그를 맞이했다. 무우 장문인을
비롯한 사형들 역시 이 믿기지 않는 승리를 축하하기 위해 앞 다투어
그에게 달려들었다.

소진이 비무에 참가하는 것을 적극 반대했던 이들은 물론 승부의 결
과에는 대만족이었지만 나서기가 무안한 듯 슬그머니 뒤로 빠져 지켜
보고만 있었다.

나머지 문파들은 무당의 승리에 크게 안도하는 분위기였다. 소문을
통한 것이 아닌 직접 목도한 청성과 광무자의 무공은 그들의 상상 이

상이었다. 만약 오늘 무당이 무너졌다면 그들 중 누구도 실력으로 청성의 비무행을 저지할 수 없었으리라.

"운성의 상태는 어떤가."

"내상이 중합니다. 청명신단을 복용시켰으나 아직 의식이 없습니다. 최악의 경우에는 내공을 잃게 될지도……."

광무자가 묵직한 한숨을 토해냈다. 그 안에 담긴 것이 단지 운성자에 대한 걱정만은 아닐 것이다.

정연히 도열한 청성 문인들의 표정이 한결같이 어두웠다.

"무당이 와호장룡지지(臥虎藏龍之地)라 불리우는 이유를 이제야 알겠구나. 우리의… 패배다. 깨끗이 승복하고 청성으로 돌아가자."

진척, 진류 도장에게 패한 운학자와 운초자는 마치 이 모든 일이 자신들의 책임이라도 되는 양 고개를 떨궜다.

청성파의 십 년 봉문을 알리기 위해 광무자가 무당 쪽으로 무거운 걸음을 옮겼다.

바로 그때였다.

"크앗! 청성은 영원히 지지 않는다! 청성무적(青城無適)!"

"독패천하 청성무적!"

군웅들 중 몇몇이 돌연 앞으로 튀어나오며 목이 터져라 고함을 질렀다. 동시에 그들의 손에서 무언가 주먹만한 물건이 바닥으로 떨어졌다.

콰콰콰쾅! 콰르르콰쾅!

귀청이 터질 듯한 굉음이 가장 앞섰다. 한겨울임을 무색케 할 정도로 뜨겁고 세찬 열풍이 바로 그 뒤를 이었다. 그리고 고통 섞인 비명성과 뒤늦게 바닥에 후드득 떨어지는 혈편들이 마지막을 잔인하게 장식했다.

느닷없는 아비규환의 참상에 장내는 대혼란이다.

네 곳에서 동시에 일어난 대폭발의 주변은 한 편의 지옥도와 다름없었다. 팔다리가 잘려 나간 자, 전신이 피투성이인 자들이 쉴 새 없이 고통스런 비명성을 질러댔다.

일반 군웅들과 사대문파의 제자들을 포함해 어림잡아도 이백 명 이상의 강호인들이 단번에 목숨을 잃은 듯 보인다. 부상자를 포함한다면 숫자는 그 배 이상이었다.

극도의 혼란과 불안, 공포가 장내를 휘감은 가운데 누군가의 목소리가 뚜렷이 울렸다.

"벽… 벽력탄이다! 청성이 벽력탄을 썼다!"

정신이 번쩍 드는 소리였다.

이 정도의 엄청난 폭발력을 지닌 물건은 분명 벽력탄밖에는 없다. 그리고 청성은 과거 당문에서도 이 벽력탄을 사용한 적이 있었다.

게다가 벽력탄이 터지기 직전에 울린 그들의 마지막 외침이 군웅들의 뇌리에는 아직 생생하게 남아 있었다.

청성무적이라는…….

"이런 간악한 놈들!"

종남파의 태을 진인이 주위에서 채 만류할 새도 없이 칼을 빼 들고 달려나갔다. 장문인이 앞서 나가자 여타의 문인들도 별수없이 그 뒤를 따랐다.

이것이 신호탄이었을까? 눈시울을 적시던 화산 장문인 역시 그의 화영검(花影劍)을 빼 들었다.

"화산 제자들이여! 죽어간 이들의 원한을 갚자!"

장문인의 울분 섞인 외침에 화산파의 문인들이 분연히 칼을 들었다.

화산파와 종남파는 좌우로 일반의 군웅들과 인접한 곳에 자리를 잡았었기 때문에 벽력탄으로 인한 사대문파의 피해는 거의가 이 두 곳에 집중됐다.

특히나 어이없이 장문제자를 잃은 화산 장문인 상호유의 분노는 대단한 것이었다.

사대문파 중의 두 곳이 앞장서자 주저하던 일반의 강호인들도 하나둘 그 대열에 합류했다. 순식간에 수백의 무림인들이 복수를 외치며 청성파의 문인들에게 밀려들었다.

이 모습에 광무자가 아연실색해졌다. 동시에 불쑥 떠오르는 생각.

'이건 음모다! 대체 누가?'

하지만 우선은 물밀듯 밀려드는 저들을 멈추는 것이 먼저였다.

"멈추시오! 어서 멈춰!"

그가 사자후의 공력을 운용하여 소리쳤으나 강호인들의 귀에는 전혀 들어오지 않는 듯하다. 다급한 대로 몇몇의 앞을 가로막아도 보았으나 손으로 흐르는 강물을 막는 꼴이었다.

챙! 채챙!

결국 누군지 모를 이들의 칼 소리를 시작으로 청성의 문인들과 여타 무림인들 사이의 격돌이 시작되었다.

청성은 다분히 방어적인 자세로 맞섰다. 하지만 한 명이 여럿을 막아내기는 어려운 법. 문인들이 하나둘 피를 흘리며 쓰러지자 결국 그들은 최선의 방어로써 공격을 선택했다.

차디찬 바닥에 몸을 누이는 이들의 수가 급격히 늘어갔다.

화산파와 종남파의 내로라하는 고수 여덟 명의 협공을 받으면서도 생채기 하나 없이 피해만 다니던 광무자의 검세 역시 돌연 사나워졌다. 한 손이 여덟 손을 상대하건만 오히려 위태로운 것은 머릿수가 많은 쪽이다.

"하압!"

광무자의 짧은 기합성과 함께 내질러진 검기에 여덟 명의 노고수들이 멀리 나동그라졌다. 서둘러 이들을 물리치고 제자들에게 도움을 주려던 광무자의 발걸음이 멈칫한다.

그를 막아서는 주황색 승복의 노(老)승려.

소림 방장 공공 대사다.

"소림에서도 나서려는 건가? 이건 음모일세. 그것을 정녕 모르겠나?"

그가 다급한 심정으로 말했다. 하지만 공공 대사의 시선은 냉랭하기만 하다.

"또다시 믿어달라는 말을 할 셈이오? 천하무관에서의 혈사, 그리고 조금 전의 벽력탄까지… 더 이상 청성파의 말은 믿을 수가 없소."

공공 대사의 시선이 마악 누군가의 허리를 베어넘기는 청성의 제자에게로 향했다. 그들 역시 살아남기 위해 취한 방법이었지만 소림 방장에게는 숨겨놓았던 흉심(凶心)을 드러내는 것으로밖에 비춰지지 않는 모양이었다.

"백팔나한진을 펼쳐라."

백팔금강(百八金剛)이 광무자의 주위를 두텁게 감쌌다.

소림의 자랑이자 역사상 누구도 단독으로 파훼하지 못했다는 백팔나한진이었다. 광무자가 재빨리 몸을 날렸으나 채 벗어나기 전에 진(陣)이 그를 가두었다.

구름처럼 일어난 무형의 압력이 광무자를 압박하기 시작했다.

"옥설 사숙조, 저희도 저들을 도와야 하지 않겠습니까! 이제 제발 결정을 내려주십시오!"

자신들만이 홀로 후미에 남아 있자 장문인이 옥설 도장을 닦달했다. 하지만 노도장의 대답은 벌써 세 번째 똑같았다.

"글쎄, 광무자는 이런 일을 벌일 사람이 아니라질 않느냐. 자칫 돌이킬 수 없는 잘못이 될지도 모를 일이다."

"하지만 모든 정황들이 청성을 지목하고 있습니다, 사숙조님. 게다가 저희만 이렇게 빠지면 훗날 다른 문파들의 추궁을 어떻게 견디려 하시는 겁니까."

"흥! 모든 것은 내가 책임지겠다. 그러니 우리 무당은 이곳에서 단 한 발자국도 움직이지 않는다."

무우 도장이 결국은 설득을 포기한 채 자리에 털썩 주저앉았다.

고개를 돌려 정면의 광경들을 애써 외면하는 옥설 도장의 표정이 몹시도 심란해 보인다.

이미 종남파와 화산파, 그리고 소림사가 나섰다. 게다가 그들에게 호응하는 강호인들이 또한 수백이다. 자신들까지 거들고 나서지 않아도 전세는 이미 청성파에게 충분히 절망적인 지경이었다.

한 명이 쓰러진다. 뒤이어 다른 한 명이 피를 뿌린다.

과연 소림의 백팔나한진은 명불허전이었다.

백팔나한진을 벗어나기 위해 갖은 수단을 동원하고 온갖 절기들을 펼쳐 보았지만 광무자는 결국 진을 벗어나지 못했다.

그리고 마지막 한 명이 거꾸러졌다. 동시에 광무자 역시 움직임을 멈췄다.

이제 청성의 문인들 중 제대로 숨 쉬는 자는 그 하나뿐이다.

광무자가 극심한 자괴감에 빠졌다.

'내가 이들을 죽음으로 내몬 셈이다. 나의 허황된 꿈을 이들에게 설득시키지만 않았더라면, 명문 청성파의 제자들로 여전히 강호를 활보하며 다녔을 터인데… 그랬더라면 이런 억울한 죽음을 당하지 않았을 것인데… 크윽! 내가 이들을 모두 죽이고 말았구나.'

"나 역시 곧 따라가마."

낮게 읊조린 그가 주저앉고 진원지기를 개방했다. 그가 가진 가장 순수한 힘이 본연의 내공과 합쳐지며 순간적으로 원래의 두 배에 달하는 엄청난 진기가 형성되었다. 일순간에 슬프도록 선명한 노을빛 검강이 일 장 가까이 뻗어 나왔다.

청운적하검의 최후절초인 적하만천(赤霞滿天)이 다시 한 번 펼쳐졌다. 천지가 온통 붉은 노을에 휩싸이며 광무자의 검강이 그 사이를 가득 메웠다.

고오오오

이 미증유의 거력을 상대하기 위해 소림의 백팔나한진 역시 오묘한 변화를 일으키기 시작했다.

그들의 힘이 한곳으로 모이며 커다란 강기의 벽이 만들어졌다. 인간이라면 절대 뚫을 수 없다는 백팔나한진 최고의 수비식 금강벽(金剛壁)이 시현된 것이다.

콰그그그극! 콰콰쾅!

천지를 메운 검강과 백팔나한의 금강벽이 충돌하자 몇 개의 벽력탄이 동시에 터지는 듯한 굉음이 황모평 전체를 뒤흔들었다.

많은 무림인들이 그 여파만으로도 몸을 가누지 못하고 비틀거리며 물러섰을 정도였다.

이 엄청난 기의 폭풍이 지나가자 결과를 확인하기 위한 시선들이 일제히 한곳으로 모였다.

"으음……."

공공 대사의 입에서 절로 침음성이 흘러나왔다.

결과는 처참했다. 백팔나한 중 두 다리로 버티고 서 있는 자는 고작 이십여 명에 불과했다. 수백 년간 불패를 자랑하던 소림의 백팔나한진이 오늘 완벽하게 무너진 것이다.

반면 광무자는 여전히 굳건한 모습이다.

하지만 공공 대사는 이내 그의 얼굴에서 생기를 찾아볼 수 없다는 사실을 알아낼 수 있었다.

진원지기를 아낌없이 끌어 쓸 때부터 예견되었던 결과였다.

"아미타불."

공공 대사가 한 시대를 풍미하던 영웅의 죽음에 저도 모르게 고개를 숙였다.

第十一章

뒷이야기

뒷이야기 하나

 거의 동시에 전해진 두 가지 굵직한 소문이 북해의 찬바람에 꽁꽁
얼어붙은 대륙을 뜨겁게 달궜다.

 가장 큰 관심을 불러모은 것은 바로 청성파의 몰락에 관한 소식이었
는데, 본산에 남은 이들이 조금 있으니 멸문은 아니라 하지만 광무자를
비롯한 문 내의 거의 모든 고수들이 호북성 황모평에 뼈를 묻었고, 앞
으로 십 년의 봉문을 해야 하는 상황이기에 예전의 성세를 되찾기란
거의 불가능하다는 것이 일반적인 중론이었다.

 천화상단의 멸문지화(滅門之禍) 역시 쉴 새 없이 사람들의 입에 오르
내렸다. 특이한 것은 죄명인 역모죄에 대해서는 누구도 큰 관심을 기
울이지 않는다는 사실이었다.

 일반인과 상인들은 황실에서 몰수해 간 천화상단의 정확한 재산이
어느 정도인가가 주된 관심사였고, 강호인들은 참수된 자들 중 묵혼도

객 이천걸이라는 이름에 비상한 관심을 보였다.

황모평에서 되돌아온 무당 문인들은 빠르게 예전의 모습을 되찾았
다. 아마 다른 문파와 달리 사상자가 발생하지 않았기 때문일 것이다.

무당의 자소궁.

구류각주 무산 도장이 장문인과 마주하고 있다.

"천화상단에 대한 소문은 들으셨습니까, 장문 사형?"

"며칠 전에 들었다. 역모죄로 멸문지화를 당했다 하더구나."

"그렇습니다. 무영이라는 자가 과거 무엇 때문에 막내 사제와 청진
을 노렸으며 청성과는 어떤 관계였는지 조사해 볼 작정이었는데 일이
이상하게 되어버린 것 같습니다."

"됐다. 나 역시 아직 청진의 죽음이 안타깝기는 하다만 저들 역시
저렇게 되었으니 인과응보인 셈이지. 청진을 내내 마음에 담아두던 막
내 사제 역시 그 소문을 듣고 마음을 정리한 모양이더구나."

"막내 사제가요? 그것참 다행이로군요. 그나저나 약선(藥仙) 소(蘇)
대협을 만나보겠다고 찾아오는 이들이 하루에도 수십인데 이 녀석은
대체 어디로 사라진 건지⋯⋯."

"며칠 이내에 돌아오겠다는 쪽지를 남겼으니 조만간 돌아올 테지.
누가 아느냐? 혹시 어여쁜 처자라도 한 명 데리고 올지. 후후훗."

탐스러운 보름달이 산중에 자리 잡은 장원의 내부를 환하게 비춘다.
눈 옷을 두텁게 차려 입은 설송(雪松) 몇 그루가 그 아래서 자신의 은은
한 자태를 한껏 뽐내는 중이다.

새로 눈 내린 지가 얼마 되지 않는지 오후 늦게 깨끗이 쓸어놓았던

소로가 다시 소담한 눈송이에 덮여 있다.

뽀드득. 뽀드득.

걸음을 옮기자 듣기 좋은 아우성들이 발끝을 따라다닌다.

보기 좋은 설경(雪景)에 듣기 좋은 설음(雪音)이 따르니 누구라도 마음이 편해질 만하건만 여인은 무언가 심란한 듯 걸음을 멈추고 나지막이 한숨을 내쉬었다.

"하아~ 이제 고작 세 달밖에 안 지났는데 시간이 왜 이렇게 안 가는 거야. 혹시… 정말 일 년이 다 돼서야 나타나는 건 아니겠지? 당장이라도 짠! 하고 나타나면 좋을 텐데……."

"저기……."

아무도 없는 후원에서 혼잣말을 중얼거리던 화연은 돌연 등 뒤에서 들려오는 목소리에 깜짝 놀라 몸을 돌렸다.

그리고 엉성한 자세로 서 있는 상대의 얼굴을 확인한 순간, 그녀는 더욱 빠른 속도로 몸을 원상태로 되돌렸다.

얼굴이 화끈화끈 달아올랐다.

등 뒤에 서 있던 남자는 분명 그녀가 기다리던 소진이었다.

'뭐, 뭐야! 설마 정말로 짠! 하고 나타날 줄은… 도대체 언제부터 저기 있었던 거야. 혹시 내 혼잣말을 다 듣고 있었던 건 아니겠지?'

"거, 거긴 언제부터 계셨나요, 소 공자?"

여전히 소진을 등진 채로 화연이 조심스럽게 물었다.

"조금 전부터……."

"그럼 혹시… 제가 하는 말도 다 들으셨나요?"

"…이, 예."

화연이 주위의 눈발이 휘날릴 만한 속도로 다시 뒤돌아 섰다.

"왔으면 왔다고 진작에 말을 해야 할 것 아녜요! 그리고 대체 이 오밤중에 어디로 들어온 거예요!"

소진은 문득 새로운 사실을 하나 발견했다. 사람이 화내는 모습도 예쁠 수 있다고.

도무지 화연의 흑요석 같은 눈동자를 보고 있노라면 제대로 말이 나오질 않았다. 스스로 생각해도 정말 이상한 일이지만 답답하다거나 그런 느낌은 아니었다.

"저, 저기로……."

소진의 손이 주춤주춤 담벼락을 가리켰다.

한편 부끄러운 심정에 괜히 심술을 부리던 화연은 그 모습에 저도 모르게 실소를 터뜨렸다.

그녀의 목소리가 한결 부드러워졌다.

"내일 일찍 와도 될 텐데 왜 이렇게 밤늦게 산을 올랐어요."

"화 소저를 빨리 보려고요."

서로의 시선이 마주쳤다. 가슴이 심하게 두근거렸다. 화연은 수줍게 그를 바라보며 이어질 어떤 말이나 행동을 기다렸다.

"……."

"……."

"……."

"소 공자!"

"이, 예! 저기… 그러니까… 제가 실은… 아, 아침을 제일 맛있게 하는데… 저, 화 소저와… 매일 그걸… 같이… 그러니까… 저랑……."

이대로 놔뒀다가는 평생 걸려도 끝이 안 날 것 같았다. 결국 그녀가 결단을 내렸다.

여자로서는 꽤나 힘든 결정이기에 그녀가 한차례 차분하게 심호흡을 하고는 입을 열었다.

"그러니까 저와 매일 아침밥을 함께 먹고 싶다는 얘기죠? 하고 싶은 말이?"

"예! 바로 그거죠! 으음?"

"결국엔 그게 저에게 평생의 반려가 되어달라는 말이고요. 그렇죠?"

"그, 그렇죠."

"됐네요, 그럼. 어서 가요."

"어, 어디로?"

"어디긴 어디예요, 소 공자. 아니, 정랑(情郎). 먼저 저희 아버님께 말씀드리고 승낙을 받아야 할 것 아니에요."

"……."

화연의 손에 이끌려 가는 소진의 표정이 묘하기만 하다.

뒷이야기 둘

커다랗게 이어진 그림자가 벽면에서 마치 괴물처럼 일렁인다. 두 개의 촛불에 의해 희미하게 밝혀지는 실내는 꽤나 특이한 모습이었다.

창문이나 일체의 장식물도 없이 그저 사방이 꽉 막힌 벽이다. 존재하는 것이라고는 삼 장 정도의 거리를 두고 마주 놓인 의자 하나와 맞은편의 작은 방석, 그리고 그 사이의 좌우에 위치한 촛대가 전부였다.

방석에 공손히 무릎을 모으고 앉은 중년인이 조심스럽게 입을 열었다. 학창의와 문사건이 유난히 잘 어울리는 청수한 인상의 중년인이었다.

"천화상단의 일은 처리를 완료하였습니다. 가욕관에서 회수한 수량과 그들이 매점하였던 호북과 사천의 철광에서 찾아낸 병장기들을 모두 합친 수효가 대략 오십만 정도입니다. 그리고 몰수한 금전과 현물들을 모두 처분한 금액이 무려 은자 천만 냥에 이릅니다."

"거둬들인 병장기가 오십만에, 은자가 천만 냥이라… 과연 사 년이나 공을 들인 성과가 있구나. 이 정도라면 연이은 북방 원정으로 바닥을 드러낸 국고를 채워주기에 충분하리라. 더구나 수월히 다음 친정(親征)을 준비할 수 있게 되었으니 마음이 흡족하도다. 이번에야말로 그들을 크게 멸하고 돌아오리라. 한데 강호의 일은 어찌 되었느냐?"

들려오는 음성에 흡족한 기색이 엿보인다. 위엄이 느껴지는 창로한 음성이었다.

"강호의 일 역시 잘 마무리되었습니다. 구대문파 중 네 곳이 십 년간의 봉문에 들어갔고, 한 곳은 회생불능의 상태입니다. 마도는 여전히 지리멸렬하고 있는 상태이고, 정도는 이제 고작 사대문파만이 그 위세를 유지하고 있으니 크게 심려하지 않으셔도 될 듯싶습니다."

"하나 짐이 느끼기엔 홍무제께서 즉위하시던 시절 벌어졌던 정사대전에 비하면 너무 그 피해가 경미한 것이 아닌가 싶군. 강호인들이란 그 힘이 주체할 수 없을 정도로 커지면 결국 다른 마음을 먹게 되어 있어. 그러니 가끔 크게 한 번씩 휘저어놓을 필요가 있는 게지. 그래서 부황(父皇)께서도 언제나 그들을 예의주시하라고 하시지 않았던가."

"예, 폐하. 지당한 말씀이십니다. 그래서 실은 지금 천산 일대에서 다시 은밀히 힘을 키우고 있는 마교의 잔당들을 주시하고 있습니다. 앞으로 십 년을 내다본다면 그들을 이용해 다시 한 번 일을 벌일 수 있을 것 같습니다."

"알겠다. 짐은 너를 믿겠다."

"충심으로 보필하겠나이다."

중년인이 깊숙이 허리를 조아리자 좌우의 촛불이 파르르 떨렸다. 맞은편에 앉은 이의 곤룡포에 수놓아진 두 마리의 황룡이 그 불빛을 받아 마치 살아서 꿈틀거리는 듯 보인다.

구중심처의 어느 비밀스러운 공간에서 오가는 대화였다.

〈제4권 완결〉

일 년 반이나 끌어오던 이 기나긴 여정이 드디어 끝나는군요. 단지 끝을 보게 되었다는 것만으로도 감개가 무량합니다. 많은 준비와 각오도 없이 덜컥 책을 내고 나서 정말 막막한 심정뿐이었는데…….

저는 슬램덩크라는 만화를 꽤나 마음에 들어합니다. 갑자기 웬 만화 얘긴가 싶겠지만, 언젠가 그 시리즈를 다시 볼 작정으로 한꺼번에 여러 권을 빌린 적이 있습니다. 1권부터 다시 보는데, 제가 알고 있던 그 슬램덩크가 아닌 것 같더군요. 그림이나 장면이 왠지 엉성하다는 느낌을 받았습니다. 그래도 꾹 참고 몇 권을 연이어 읽다 보니 저절로 그 이유를 알겠더군요.

권수가 넘어갈수록 그 작가의 발전하는 모습이 확연히 눈에 띄었습니다(뭐, 어시스턴스가 바뀌었을 거라 하는 분들도 계시겠지만, 아무튼…). 회를 거듭할수록 점점 나아지는 모습. 저도 괄목상대(刮目相對)까지는 아니더라도 조금씩 좋아지는 모습이 되고 싶네요. 물론 그러기 위해서는 좀 더 많은 공부가 필요할 듯하고요.

그래서 한동안은 후속작을 준비한다던가 하는 주제넘은 짓은 안 하려고 합니다. 이 부족한 글을 진행시키면서 저의 한계를 절실히 깨달았거든요.

이제 대학 졸업반이고 내년이면 사회 초년생이니 훗날을 기약하기란 어려운 일일 수도 있겠지만 혹시라도 스스로 좀 더 나아졌다는 생각이 든다면 새로운 글을 가지고 다시 돌아오도록 하겠습니다.

마지막으로 그동안 저의 '조금만 더 시간을…' 혹은 '죄송합니다' 라는 말에 지긋지긋하도록 시달렸던 청어람의 종민 씨한테 정말 감사하다는 말을 전하고 싶네요.

P.S. 헛! 중요한 걸 잊을 뻔했네요. 그동안 옆에서 격려해 준 김 군, 이 군, 한 군, 권 군, 하 군, 윤 군, 임 군과 부족한 글을 봐주시고 평해주신 다른 많은 분들께도 감사의 마음을 전합니다.

아울러 이 군은 꼭 시험에 합격하기를…….